あやかし

〈妖怪〉時代小説傑作選

畠中 恵／木内 昇／霜島ケイ
小松エメル／折口真喜子／宮部みゆき
細谷正充 編

PHP
文芸文庫

○本表紙デザイン＋ロゴ＝川上成夫

あやかし〈妖怪〉時代小説傑作選　目次

四《よ》布《の》の布団

畠中 恵

一

夜の闇《やみ》の中、押し殺したような泣き声が聞こえている。

まだ若い女の声であった。その嗚咽《おえつ》を耳にしながら、長崎屋の若だんな一太郎《いちたろう》が夜具の内で眉《まゆ》をひそめていた訳は、声の主が部屋にいないことを承知していたからだ。

寝間どころか、若だんなが住まう廻船《かいせん》問屋兼薬種《やくしゅ》問屋の離れには、女は一人もいはしない。それなのにここ両日、眠ろうと横になり明かりを落とすと、いつの間にやら部屋の中に、啾々《しゅうしゅう》と悲しみを訴えるものがいる。

おとなしげな声で、別段恐れも感じなかったが、理由の分からぬ事が気になって眠れない。有明行灯《ありあけあんどん》の灯《ひ》もない常闇《とこやみ》の中、声だけの女と二人きり。さてどうしようかと、夜着の下で思案していた時だった。

突然、障子戸を引く音がした。部屋の内にひやりとした夜の風が入る。

(えっ? 今ごろ誰ぞ来たのか?)

驚いて身を起こそうとし、気がついた。天井にいつの間にやらびっしりと、黄色い二つ揃《ぞろ》いの光が並んでいたのだ。

「あっ……!」

何を言う暇もない。まるで微《かす》かな声が合図になったかのように、それらは一斉に光の筋となって若だんなの上に落ちてきた。

　顔の上だろうと布団《ふとん》だろうと、お構いなしに降りかかる。瞬《またた》く間に口を塞《ふさ》がれ、夜着の重さは十枚も重なっているかのよう。悲鳴を上げることも、寝床《ねどこ》から起きることも出来なくなった。

　額を小さな動く物が踏みつけてゆく。布団の上から蹴《け》られ、のしかかられ、息が詰まって涙が出た。

（げふうっ）

　胃の腑《ふ》が引きつれるような苦しさが走る。吐き気がこみ上げてくる。このままでは理由も分からぬまま、あの世に連れて行かれかねない。

　そのときだった。不意に鋭い悪態が常闇の中に響いた。

「ちくしょう、逃げられたか」

　その声が若だんなを動かした。

　必死の思いで右手を夜着から出すと、顔面にしがみついているものを摑《つか》んで引き剝《は》がす。

（はぁっ……）

　大きく息をついてから、次に夜着の端を持って片側を思い切り引き上げた。たくさんの塊が転げ落ちていき、何とか身を起こせるようになる。

「まったく……何が起こったっていうんだい！」

荒い息を吐きながら、一太郎が闇の中へ言い放つ。すると、ほどなく暖かげな光が部屋に灯《とも》された。

行灯の明かりに浮かんだのは、若だんなにはなじみの面々だった。

「申し訳ありません。起こしてしまいましたか」

大真面目《まじめ》な顔で聞いてきたのは、長崎屋の二人の手代《てだい》だった。その後ろに、山のように大勢の小鬼達が控えている。身の丈数寸、恐ろしい顔の主は、鳴家《やなり》という妖《あやかし》だ。

（さっき私をあの世に送りかけたのは、こいつらだね）

長崎屋には、一太郎が幼い頃より妖が入り込んでいる。祖母ぎんは人ならぬ者、大妖《たいよう》で、体の弱い孫息子を妖達に守らせたからだ。

いつも若だんなの側《そば》にいる二人の兄《にい》や、佐助《さすけ》と仁吉《にきち》も、祖父母が寄越した犬神《いぬがみ》、白沢《はくたく》という人ではない名を持つ者どもだ。

妖達は若だんなに恐ろしく甘い。しかし、いればいたで困ったことが起きるのも、世の常だ。

「あの騒ぎで起きなかったら、私は死人だよ」

若だんなは妖達の暴走に、思い切り渋い顔を向けた。部屋の内でこれだけ派手に動いておいて、若だんなが寝ていられると思う所が、この妖たちは人とは違うのだ。一太郎はため息と共に、踏ん付けられ蹴飛ばされた頭を抱えた。

「また具合が悪いのですか？　医者をよびますか？」

「いらないよ。さっきまで、いつにないほど調子は良かったんだ！」

手代たちの気遣いはいたって大真面目なものだ。これでは怒っていいのか、笑うしかないのかどうにも迷う。

「いったい夜中に何の鍛錬だい？」

「ここのところ若だんなのお部屋から、怪しげな気配がしまして」

「夜中に何やら面妖《めんよう》な泣き声。これは一大事と、そやつをひっ捕まえにまいりました」

「体の弱い若だんなの身に、なんぞありましたら、大変ですからして」

鳴家たちがきしむような声で言い立てる。

「ああ、あのすすり泣きのことか。お仲間じゃないのかい？　新入りの付喪神《つくもがみ》とかさ」

「それならば、我らにはすぐに分かること。違います。胡乱《うろん》な奴《やつ》で」

妖たちは真剣そのものの顔で、怪しげなものがここにいると言いつのる。

「逃がさぬつもりで、鳴家たちと共に一斉に部屋に飛び込んだのです。若だんなを起こしてしまい、申し訳ありません」

「ああ、そうだったの」

騒ぎの理由は分かったものの、これではどちらが体に悪いか、知れたものではない。肝心の夜の声は、妖達の侵入と共にぴたりと止んでいた。

「泣き声だけで、別に害はなさそうだけど」

「何かあってからでは遅うございます」

仁吉が布団の傍に来て眉をひそめている。

「心配性だね。でもとにかく今日は、声は逃げちゃったみたいだよ。もう寝よう」

今の一幕でぐったり疲れた若だんなが、大きくあくびをする。そこに寝間の隅から声がかかった。

「若だんな、横になる前にちょいと聞いておくれかい？」

「おや、なんだい？　久しぶりだね」

一太郎が顔を向けた先には屛風絵《びょうぶえ》があった。器物が百年を経れば怪《かい》となる。その付喪神の一人屛風のぞきが、その華やかな風体を、絵の中から現していた。

人にない力がある分、妖達それぞれの力の差は大きい。若だんなが知る限りでは仁吉や佐助にかなう妖は、この辺りにはいなかった。それが気にくわないらしい派手好きの妖と、手代たちは昔から一貫してそりが合わない。生意気な奴が何事を言い出したかと、佐助が目を険しくして身構えている。

「お前、若だんなが寝るのを妨げるとは、何のつもりだい？」

「気がついてないようだね。お間抜けな話さね。よく聞きな。怪《あや》しの声の元は若だんなの布団だよ」

付喪神の言葉を、仁吉は鼻先で笑った。

「馬鹿《ばか》を言っちゃぁいけない。この布団は買ったばかりの新品なんだよ。五布《いつの》仕立てのまっさらな品。お前さんのような根性悪に、取っつかれる暇なぞなかった夜具なのさ」

「五布？　あたしには四布《よの》にしか見えないけどね。使い古しの因縁物なんじゃないかい」

三布《みの》、四布というのは、布団の幅のことで、布三枚幅でとか、四枚幅で、との注文で仕立てられた。

見れば紛れもなく四布仕立ての品で、その向い蝶菱《ちょうひし》模様の表地が注文と違うとなれば、中身の新しさもはなはだ怪しく思えてくる。

言われて初めて布団の幅の間違いに気づいた仁吉は、行灯のほのかな明かりの中でも分かるほどに、顔色を変えた。

「田原屋ときたら！　若だんなの布団だと言って頼んだんだよ。五布仕立てで新しい物をと、あれほど念をおしておいたのに」

「気づかずに受け取るなんて、手抜かりだねぇ。品代は約束どおりに払ったのだろう？」

角突き合わせている屏風のぞきに、ここぞとばかりせせら笑われて、手代は男前の顔をゆがめている。事が若だんなの大事とあって、もう一人の手代、佐助の眉間《みけん》にもしわが寄ってくる。

「五布だろうと四布だろうと、いいじゃないか。声だって害はないんだし、もう寝るよ」

騒ぐことではないと、一太郎はすぐに言い合いを止めにかかった。眠かったせいもあるが、それよりも布団を仕立てた店の名を聞いたとき、ある噂《うわさ》を思い出したからだ。

だが妖たちは事を終わらせる気はないらしく、明かりを落とさない。風雅な作りの部屋の中には、物騒な話が行き交い始めた。

「田原屋というと、通り四丁目の繰綿《くりわた》問屋かい？　ふざけたまねをして」

佐助の問いに返す仁吉の声が低い。

「あそこは特別に上物の布団を仕立ててくれるというので頼んだのだが。泣き声がする古布団をよこすなんて、何としてくれようか」

「仕返しですか。夜、火の玉でも飛ばして脅《おど》かしますか」

「化け猫でも、主人の寝間に放り込んでやりますか」

口を挟んでいる鳴家たちの声が、生き生きとしている。話の間に立ち上がると、佐助が押入れからもう一組布団を出して寝間に敷いた。隣で横になっていた若だんなをひょいとつまみ出し、有無を言わさずそちらに移す。

「何するんだい。眠れないじゃないか」

放り込まれた夜着の冷たい感触で、目が冴《さ》えてきてしまう。不機嫌な顔の若だんなが、枕《まくら》を抱えながら手代たちに釘をさした。

「五布でも四布でもいいから、騒がないでおくれ。いいかい、田原屋に文句を言いに行くんじゃないよ。布団はもう使っているんだし、気がつかなかったこちらも悪い」

「若だんな！　こんな妙なものを摑まされたんですよ」

いわく付きの布団を、雪だるまのように丸めて廊下に転がし出しながら、あきらかに手代たちは不満顔だ。

「田原屋だって、わざとこんなものを寄越したわけじゃぁないだろうさ」

「納得いきませんや」

「お前たちの主人は誰だい？」

「それは若だんなで」

仁吉がすぐに返事を寄越した。普段の妖達の振舞いをみると、本心そう思っているのかは怪しいものだったが、建前ではそういうことになっている。

「じゃあ言うことをおきき。布団の件でこれ以上事を荒だてないこと。皆も寝るんだよ」

言い終えると、一太郎は頭から夜着をかぶってしまう。部屋中にそれでは収まらないとの気持ちが、満ち満ちているのが分かったが、声となって降ってはこなかった。いかにもしぶしぶと言う感じで、明かりが落とされる。戻ってきたのは黒一色の夜。若だんなはほっと安心して、やっと眠りについたのだった。

二

「かわいそうに、一太郎や、古い布団を摑まされたんだそうだね。寒くはなかったかい」

翌朝、廻船《かいせん》問屋長崎屋の店表に朝の挨拶《あいさつ》に行ったとき、父親の藤兵衛《とうべえ》にそう言われて若だんなはあせった。

「いえ、その、上等な布団ですよ。暖かいし……」

「寝込みがちなお前に、古物をおっつけるなんて、ひどいやりようだよ。大丈夫、おとっつぁんが田原屋に、きっちり文句をいってあげるからね」

「そんな事までしなくても。おとっつぁん！」

藤兵衛は一粒種の跡取り息子に甘い。大福を砂糖漬けにしたような物凄《ものすご》い甘さなものだから、ときどき若だんなには呑《の》み込めなくなる。今度の布団の一件も、こうとなったら一太郎が止《や》めてくれと言っても、引っ込むものではなかった。

（佐助と仁吉のしわざだね）

手代たちは田原屋に直接文句を言いに行くのを止められたものだから、藤兵衛をたきつけたに違いない。

（まったくこういうときだけ、妙に人臭い知恵を回すんだから）

しかたなく朝餉《あさげ》もそこそこに切り上げて、若だんなはどうしてもと言い張り、親と手代について田原屋に向かった。息子のことは別格の父親と、天上天下に一番の大事は若だんなと心得る妖の組み合わせに任せたのでは、物騒なことこの上ないからだ。

それでなくともこれからの話し合いを思うと、若だんなは心配でならない。

田原屋は通町《とおりちょう》に店を構える繰綿問屋だが、江戸一の繁華な通りに並ぶ他の店と比べると、大店《おおだな》と呼ぶにはやや見劣りがした。奉公人は二十人そこそこという所だろうか。

長崎屋だとて店に奉公しているのは、三十人ほどだが、店の他に、河岸《かし》にはいくつもの蔵、港には千石船と数多《あまた》の水夫《かこ》を抱えているところが違う。

通町の他の大店より劣ると感じているせいか、よそに負けまいとしているのか、田原屋の主人はひどく商売熱心だという話だ。

(それだけなら、かまわないんだけど)

若だんなが文句を言うのをためらったのは、田原屋の主人が大層きびしい人柄と、評判になっているからだ。

奥から店表にまで怒鳴る声が響いたり、奉公が続かずやめてしまう小僧が多かったりと、通町での噂の種には事欠かない。先の年の暮れには大根の漬物一つのことで、女中がしばらく物が言えなくなるほど、しかりつけられていたという。

(布団は安いものじゃない。作り違えたなんて事になったら、怒った主人に店を追い出される者が出るかもしれないよ)

奉公先を出されたら、人、一人の一生が変わってしまう。明日から食べるに困ることだってあるかもしれない。

若だんなは十重二十重《とえはたえ》に折り紙つきの病弱だが、長崎屋という大店の跡取りなのだ。奉公人には気を配っている。

(しかたない、何とか穏便にすませるよう、私が話を持っていくさね)

考え事をしていれば、武士に職人、お店者《たなもの》など大勢が行き交う広い通りの先に、はや田原屋の紺地の長暖簾《のれん》が見えてきて、戦の心構えだ。

（大丈夫。私だって、いつかは店の主人となる身。もめ事一つくらい、始末はつけられるさ）

若だんなは父親と手代の仁吉に挟まれるようにして、綿ぼこりのたつ繰綿問屋の店先からあがりこんだ。

三

「つまり、うちの店が納めた品に、間違いがあったと？」

長崎屋一行の応対に出てきた田原屋主人松次郎は、長崎屋藤兵衛よりは一回りほども若いかという年ごろだった。

だが見た目は大分見劣りする。店の品に文句を言われたのが気にくわないのか、こめかみに青筋を浮かべた癇性《かんしょう》の蟷螂《かまきり》という風情《ふぜい》で、若だんな達と向き合っていた。

通された部屋は、裏に一つ戸前《とまえ》建つ蔵が見える六畳で、夏は風通しが悪く暑そうな場所だ。

そこに田原屋のおかみが、手ずから茶を運んできた。お千絵《ちえ》を見た一太郎は、はっとして顔を上げる。そのはかなげな物腰が、母親のおたえを思い起こさせたからだ。

長崎屋のおたえは、淡い雪に譬《たと》えられたこともある佳人だが、お千絵の方は何やらもっと、頼りなげな風情だ。

（冬の朝に見る霜を思い出す人だな。きれいだけど、すぐに溶けて消えてしまいそうだ）

己の亭主だというのに、お千絵は田原屋を前にして笑顔がない。腰がひけている風にも見えた。

その様子を見た田原屋は、何やら眉間のしわをぐっと深くして、妻に問いただした。

「長崎屋さんに納めた布団に、仕立て違いがあったそうだよ。お前、何か聞いてないかい？」

「私は……仕事のことは分かりません」

「年若い奉公人のことは、お前に任せているじゃないか。布団を縫ったのはお梅だろう。お前が面倒を見ていたはずだよ」

「知りません。ほんとうに……あの子はもう店にいないし……」

おかみの何とも頼りのない返答に、田原屋はいらだったのか、だんだんと声を強めてゆく。言葉は部屋に響くほどになってゆき、それに勢いを奪われたかのように、おかみの返事は一層細ってゆく。じきにすみませんと繰り返すだけになった相手に、やっと黙った田原屋は、不機嫌という字を顔に張りつけていた。

「これじゃぁ、らちが明かない！　ちょっとお待ちくださいな、長崎屋さん。すぐに番頭に確かめてみますから」

「はあ……」

田原屋の張り詰めた物言いに、長崎屋藤兵衛も言葉を失いがちだ。

奉公人を呼ぶ夫の声の傍らで、お千絵は顔を強《こわ》ばらせ、微《かす》かに震えてさえいる。その様が更に癇に触ったに違いない。田原屋のこめかみの青筋は、芋虫でも張りつけたみたいに盛り上がり、ぞわりと動いた。

呼ばれて書き付けと共に姿を見せた番頭も、主人の様子を見るなり顔色を暗くする。挨拶の後、視線を畳に落としたきり上げなかった。

「番頭さん、長崎屋さんからの布団の注文は、どうだったかね」

客の前ゆえに、気持ちを押さえているのだろう、田原屋の声は低いが、言葉の端が震えていて、聞く者の気持ちを不安げに揺らす。

(ご主人が番頭さんをひどく叱《しか》るようだったら、止めに入らなくっちゃぁね)

一太郎が気をもむ前で、番頭は静かな声で主に答えている。

「五布仕立て、藍《あい》の向い蝶菱柄。必ず新しい綿でと、ご注文で。二日ほど前にお届けしました。お代もいただいております」

「算用帳に届けた品のこともつけてあるだろう。布団の注文は少ない。確かめなさい」

「二日前……はい、ございます」

帳面上に布団を確認した番頭の声に、ほっとした響きが混じる。代金、届け先と進んでいったところで、読み上げる声が不意に止まった。

「どうしたね？」

主人に聞かれても、すぐには返事が出てこないようであった。

一太郎が心配げな視線を向ける中、番頭は突然、頭を畳にすりつけた。

「申し訳ありません。間違えて……四布の品が行ってしまったようで」

「届け間違いかい？　作り間違いかい？」

田原屋が声と共に立ち上がって、番頭から帳面をひったくる。主人の青筋は、今や額にも首にも太く青黒く浮かび上がって、鳴家《やなり》も泣き出しそうな物凄い面立ちになっていた。

（これはすさまじい……人の身で、こんな顔になるとはね）

田原屋はよほどの癇性なのか、物の怪《け》を見慣れている若だんなでも腰が引けるほどの怒りを、算用帳をみる総身から染《し》みださせている。番頭は頭を下げたまま声もない。

（とにかくここは落ち着いてもらわないと）

そのために来たのだ。若だんなが一声かけようと身を乗りだした、そのときだ。

「そんなに怒っちゃぁ、番頭さんが口がきけません。いつもあなたが大きな声で叱りつけるから……」

おかみの口が先に開いた。

それを聞いた田原屋が目をむいた。

「私がなんだって？」尋ね返す声が裏がえって高く響く。

「自分たちの間違いを、主人の私のせいにするのかい？」

「そんなこと、一言だって言ってないじゃないですか。ただ、声をもう少し落としてくれたら……」

「この声は地声だ！」

益々《ますます》田原屋の声に緊張が含まれる。膨れて今にもはじけそうな、ハリセンボンのようだ。

「田原屋さん、あの……」

今度こそと、若だんなが言いかけた刹那《せつな》。

「俺のせいだと言うのかぁっ！」

雷にも似た絶叫が走った。

音に殴りつけられる。一太郎はのけぞった。

祭りで大太鼓を、身の側で打たれた感じに似ていた。声が重さを持っていた。辺りを打ちすえたのだ。

（真昼なのに。行灯《あんどん》の明かりが落ちた？）

天井と床が消えた気がした。訳も分からないまま、ぼうっとしていると、父親の声が遠くから近づいてくる。さかんに呼びかけてくる響きには、手代のものも混じっている。

（はて、何であんなに私の名を呼んでいるんだろうね）

思っている間に、ふわりと体が浮いたようであった。「うちの子を殺す気かい」とか、「ぼっちゃまは病弱なんですよ」という話し声が重なって聞こえる。

（なんだい、このところは調子いいんだよ）

そう言い返してやりたかったが、どうしたことか言葉が出ない。

「私は何も、若だんなを脅かすつもりじゃぁ……」

「言い訳より医者を。源信先生を呼んで下さい」

父がしゃべる方に明るさを感じて横を向く。ぼんやりと目に入ってきたのは、顔のすぐ傍にあった、父の気に入りの鯉《こい》の根付《ねつけ》だった。いつのまにやら、親に抱きかかえられていたらしい。

「こちらの部屋にすぐ布団を敷きますから」

おろおろとした言いようは、先ほどの番頭のものだ。仁吉は番頭よりも素早く、その部屋の襖《ふすま》を開けようとして……不意に手を止めた。立ちつくす手代の姿に藤兵衛がじれた。

「何しているんだい、仁吉。早く開けておくれ。一太郎を寝かせたいんだよ」

それでも動かない手代に代わって、田原屋の番頭が部屋を開け放った。

「えっ……」

居合わせた五人の視線がぐっと下がって集まり、動かなくなる。

八畳の間の真ん中に、男が一人、頭を血に染めて死んでいた。

四

「まったく田原屋の一件には、困っちまってね」

ため息まじりにこぼしているのは、日限《ひぎり》の親分の名が通りのいい岡っ引きの清七だ。騒ぎ以来、三日も寝込んでいる若だんなの見舞いにと、長崎屋の離れを訪れていた。

通町が縄張りの岡っ引きは、金離れの良い長崎屋にはおなじみの顔で、時々若だんなの元に来ては、菓子と付け届けを引き換えに、自慢話を置いてゆく。

だが見舞いの言葉もそこそこに、今日、日限の親分が語るのは、田原屋の騒動の愚痴《ぐち》ばかりだ。

「死んでいたのは、通い番頭の喜平という者で。頭の後ろを殴られていた。殺されたのは間違いのないところだが、さて、その先が分からない」

謎《なぞ》掛けが好きな若だんなは、いつもなら手代に止められても、この辺でしゃべりに加わって来るところだ。

しかし今、一太郎はひどく落ち込んでいて、話に乗っていかない。もめ事を止めに行った田原屋で、自分が大騒ぎの元になったのだから、情けなさもつのろうという訳だ。甲羅に身をすぼめた亀《かめ》のように、目から先だけ出して布団にもぐり込んでいる。

「通い番頭さんは誰ぞに恨まれていたんですか？　仁吉の言葉だと、部屋の中には死体が一つあったばかり。他には何も見あたらなかったそうで。いったい何で殴られたんです？」

菓子鉢と茶を並べながら、興味津々《しんしん》口を挟んできたのは、廻船《かいせん》問屋長崎屋の手代、佐助の方だ。一太郎が寝込んだときは妖《あやかし》である二人の手代のうち、どちらかは必ず側にいるのだった。

「それがなぁ……」

日限の親分は大きなため息をついて、言い澱《よど》んでいる。よほど悩んでいる風情なのだが、胃の腑《ふ》の調子は悪くないらしい。嘆息している間に、ほんのりと淡い色のついた求肥《ぎゅうひ》を、五つ六つも口に放り込んでいた。

「喜平は今年厄年の、実直すぎるほどの真面目な奉公人でな。固いばかりで面白みはないが、恨まれる奴《やつ》じゃあない」

「田原屋の主人なら、いくつも殺される理由があるのにねぇ」

「おいおい、佐助さん」

いつも砂糖菓子より大事に扱われている一太郎は、初めて目にした田原屋の癇《かん》癪《しゃく》に目を回してしまい、寝込むこととなった。

（長崎屋の面々は、田原屋のことを許せないみたいだね）

話を続ける岡っ引きの口元に、苦笑が浮かんでいる。

「この番頭、どこで、どうやって殺されたのか、それすらまだ分かっちゃぁいない。どうせ死ぬんなら後の始末も考えた上で、きれいにあの世に行って欲しかったよ」

「……親分さん、どうしてあの部屋で、殺されたのではないと分かるの？」

興味が募って我慢できなくなったのだろう、布団の中から首を出した一太郎が、ここで口を挟んだ。喋《しゃべ》ったりして疲れはしないかと、心配性の手代がすぐに顔をしかめる。

（おっと、ここで話を止められちゃ、かなわないよ）

一太郎はすぐに佐助に笑顔を向けると、いつもは食が細いのに今日は自分からねだった。

「生姜湯《しょうがゆ》を作ってよ、飲みたいから」

とたんに機嫌の良い顔が戻り、佐助はそそくさと台所に急ぐ。

「人の扱い方を心得ているねぇ」

岡っ引きが目を見張る。一太郎は床の内から、にやりとした笑いを返した。

日限の親分は思わず浮かんできた（これで体が丈夫ならねぇ）という言葉を、飛び出しそうになった口の先でくわえて呑《の》み込む。

若だんなの病気見舞いに来ているだけで、岡っ引きはすっかり長崎屋の者と顔なじみになってしまった。利発なだけに寝込む性《しょう》でさえなければと、惜しむ者は多いに違いない。いいかげん、そんな言葉は開き飽きて、うんざりというところだろう。

（これればかりは己でどうにか出来るわけじゃなし）

日限の親分はそんな若だんなが、寝つくのを嫌う様子が好ましかった。いっそ病人だと甘えてしまえば、優しいばかりの身内の中で楽に過ごせるかもしれない。それを厭《いと》うて、せっせと床を離れてはまた舞い戻る。手代に心配されても、病人扱いはごめんだと繰り返す。

（若だんなは、江戸っ子だよ）

心得顔の親分は、手代が戻って来る前にと、一太郎の質問に答えを返していた。

亥《い》の刻、月は周りに蒼《あお》い光をまといながら、夜空に座っている。板戸をたてれば、部屋の内のことは人目につかない。その刻限になると風雅な作りの長崎屋の離れには、人ならぬ輩《やから》が影を揃《そろ》えていた。

「古くなっちゃぁ不味《まず》いだけだから、お食べ」

またも寝ついてしまい人恋しい若だんなが、食べきれぬ菓子を気前よく出してくれるものだから、布団の周りは毎夜、妖だらけだ。

天井や壁を怪しの者が駆け回り、達磨《だるま》火鉢の周りで食べて話して、妖の宴会といった盛り上がり。そんな中この三日、離れでは話の肴《さかな》に、田原屋の殺しの件が口に登っていた。

「どこにも血の飛び散った跡がない。得物も転がっていない。つまり番頭はあの部屋で殺されたんじゃないと、日限の親分は今ごろ考えているというわけですか」

「人って言うのは不便ですねぇ」

「我々ならすぐに分かるってもんで」

獺《かわうそ》や鳴家が口々に言いたてる言葉に、臥《ふ》せったままの若だんなは、驚きの表情を作る。

「そんなにはっきり感じとれるの？」

「あの部屋からは、真新しい血の香りはしなかった。我々は臭《にお》いに敏感ですからねぇ」

生姜湯を枕元《まくらもと》に置いて、仁吉が答えていた。

「田原屋で襖の向こうから漂ったのは、死人の臭いでした」

「あのときお前が襖を直《す》ぐに開けなかったのは、死体があると知ったせいかい？」

若だんなの問いに、仁吉はあっさり首を横に振った。

「もう死んじまっているものなら、布団を敷く邪魔になるだけですが、人殺しが部屋に残っていたら厄介だ。それで用心したんで」

「お前、そんな気の毒な物言いをして……」

若だんなは手代に向かってため息をつく。死ねば人も仏となるのだろうに、言いようがぞんざいなこと、この上ない。

「じゃぁ、お前さんたちには通い番頭が殺された場所が分かるんだね？　下手人《げしゅにん》の名は？　凶器はどうだい」

若だんなの声に、誇らしげな笑いを浮かべた妖達が返事を返す。

「さすがに下手人までは分かりませんが、ご命があれば、殺しの場所は小半時《こはんとき》ほどで眼串《めぐし》がつけられます。番頭を殴りつけた物がなにかも、ついでに探ってきましょうか」

「頼むよ。調べておくれ」その言葉と共に、鳴家たちや獺、野寺坊《のでらぼう》に屛風《びょうぶ》のぞきまでが、影を夜に溶かす。こういうとき人ならぬ身であることは、まことに都合がよかった。

「凄《すご》いね。でも仁吉、すぐ分かることなら何故《なぜ》今まで調べなかったの？」

「調べた方が良かったんですか？」

真顔でたずねてくるところが妖だ。この件に苦労している日限の親分が聞いたら、涙を流すかもしれない。

「殺しの謎が分かれば、気がすっきりとして、私はよく眠れるようになるよ」

床の内から上目遣いにそう持ちかけると、手代の反応はがぜん違ってくる。

「ならば力を入れて探ってみましょう。若だんなの眠り薬になれるなら、番頭の死体も冥利《みょうり》に尽きると、笑い出そうってもんで」

「……そりゃあ、怖い話だね」

野辺送りも済んだはずだ。番頭はとうに土の下にいるのだろう。若だんなはうつぶせになって、枕を抱え込んでいた。

(厄年の通い番頭だったというから、もしかして小さな子や、おかみさんがいたのかな)

奉公人は普通、店で寝起きの内は所帯を構えたりしない。長年勤めあげた後、やっとまとまった金をもらい、独立したりよそから通う許しを得る。もう若くもない歳《とし》になってから妻をもらい、初めての子どもを得る者が多かった。

（心残りがないといいが）

若だんなは行灯の灯《ひ》に押しやられている闇に目を向けながら、田原屋からの知らせをじっと待っていた。

五

「ただいま帰りましてございます」

いの一番に長崎屋に戻ったのは、いつも先陣を切るのが嬉《うれ》しくてたまらぬ鳴家《やなり》だった。

「番頭の亡《な》くなった場所が分かりました。繰綿問屋の作業場、綿を小分けにして詰めている、店の横の板間で」

得意げな顔を輝かせて、寝ている若だんなと手代達に報告する。達磨火鉢の側に置かれた文机《ふづくえ》にひょこひょこと登り、佐助が用意した紙に店と並んだ作業場の位置を書きいれた。

するとそこに、声が割って入った。

「何を間抜けなこと、言っているんだい。番頭が死んだのは、土蔵の中。布団をこさえる仕事場の下だよ」

筆を取って土蔵を紙に書き足したのは、金襴《きんらん》の帯を結んだ付喪神《つくもがみ》、屏風のぞきだ。その筆の墨が乾ききらぬ内に、また他の場所を告げる者が出た。衣装のきらびやかなことでは屏風のぞきに負けはしない、美童姿の獺だった。

「あたしが確かめたところでは、番頭が殺された部屋は、台所の脇《わき》の小部屋です」

付け足された部屋の間取図を、屏風のぞきがにらんでいる。そこにさらに野寺坊の言葉が加わった。

「通い番頭は、田原屋の旦那の寝間で襲われたらしいよ」

ここだと図に書いて寄越した野寺坊に、

「どうしてこう、あっちこっちで死ぬんだい」

佐助が不満げに間取りを書いた紙を示す。足して四つの場所で番頭が死んでいたと聞いて、妖達は目を丸くした。

「通い番頭はずいぶんと器用な奴で」

常識をおとといに置き忘れている妖の言葉に、若だんなは顔をしかめる。

「人が何度も死ぬものかね。正しいのはひとっところだよ。誰の調べが信用できるのかい？」

「そりゃぁ、あたしで」

全員が気を合わせたごとくに返事をする。

「はっきり血の臭いが残っていました。間違いありませんや」

これも似たり寄ったりの言葉を揃え、我の示した所が通い番頭の死に場所と言い立てる。臥せった若だんなの両側に陣取った妖達は、お互いに頑固な顔つきを見せて角突き合わせ、一歩も引かない。それに何やら思案げな表情を向けながら、一太郎は別のことを問いだした。

「そういえば、通い番頭を殴り殺した物は、何だったんだい？　それも調べてくると言っていたよね」

うるさいくらい言い合っていたのが、その一言でぴたりと止《や》んだ。お互いの目をのぞき込んでいる所をみると、四人の内で凶器を見つけたものはいなかったようだ。

「なんだい、威勢よく出ていったくせして、尻《しり》すぼまりな結末だね」

火鉢の脇《わき》に座った仁吉に軽く笑われて、屏風のぞきは眉《まゆ》をつり上げた。

「見つからなかったんじゃないよ。なかったんだ！」

「それは本当の話で、壺《つぼ》も家具も庭石まで調べましたが、血の臭いの染《し》みついた凶器はありませんでした」

鳴家も付喪神の言葉にうなずく。

「あたしも奉公人の荷物まで見てみたが、怪しい物はなかった。あの屋の内から、殺しに使った品は出てこなかったんです」

獺がそう言えば野寺坊がさらに謎《なぞ》を増す。

「大きな商家はどの家も堀に近い。井戸もある。下手人は人殺しの道具を水に捨てたかもしれぬと思って、濡女《ぬれおんな》に水の内を見てもらった。だがね、それらしい物はなかったとさ」

「ちょっとお待ちよ。死人は一人なのに、死に場所は四箇所。殴られて殺されたのに殴った道具はない。なんだい、これじゃぁ却《かえ》って判じ物が増えてしまったじゃないか」

仁吉が大いに渋い顔を浮かべるのに、

「ないものはないんだよ。どうでも見つけたきゃぁ、自分で探してきな」

屏風のぞきが嫌味っぽくも言い返す。話の雲行きが怪しくなり、部屋の中に拳《こぶし》の雨でも降りそうだった。

だが若だんなは、相手が家の内の妖《あやかし》ならば、怖いことは何もない。二人の方など見もせずに、枕にあごを乗せて何やら指を折って数え上げている。ほどなく得心した面持ちになり、しきりにうなずいていた。

「若だんな、どうかしましたか?」

その様子をのぞき込んだ仁吉に、一太郎は布団《ふとん》の中から、にやりとした笑みを返す。

「若だんな?」

「通い番頭はあちこちの部屋で死んでいた。その頭を殴りつけたはずの物がない。田原屋の主人は恐ろしい癇性《かんしょう》だ。ここらで判じ物はつながるのさ」

「あのいまいましい繰綿問屋の主が、自分の所の番頭を殺したんで?」

妖達はぱっと明るい顔を作って聞いてきた。だがこれに若だんなは首をふる。

「殺した相手を、自分の寝間に放っておく者がいるもんかね。そうだろう?」

言われてみればその通りだが、

「人違いでもいいから、あの主人が下手人の方が面白くありませんか」

仁吉はそう持ちかけて一太郎に睨《にら》まれた。

(まったく妖達は田原屋を、よほどのこと嫌ったようだね)

手だてがあれば、本気で下手人に仕立ててしまいそうなところが怖い。

「とにかく通い番頭の死体があちこちに顔を出す理由は分かったとして、問題は下手人のことと、布団の泣き声のことだ。これらはまだ訳が分からない」

ぺろりと言う若だんなの顔に、仁吉が視線を送る。

「説明して下さいましな、若だんな」

「おや、ここまできたのに、お前たちまだ、分かっていないのかい?」

横になったまま一太郎が、にやにやしながらそうのたまうと、布団を取り囲んだ妖達が一斉にざわめいた。

「なんて冷たい物言いをするようになったんです？　ああ、一生懸命育ててきたのに、こんなに薄情になって……」

「大げさな言い方をするんじゃないよ」

若だんなは慌《あわ》てて事の次第を妖達に話し始める。そしてすぐに、楽しそうな笑みを浮かべた。

「皆、ちゃんと聞いておくれよ。ちょいと手伝ってもらうことがあるかもしれない」

何やら愉快なことを一太郎が考えているらしいと、見て取ったのだろう。布団の周りの妖の輪が、ぐっと狭まった。

そこに若だんなの低い声が流れる。

真剣な口調であった。聞いている妖達の口元に笑みが浮かぶと、それはにやにや笑いとなって、広がっていった。

六

田原屋の店の奥で、ここ二、三日、小声で語られている噂話《うわさ》があった。

（店の中で、番頭さんの遺体を動かしていた者がいたそうな。日限《ひぎり》の親分がほどなく、引っ捕らえに来るらしいよ）

主人の怒りが怖いのか、声の主は誰ぞの足音がすると、姿を見られる前に消えてしまう。それでも奉公人の間に、噂はあっと言う間に広がって、誰もが知る話となった。

すると、不安げな目をする者が出てきた。小僧といくつも違わない若い手代もそうで、主人の寝間の前に立ちつくしている。中をのぞき込み、何を見たというのか、ため息をつくとそのまま店の方に消える。

ほどなくして田原屋に怒鳴られていたあの番頭が、綿を詰め分けている板場に現れる。何もない中で、番頭は目を閉じて何やら考え込んでいる顔だ。

台所をあずかる女中は柱の陰から店表に視線を向けていたが、すぐに台所に引っ込み、味噌《みそ》や米を入れておく小部屋に向かった。

まもなく出てきた女中は、台所におかみがいることに驚いて、あわてた素振りで井戸端へ出ていった。

お千絵は何の用なのか、台所で一人、唇をかんでいた。そのまま何も言わずに、台所の先の土蔵に入っていく。

蔵の戸が閉まると、風が強い日でもないのに、ぎしぎしと軒が軋《きし》む音が台所に響いた。

お千絵の後ろ姿が土蔵に消えてから、しばし後。七つを過ぎた頃、夕刻の黄味を帯びた日の中、田原屋を訪れる者があった。長崎屋の若だんなと手代で、今日は佐助をお供にしている。

「布団の代金は返していただきましたので、品物を持ってまいりました」

いわく付きの布団は、品違いということで返金されていたものの、番頭殺しの騒ぎが起こったせいで、長崎屋に置かれたままだった。金を返してもらった上に品まで貰《もら》うわけにはいかないと、若だんながわざわざ届けに来たのだ。

「これは恐れ入ります」

店の者に頭を下げられ、すぐ奥の六畳に通される。案内の者が出ていくと、若だんなは手代と残った部屋の、誰もいない隅に向かって声をかけた。

「色々ご苦労だったね。上手《うま》くいったかい？」

すぐに軋むような声が答える。

(噂はよく効いたようで)

(若だんなの言われていた通り、顔に心配を張りつけた輩《やから》たちが、血の臭いが残った部屋に顔を出してきました)

(死体が転がっていた部屋から部屋へ、あいつらが死んだばかりの通い番頭を移し

たんですね。だから、血の臭いがいくつもの部屋に残った。そのお話は分かりましたが）

（なんでまた、そんなことを）

「間抜けなことを言うんじゃないよ。己が見つけたと騒いだあげく、人殺しの疑いがかかっちゃぁ、嫌だからだろうさ」

質問の主は、不思議と人目に付かない妖である鳴家たち。答えたのは佐助だ。

若だんなはその問答を聞いて、口元に微《かす》かな笑みを浮かべた。どうやら答えは他にもありそうな気配だ。

「最後に遺体が見つかった部屋で血がほとんど臭わなかったのは、あそこに運ばれる頃には、頭の血も乾いていたからだろうよ」

（ということは、佐助さん、怪しいのはあの四人の内の一人ってわけで？）

（誰がどこへ死体を移したか、熱心に聞いておいでだった。ということは若だんな、もうお分かりなんでしょう？　下手人はどいつなんです？）

「黙って。人が来たようだ」

一太郎が顔をあげ、佐助と心得顔に目くばせをする。

そのとき障子が開かれた。

「これはおかみさん、お手数をおかけします」

茶を持ってきたのは今回もおかみで、先に来たときの田原屋の非礼を、また丁寧に詫《わ》びてくる。若だんなは気にしないで欲しいと言ったものの、いつも田原屋はあ強面《こわもて》なのかと、おかみに聞かずにはおれなかった。

「昔はあんなきつい人じゃ、なかったんですけどね」

困ったようにおかみが視線を落とした。表長屋で細々と木綿ものを売り、奉公人が一人しかいなかったときは、楽しかったと小さく笑う。

「それが商売が上手く行って、この通町に店を出したじぶんから、あの人は人にも自分にも大層きびしくなってきて。一年、二年と店が大きくなるのと合わせるように、怒鳴り声が怖くなって……」

この頃では小僧から番頭まで、主人の一言一言にぴりぴりとしているという。

「あの人は殴ったりするわけじゃないんです。だから主人のことを誰ぞに相談をしても、手を出さないだけましだ、他にもっと酷《ひど》い話はあると、そう諭されてしまう。怖い、怖い、耐えられないと言っても、だれも本気で聞いてはくれなくて……」

余程のこと溜《た》まっていたものがあったのか、話し始めたのが止まらなくなっていた。

「でも、あの声を聞いた若だんなさんならお分かりでしょう？　主人のあの恐ろしい癇癪《かんしゃく》を聞くと、私はいつも寸の間《ま》息が止まってしまうんです。いっそ本当に殴られていたら、誰かが分かってくれるのに……」

田原屋の怒気に耐えかねて、逃げてしまう奉公人も増えてきている。話すおかみの体が細かく震え始めて、若だんなが心配になってきたとき、廊下から慌ただしい足音が近づいてきた。あっと言う間もなく障子戸が開くと、いつぞやの番頭が顔を現す。

「どうなさいました？」

佐助が問いただしたのも道理で、息を切らした番頭は、青黛《せいたい》を塗りたくったような顔を引きつらせている。

「私には何が何だか……。返していただいた布団が、突然泣き声をあげだして……」

その言葉と重なるように、ざわめきが廊下を渡って来る。若だんなと佐助、おかみはその声に引かれるように、ほの暗くなってきた店の中を急いだ。

突き当たりは台所の竈《へっつい》の横手、板間になっていた。田原屋は母屋《おもや》も蔵も屋根がみな繋《つな》がっている作りであるらしく、台所の先に突然分厚い土蔵の扉が現れる。田原屋の面々が顔を蒼《あお》く染めて、その前を取り囲んでいた。

聞けば土蔵の二階に長崎屋から戻った布団を運び入れたところ、突然聞こえた声に驚いて、小僧が蔵から逃げ出してきたというのだ。蔵には布団を検《あらた》めていた田原屋がまだ、残っているという。

「そんな不可思議の真ん中に、主人を置き去りにしてどうするんだい」

若だんなの言葉に、田原屋の奉公人がすがるような目を向けてくる。本当ならば店の者が蔵に入らねばならないところだろうが、怪しい声が怖いのか、主人を避けているのか、誰も名乗りを上げないでいる。

その間に一太郎は、佐助を伴ってさっさと蔵の扉を開けたのだった。

七

「一度きりで、その後は泣きません。女の声でしたが……」

土蔵の二階で、たたまれた布団を見下ろしている田原屋の言葉に、不安げな響きが混じっている。

「始終、声を出している訳じゃぁないのかもしれませんよ。私どもが運んできたときは、静かなものだったんですから」

若だんなが言うと、田原屋がまた蒼くなった。おかみのお千絵は若だんなに促されて蔵の中には来たものの、二階に上がったところで座り込んでしまっていた。

蔵は普通の土蔵とかわらず、入ってすぐには所狭しと箱や古い調度、長持やらが置かれている。部屋の脇の急な階段の上、二階の蔵座敷を、田原屋では上物の布団を仕立てる場所にあてていた。

蔵座敷というと、人目に付かないのをいいことに、大店では凝った作りにする事も多い。だが田原屋のそれは、先に若だんなが通された客間よりも質素なくらいだ。窓近くの隅の方に藍《あい》地の布の切れ端と、裁縫道具が置かれていた。

田原屋にとって夜具作りは、繰綿問屋の生業《なりわい》の片手間にしている仕事だ。だが、わざわざ布団をよそに縫わせようという注文主は、高価な品をあつらえる事が多いという噂だった。

(もうけも悪くないだろうね)

小さな行李《こうり》のようなものは壁際にあったが、奉公人の姿はない。今部屋の中で己を主張しているのは、分厚い一組の夜具であった。

「泣き声の主に、心当たりはおありかえ?　田原屋さん」

若だんなの問いに、主人は顔をしかめる。

「若い女の声だったとしか……」

言いかけて会話が途切れた。

気がつけば、細く小さな泣き声が聞こえていた。田原屋の体がふるえ始める。嗚咽《おえつ》はすぐにまた消えた。若だんなは言葉を失ったかのように黙り込んだ主人に尋ねた。

「布団を縫っていたのは誰ですか？」

「奉公に来て一年ばかりのお梅という娘で。……あんな間違いをして、申し訳ない」

田原屋の物言いに、それまで黙っていたおかみが後ろから口を挟んだ。

「あんたが……いつもいつも叱《しか》るから、あの子は泣いてばかりだった」

おどおどとした言い方の中に、相手を責める口調がある。その言い方に、田原屋が鋭い視線を返した。

「お前はいつも、私のやりようが気にくわないみたいだね」

「わ、私ばかりじゃありません。この家の者は皆、皆……」

「皆、何だって言うんだい？」

田原屋は癇性《かんしょう》なしかめ面《つら》を作る。どうやら他の誰よりも、妻の態度が引っかかると、一層口調がきびしくなるらしかった。

「その涙の多かった縫い子。その娘はどうしました？」

「お梅は逃げ出したんですよ」

主人が頭を振る。突然いなくなったので、初めは皆いぶかしんでいたという。

「しばらくして長崎屋さんから、布団の幅に間違いがあったとお話が来たとき、あの娘がいなくなった訳を皆が納得したんで」

己のしくじりにおののいて、逃げたに違いないという話に落ち着いたのだ。娘は奉公に来て日が浅い。一番の下働きでつらい上に、田原屋の例の癇癪の雷をことに怖がっていた。

（お梅はもうこれ以上、叱られるのには耐えられなかった。皆はそう思ったのだね）

「主人はきつい人だから……。あの娘ばかりじゃありません。この仕事場には、他の奉公人も時々泣きにきていたんです」

おかみが顔を背けながら洩《も》らす。田原屋は大店と言うには無理のある店だ。癇癪持ちの主人を抱えて、こっそり泣ける場所は限られていたのだろう。

「なるほど」若だんなが得心したようにうなずいた。

「やっと分かりましたよ。布団からの忍び音は、生き霊《りょう》の泣き声、というところか……」

そう言って、布団の端にそっと手をかける。土蔵の二階で、若だんなを囲んだ者たちが、目をみはった。

「生き霊……ですか？」

「そのお梅っていう子の声だけではないでしょう。あまりにたくさんの涙がこの部屋で流されたから、壁に響いて、つもって、重なって、布団に染《し》み込んでしまった……」

（まだ生きている者の声じゃぁね。妖《あやかし》達に分からなかったはずだよ）

向い蝶《ちょうひし》菱柄の藍色《あいいろ》。ただの布切れと綿が、素性も知れないものに化けてしまったのだ。

（これで事はみんな見えたけれど……）

若だんなは目に、何やら悲しそうな表情を浮かべて話を続ける。

「お梅が青くなったのは、布団の幅の間違いじゃない。それなら夜なべしても縫い直す手立てがあったはずです。だが仕立てていた布団が女の声で泣くようになっては、お梅の力ではどうにも解決できない。逃げ出すしかなかったんでしょう」

まっさらな新品が、縫っている間にどうにもならない傷物に化けてしまった。事がばれて田原屋が怒る前に、お梅は一目散に姿を消したのだ。

「縫い子の娘が消えた。奉公人の行方と注文の品を気遣って、土蔵に来た者がいた。布団の声に気がついてしまったのでしょう。それが、先の事件の始まりになった」

若だんなの顔は、土蔵の奥の方を向いている。

「は？　先のとは、通い番頭の？……」

一体なんの話を始めたのかと、田原屋が不安げな声を出した。若だんなは布団を見つめたまま、淡々と話を続けていく。

「ここに来た一人は通い番頭さんだ。そのせいで死んだんですからね。もう一人いたんですよ。お梅の身を心配した者。年若い奉公人を預かっているその人と喜平さんは、布団のことで言い合いになったんです」

「見てきたように言うじゃありませんか」

田原屋の声が、はっきりと固くなった。視線がおかみに向くのを止められないようでもあった。

「誰が布団の責任を取るのかという話になった。店を預かる通い番頭の喜平さんか？　私だったら、田原屋さんのあの癇癪に向き合うくらいなら、ここいらで辞めたくなるかもしれない。凄かったからねぇ、あれは」

通い番頭ならば、それができる。奉公にも区切りがついていて、まとまったものも貰っているからだ。

「後をおかみに任せて辞めますと、喜平さんは娘の後に続こうとした。たまらないのはおかみさんだ。これほどの一件、一人でご主人の癇癪と立ち向かう勇気は出てこない」

「あんた、なんの証拠があってそんな事を言うんだい！　私はそこまできつい人間じゃない。絶対に違う」

　ぴりぴりと尖《とが》った声が土蔵の二階の壁に刺さる。一太郎はかまわず話を続けた。

「おかみさんたちはここで言い合った。番頭さんがもうこれまでと、そこの階段を下りようとする。おかみさんが、待ってくれと襟首に手をかけたか。袖《そで》を引いたか」

　聞いている田原屋の顔が蒼く染まってゆく。一太郎の細い指が黄昏時《たそがれどき》、二階からはすでに底の見えない階下の闇《やみ》を差した。

「日限《ひぎり》の親分は見つからないと頭を抱えていたが、頭を殴った道具なぞ、はなからなかったんですよ。通い番頭さんは階段から落ちて死んだ。土蔵の床に頭を打ちつけて」

「作り話だよ。勝手な事を言って！」

「階段の下にある古簞笥《だんす》の前辺りをごらんなさいな。ちょうどそこに血が染み込んでいる」

「番頭は客間の隣で死んでいたんですよ」

　田原屋の声が、土蔵の中に堅く響く。

「遺体を見つけた奉公人らが動かしたんですよ。うっかり騒いで、怖い怖い主人に詰問《きつもん》されてはかなわないと思ったのか」

「そんな……ばかな」

「引っ張り回された場所の中で、唯一《ゆいいつ》この土蔵だけが人を殺せる凶器となりえる場所だ。それでさっき血の跡を確かめてみたんです」

いくら一太郎の言葉を否定しても、通い番頭が死んだことは事実で、不安が突き上げてくるのを隠しきれない。田原屋が蒼い顔に癇癪を張りつけて、一歩二歩、階段の側にいるおかみの方ににじり寄った。

「お前が番頭を殺したのか？　お千絵……」

「ひぃっ……」

青筋立てた顔に問い詰められて、おかみが悲鳴をあげて飛び上がった。そのまま急な階段を転げるように降りようとする。

「待てっ。ちゃんと説明をしないかっ」

言葉よりも語気が鋭い。さらに急ぐおかみの襟元に、主人の手がかかる。

「あっ」

大して引っ張ったようにも見えなかった。なのにおかみの体は大きく傾くと、頭から階段の下、黒い闇の中に消えていく。転げ落ちたか、どん、どん、と大きな音がして、その後はただ、静まりかえった。

八

痛いというでもなければ、うめき声もない。

「……お千絵。お前、大丈夫か？」

不安になったのだろう、田原屋が階段の上がり端《はな》から声をかけるが、もうよく見えない一階からは返事がない。

「こんなに簡単に落ちるなんて……」

田原屋は声も足も震えて、止まらないようであった。

「番頭の喜平もこうやって死んだのか……」

どれほど重ねられた言葉より、自分が起こしてしまった事が真実を映して、重くのしかかるようであった。

「店の者も……お千絵だって、私の前に出ると、小さくなっていた。それは分かってましたよ」

田原屋は歯をくいしばる。その目は妻の姿を探しているのか、記憶の中を見ているのか、下の闇を見つめて、その黒一面よりも暗い。

「私は声が大きい。ご面相だってごついさね。でもどんなに怒鳴ったって、理不尽な事は言わなかったつもりなのに」

「皆、田原屋さんと同じ位強いとは限らない。ただ、怖かったんですよ」

若だんなの言葉に、唇をかみしめた田原屋が振り向く。

「この通町で店を潰《つぶ》さないように、私は精一杯がんばってきたんだ。優しいことばかりは言ってはおれなかった。きつい言葉は嫌いだ。そこそこ働いて、後は楽をしたいというのが、奉公人の本音かもしれないよ。でもそんな風でいて、田原屋そのものが立ち行かなくなったら、うちの者は皆困ったんじゃないのかい？」

目に涙はない。しかし、泣きべそをかいたがき大将のような顔つきであった。

「喜平さんが亡くなったのは不幸でした。でも、おかみさんが階段で通い番頭さんの着物に手を伸ばしたかどうかなんて、金輪際他人に分かるもんじゃないですよ」

日限の親分に見極めは難しかろうと思う。通い番頭の件は事故だと言って次第を話せば、渋々でも親分は引っ込むはずだ。

（つまりおかみさんが今落ちた事だって、同じようにごまかせますよ）

若だんなは言外にそう言っている。その上で、田原屋がどう出るか、じっと見ていた。田原屋は頷《うなず》くと重い息をついていた。

「皆に迷惑をかけてしまったようだ。喜平の家族は暮らしが立つよう、うちが何とかします。その布団も、寺に供養《くよう》に出しましょう。そしてこの先は……私が責任を取らなくてはならないようだ」

階段の底、見えない妻に目を向ける。微《かす》かに手が震えているようであった。

（融通の利《き》かない、がちんごちんな人間だ。田原屋さんは他人にだけでなく、自分にも大いに厳しいんだね）

若だんなの口元に、少しばかりの笑みが浮かんだ。

松次郎はゆっくりと下っていった。

その姿が二階から消えるとすぐに、小さな姿が隅から現れて、軋《きし》んだ声をたてた。

「若だんな、おかみはちゃんと我らが下で受け止めましたよ」

「まだ一階の暗がりでぼーっとしていますが、なに、怪我《けが》一つしていません」

「ごくろうだったね。ああ大禿《おおかぶろ》、お前さんも、もういいよ」

一太郎が声をかけたのは件《くだん》の布団《ふとん》であった。すぐに菊模様の振りそでを着た童子の姿が現れて笑うと、暗くなってきた部屋の闇に消える。都合よく布団が泣いてくれるとも思えないので、若だんなが妖《あやかし》にその役を頼んでおいたものだった。

「どうしたんです？　随分と優しい感じで田原屋に言葉をかけておいで<< でしたが」

佐助が後ろから声をかけてくる。

「まさか、あの主人が可哀想《かわいそう》になって、例のこと、止めろって言うんじゃないですよね」

「いや、かまわないよ。盛大に田原屋さんをからかっておやり」

それを聞いたとたん、鳴家たちが満面の笑みを浮かべて姿を消した。

「へえ……」手代が意外そうな顔をしたのに、若だんなが苦笑を向ける。

「あの旦那は、我が我《が》と我を張りすぎさね。一回情けないところを人に見せた方がいいのさ。他人にすがって助けを求める事を覚えた方が、自分も周りも楽になれる。ことにおかみさんはそうだろうよ」

言ってから若だんなは、ぺろりと舌を出す。

「私のような若輩者にそうと言われれば、また大筒を放ったような雷を落としかねない。田原屋さんへの説教は、妖達に任せるよ」

「……なるほど、そういうことですか」

「でも間違っても、本当に危害を加えてはいけないよ。お祖母《ばあ》様は今、荼枳尼天《だきにてん》様にお仕え申し上げている身だ。私の為《ため》にお前達が悪行に走ったら、私は間違いなく人の世には居られなくなるからね」

「若だんなを荼枳尼天様の所にやってしまうようなことはしませんよ。ご安心なさって」

二人の会話が終わらないうちに、下から田原屋の主人の声とも思えない、裏がえった悲鳴が聞こえてきた。

「どうせやるなら、お前も楽しんでおくれ。田原屋さんに不満があったんだろう?」

「それじゃ、遠慮なく」

笑いながら佐助が腕を差し伸べると、その示す方にいくつもの人魂《ひとだま》のような明かりが集まってくる。それをひょいと階下の闇に投げ込むと、ひときわ高い男の声が上がった。

「あれま、鳴家《やなり》たち、脅かしようも手慣れているじゃぁないか」

二人が階段を下っていくと、体中、小鬼に取っつかれた田原屋が腕を振り回し、わめいている。先に妖達に寝間に踏み込まれ、とんでもない目に遭った経験のある若だんなは、しばらくは笑いたいのを我慢していた。

見えない姿で鳴家は顔に張りつく。耳にかみつく。その前を人魂が横切り、ふらり火が頭の上から降ってくる。めちゃくちゃに動きまわる田原屋が蔵から飛び出ようとすると、闇の中から錦の振りそでの手が伸びて、主人の足を摑《つか》んでひっくり返した。

「たっ、助けてくれーっ」

わめき声と共に、松次郎が戸から転がり出る。人には姿の見えない鳴家を振り払おうとする格好は、まるで死に物狂いで盆踊りを踊っているようだ。

蔵の前、土間に揃《そろ》っていた奉公人たちは、しばし言葉もなく、半狂乱の主人の様子に見入っていた。

そこに、蔵から人魂が飛んでくる。木から黒い影が降りてきて、あっと言う間に主人を地面に押したおす。調子に乗った妖達は、蔵の外に出たというのに、もうお構いなしで、田原屋の助けを呼ぶ声は、悲鳴と交互になって辺りに響き渡った。涙と鼻水とが田原屋の顔を、叱《しか》られたひょっとこのように見せている。

そこに、笑い声が一つこぼれた。

すぐに二つ、三つと重なったのは奉公人たちの立てた声で、普段は厳格な松次郎の滑稽《こっけい》な様子に、耐えられなくなったらしい。押し殺したような笑いの輪は、すぐ広がって止められなくなってゆく。

「これはすごい。皆の目にも、人魂や妖の影が見えていましょうに、誰も逃げ出さない」

佐助の驚いた声に、一太郎が笑いを浮かべて振り返る。

「長年主人をそれは恐れていたようだからね。田原屋さんより怖いものなんてないんだろうさ」

面白くなってきたのか、妖達は松次郎に大仰な踊りの振りをつける。奉公人から一段と明るい声が上がった。見れば蔵の入口にお千絵がしゃがみ込んでいて、これも半泣きの顔に、わずかな笑みを浮かべている。

「おかみさん、顔を逸《そ》らさずに田原屋さんの方を見ているようじゃないか」

「あのざまですからね。少なくとも今は怖いとは思えないのでしょうよ」

「田原屋さんの癇癪《かんしゃく》、少しは減るかしら」

「さあて、本人がそうしたいと望んでも、性格の問題ですからね。上手《うま》く減らせるかどうか。若だんなに迷惑をかけることさえなけりゃぁ、あたしはどうでもかまいませんが」

　手代ほどきっぱりと突き放す気にはなれなくとも、この先は若だんなに何が出来るとも思えない。日限の親分に頭を下げ、通い番頭の残された家族に金を積めば、今回の一件は収まりがつくだろう。だが主人とおかみ、奉公人達との関係の方は、これから先の話だった。

「わああっ」

　一際《ひときわ》大きな声に目を向けると、鳴家が田原屋の顔を引っ張って、百面相をさせているのが見えた。情けない顔。見慣れた怒った顔。どれも一段と強調され、滑稽なこととこの上ない。

　その様子に奉公人らと一緒に思わず笑うと、続けて一つ二つ咳《せ》き込んでしまった。それを見た佐助が盛大にしかめ面《つら》を作る。

「これは大事《おおごと》だ。少しばかり調子がいいと出歩くから、また寝込むことになるんですよ」

「まだ熱が出ると決まった訳じゃぁないよ」

むきになって言い返せば、さらに咳《せき》が口からこぼれ出る。

佐助が怖い顔を浮かべ、「源信先生を呼びましょう」そう宣言する。すぐに若だんなをひょいと、小わきに抱え込んだ。

「こら、何するんだい！　歩けるよ。これじゃぁみっともないだろう」

「なに、もう暮れております。長崎屋までは近いもの」

不満の声なぞ聞くものではない。もう田原屋の一件は終わったとばかり、手代はさっさと若だんなを連れて、繰綿問屋を後にしたのだった。

蟋橋
こおろぎばし

木内 昇

蜱橋《こおろぎばし》のたもとに、良《え》い薬種屋があるから一度行ってごらんな。

そのひとことが、佐吉《さきち》の内に妙に引っ掛かっていた。いつ、誰に聞いたものか、思い出せない。どれほど前から気になっていたのかも、はっきりしない。それなのに、どうにもこの話が頭から離れず、佐吉は飯田川《いいだがわ》に足を向けたのだった。

長年勤めた店に暇をもらい、手隙になったお蔭で、目先の変わったことをしてみたくなったのかもしれない。

日本橋から飯田川へ出た。俎橋《まないたばし》に差し掛かると辺りに人影は絶え、雑木林が蒼《あお》い影を落とすばかりになった。蜱橋はこれより北だ。佐吉は物寂しい川沿いを、ひとり辿《たど》る。しばらく行くと「堀留《ほりどめ》」としたためられた木札が立っており、川が二筋に分かれている。

どちらに行けばよかろうと迷った拍子に、はたと気付く。薬種屋の屋号を聞かずに来てしまったのだ。子細を調べず動くなど下総屋《しもうさや》に奉公していた時分は決してないことだった。一旦引き返そうとした。だが、ここまで来たのだ、いっそ勘に従うさ、と思い直して川幅の狭いほうを選んだ。ところが、上るにつれて川は徐々に細くなり、終《しま》いには頼りないせせらぎに変じてしまったのだ。

「まいったな」

ひとりごちて辺りを見回した。少し先の枝葉の隙間に苔《こけ》むした小橋が見える。近寄って橋桁《はしげた》に額を寄せると、蛼橋と薄く文字が彫られてある。

橋のたもとには小屋のひとつもなかったが、佐吉は一度向こう岸に渡ってみることにした。橋板が腐っているのか、綿を踏んでいるようで心許《こころもと》ない。渡りきってもやはり、御店《おたな》は見えなかった。「無駄足だったか」と踵《きびす》を返しかけたとき、風に反《そ》った楠《くす》の大木の脇から忽然《こつぜん》と海鼠壁《なまこかべ》の建物が現れ、彼を驚かした。

店に看板は出ていない。屋号も知らぬのだから同じことだ、と佐吉は思い切って薄暗い屋内へ踏み入った。

樟《しょう》脳《のう》臭さが鼻を突く。壁一面に設《しつら》えられた棚に、薬壺《くすりつぼ》がせめぎ合うように並んでいる。壮観な眺めに呆然《ぼうぜん》と立ちすくんでいると、しわがれた咳払《せきばら》いが聞こえてきた。狭い式台の上に白髭《しらひげ》を蓄《たくわ》えた男がひっそり座して、こちらを窺《うかが》っている。店の主《あるじ》人らしい。

「どうぞ、奥の蔵にお回りやして」

佐吉が用向きを告げる前に主人は言った。商人とは思えぬ、ぞんざいな口振りである。

「いや、薬を買いに来たのだが」

出入りの下職《したしょく》かなにかと間違われたのだろうと、佐吉もまた居丈高《いたけだか》に返したが、主人は動じることなく、

「せやから薬はこの先の内蔵《うちぐら》で出すさかい、そこで訊《き》いてや」

奥まった場所にある格子戸《こうしど》を指すと、書物に目を落としてしまった。佐吉は、棚の薬壺を打ち見て首をひねり、それでも言われるがまま格子をまたぐ。

細長い土間が、まっすぐ奥へと延びていた。この店は、上方の町家に似た奥に深い造りであるらしい。光が射さぬせいか薄鼠《うすねず》の霞《かすみ》が溜まって、蔵までは見通せない。店に戻って主人に訊くのもはばかられ、佐吉はとりもあえず土間を辿ることにした。ところが歩けど歩けど、どこにも行き着かないのだ。表の店の気配もすっかり消えた。辺りには音もない。心細さが募った。

四半刻《しはんとき》も歩いたろうか。途方に暮れていると、ようよう黒漆喰《くろしっくい》の壁が見え、すがる思いで駆け寄った。蔵戸は開いており、内に灯《ひ》ともともっている。佐吉は安堵《あんど》し、戸口から顔を覗かせる。蔵の中は、薬壺がひとつと文机《ふづくえ》だけで、がらんどうに等しかった。

文机の前に、切髪《きりかみ》の女がひとり座っている。敷居の手前に立ち、

「あの……表の店で、こちらへ回れと言われたんだが」

佐吉が断ると、女は顔を上げた。二十歳《はたち》を出るか出ないかの、若やいだ面立《おもだ》ちだ。白粉気《おしろいけ》がないのに肌は浅瓜《あさうり》のように白く、それが鴇色《ときいろ》の着物によく映えた。黒目がちの目、長い睫毛《まつげ》が灯に揺られ複雑な影を頰《ほお》に落としている。その目が佐吉をとらえ、束の間なぜか、術無《じゅつな》げな色を宿した。

「はい。こちらで扱《あつこ》うております。どなたのお薬でしょうかのし」

主人も、この女も、他国の者であるらしい。

「母が目を患《わずら》ってる。もう、ずいぶんになるのだが」

佐吉は身の置き所にしばし惑《まど》ったのち、文机を挟んで女の真向かいに腰を落ち着けた。

「それはご心配ですやろの」

「うん。この黒いとこが」

と、彼は自分の目を指した。

「白く濁っちまって。医者にも手の打ちようがないと言われてる」

悪くなってもう五年だ。その間に母は、見えないことに馴れようと懸命に努めた。お蔭で今や、たいていのことは自分でこなせる。掃除も洗濯も手際よくしたし、ときには簡単な繕《つくろ》い物まで為した。ただ、火を使う煮炊《にた》きや水汲みのような力仕事は難しく、それは佐吉が負うている。

ふたりきりの所帯であった。父はもう亡く、駒込《こまごめ》に嫁いだ姉は子育てに追われ、滅多に家には戻らない。母の目が悪くなってから、佐吉は奉公先の下総屋に願い出て、住み込みから通いに変えてもらった。お前にはいずれ暖簾《のれん》を分けたいのだ、住み込みで働いてくれるのが一番なんだがね、と主人は惜しんでくれたが、佐吉は平謝りで意志を通した。

「そうなっちまうと、やっぱり治らないんだろう？」

「たやすいことではありませんわのし。少しずつ和《やわ》らぐお薬を出しますよって」

「和らぐってのは？　目が明《あ》くようになるのかえ」

女はそれには応えず、薬壺を引き寄せて蓋《ふた》を開けた。耳掻《みみか》き様の匙《さじ》で壺の中の散薬を丁重にすくい、文机に敷いた薄紙に載せていく。伽羅《きやら》に似た香りが、蔵の中に立ちこめた。佐吉は言葉を仕舞って、女のしなやかな指の動きに見惚《みと》れる。なにか、やましいことをしているような心地になった。

嫁さんをもらやぁいいじゃあないか、そうすりゃ阿母《おっか》さんの世話だって任せられるだろうよ。隣近所の女房連は、佐吉が毎朝飯を炊いたり、洗濯物を棹《さお》にかけるのを見かねて言うのだ。佐吉とて、所帯を持つことを考えぬではなかった。もう、三十四だ。ただ、住み込みで働く限りは独り身でいるのが習いであったし、母を看《み》るため通いにしてもらった五年前からこれまでは、商いと家のことに追われて嫁を探すどころではなかったのだ。

　女が文机の上に、指を滑らせる。

「毎日、二包、飲んで頂かして」

　机の上に薬の小さな包みがふたつだけ、置かれていた。

「これだけかえ？」

「はい。ここは一日分しか出せませんよって、毎日通うて頂かして」

　毎日か、とつぶやいて、佐吉は女を見た。吸いつくような黒い瞳に捕らわれ、慌てて目を逸《そ》らす。「わかった。毎日だな」と、彼はうまく回らぬ口で繰り返した。

　女は、那智《なち》と名乗った。表の店ではなく、必ずこの蔵にお回りください、とも言った。

　佐吉は頷《うなず》き、「そうしたら、明日」と立ち上がる。撫《な》でるような声が自分の喉《のど》から出たことに動じ、はやる心で蔵から出かけたが、代《しろ》金を払っていないことに気付いて奥に向き直った。懐《ふところ》から巾着《きんちゃく》を取り出すも、「お代はいりませんよってに」と那智は言う。

「いや、そういうわけにゃいかねぇだろう」

「表ではお代をいただくのやして。そやけれども、蔵で出す分はいただかぬことになっておりますのよし」

「したって俺は、この店となんの縁《えにし》もねぇのだ。只《ただ》ってわけにゃあいかないよ」

「昔から決められとることですよって」

「昔からって……そんなことで商いになるのかえ」

那智が、唇《くちびる》だけで笑う。「ええのやして」と諭《さと》すように柔らかく言われ、佐吉は、長年の癖でまず算盤《そろばん》へと気がいってしまう自分の四角四面な心置きを、気恥ずかしく思った。「じゃ、ありがたく」。そそくさと引き取って、彼は後ろも見ずに蔵を飛び出す。

再び長い土間を渡りながら、表の店で出す薬と蔵で出すものとなにが違うのだろう、と顎《あご》をひねった。だいたいなぜ主人は、なにも告げぬうちに自分を蔵の客だと判じたのか。内蔵には薬の種類もひとつきりのようだった。代金を取らぬのは、問《と》ひ薬《ぐすり》かなにかを出しているためではないか――不審はとめどなく湧《わ》くのだが、佐吉は、蔵の中にひっそり在った女をどうしたわけか疑う気にはなれなかった。

表の店の格子戸が見えてくる。そのとき傍《かたわ》らに草の揺れる音を聞き、暗がりに目を凝《こ》らすと土間の右手に中庭が設えてあった。さっきは夢中で見過ごしたらしい。さほど広くはないがよく手入れされており、塀際には樒《しきみ》、隅に曼珠沙華《まんじゅしゃげ》がひとかたまり咲いている。佐吉は立ち止まって、花の朱に見入った。那智の着ていた小袖《こそで》の色とよく似ている、と思った。

二

母はこのところ、目ばかりではなく体もすっかり弱り、起き伏しする日が続いている。急に衰えたのが祟《たた》ったのか、気鬱《きふさ》ぎを起こすこともたびたびあった。

佐吉が蜱橋から桜馬場の長屋に戻ると、母は長持《ながもち》の上に据えた仏壇に手を合わせ、口の中で経文《きょうもん》をこねていた。「お帰り」のひとこともなく、薬をもらって来たよ、と言っても、丸まった背を向けたきり応えもしない。佐吉は仕方なく、小抽斗《こひきだし》の上に薬の包みを置いた。

「佐吉。今日はお八重《やえ》が来てくれたよ」

仏壇に向いたまま母が言う。

「姉さんが？　へえ、珍しいな。駒込でなにかあったかえ？」

「しばらくの間、おさんどんは面倒みてくれるってさ。もっとも子供らの世話もしなきゃあいけないから、朝のうち、まとめてするって」

佐吉は眉《まゆ》をひそめ、部屋を見渡した。隅に寄せられた膳に、煮売屋で買ったらしい御菜《おさい》が載っている。

「どういう風の吹き回しだろう」

訊いた声は、母に届かなかったようだ。最近、めっきり耳も遠くなった。

「今まで、佐吉にばかりあたしの面倒をみさせて悪かったと、そう言ってたよ」

「なんだえ、急に。薄気味悪《わり》いな」

「あたしも悪いと思ってる。厄介《やっかい》な年寄りのお蔭で、あんたは思う道に進めなかったんだ」

佐吉は重い息を吐《は》く。店を辞めると告げたときからはじまった、母の湿った繰《く》り言《ごと》だった。あたしのためにあんたの仕事を駄目にしちまった、あたしがこんなにならなければ、あんたはもっといい目を見ただろうに、立派な商人になったろうに。詫《わ》びられるたび、佐吉は余計に追いつめられた。お前は謂《いわ》れない不幸を背負い込んだのだと、執拗《しつよう》に繰り返されるに等しく思えた。

「別段、店を辞めたのは母さんとは係り合いなぞねぇのだ。俺も働きづめだったからね、ひと息入れたかったのさ。蓄えもあるから当座はしのげるし、もう少ししたら居職《いじょく》でもはじめるさ。仕事なんざ、なんだっていいんだ」

毎度決まった台詞《せりふ》で母を慰《なぐさ》めながら、慰めてほしいのは俺のほうだ、とひっそり唇を嚙《か》む。

佐吉が昨日まで勤めていた下総屋は石町《こくちょう》にある漆《うるし》商で、その道では名の知れた大店《おおだな》だった。甲州、信州、遠くは能登《のと》からも漆を仕入れ、塗師《ぬし》に卸す商いで、十二で丁稚《でっち》に出てから二十二年の間、世話になった。

はじめの頃こそ漆にかぶれて体中腫《は》らし、寝るに眠れぬ日々に難渋したが、ふた月もすると体も馴れ、そうなると仕事が面白くてならなかった。口入屋《くちいれや》に周旋を頼み、たまたま決まった奉公先は、佐吉の性に合ったのだろう。べっこう飴《あめ》を煮詰めたような樹液は至宝のごとく見え、店で扱う漆を用いて塗師たちが仕上げた見事な漆芸品を眺めるにつけ、自分の手柄のように誇らしく思ったものだ。

佐吉はとりわけ筋がいい、と番頭たちから一目置かれ、出世も抜きん出て早かった。十五で二才《にさ》に上がり、十七で前髪を落とすとすぐ手代となった。もちろん上り衆に加わり、目上の奉公人を抜き去って、たった二十八で番頭格に上がった。店には佐吉をやっかむ者もあったが、そこはお内儀《かみ》さんが目を光らせて、諍《いさか》いの起こらぬようはからってくれた。

男の嫉妬《しっと》ってのはさ、女よりずっと根が深いんだ、気にしちゃいけないよ、あんたを誰より買ってるうちの人に、まず応えておくれよ。

事あるごとにそう耳打ちして、佐吉の背を押してくれたのだ。

仕事に飽くことも嫌気がさすこともなかった。それだけ奥の深い商いだった。漆の質は、毎年僅《わず》かずつだが変わる。土地によっても特性が異なる。それを細かに見極めて、品に見合う塗師に勧める。高値で買ってくれれば誰が使ってもいい、という商売を佐吉はしなかった。自信を持って仕入れた漆なのだから、確かな腕を持つ塗師にこそ使ってほしい。それはすなわち、優れた職人たちの目にかなう品を扱わねばならぬ、という緊張を常に佐吉に強《し》いた。常連の塗師たちは誰しも、佐吉の知識と見立てをあてにした。下総屋の佐吉に喜んで漆を売ってもらえる職人になりな――塗師の間でそんな文句が通りはじめた頃、母の目が白く濁った。

あのまま住み込みで勤めれば、あと二、三年の辛抱で、暖簾分けしてもらえたかもしれない。己の店を持つというのは、己の裁量だけで商いをするというのは、どんな心持ちだろう。

考えても詮無《せんな》いことを思って、佐吉は畳の上に寝転んだ。目を瞑《つむ》る。なぜか、さっき会ったばかりの那智の姿が闇の向こうに浮かび上がった。急に胸苦しくなって寝返りを打つ。これまで自分は仕事ばかりで、ひとりの女を狂おしいほど想うことも、誰かに心の底から慕われることもなかったのだな、と改めて思った。背筋がすうすうするようで、近くにあった夜着をたぐり寄せる。長月《ながつき》も重陽《ちょうよう》を過ぎると、夜は侘《わ》びしい冷気をはらむようだった。

そのまま寝入ってしまったらしい。目覚めるとすでに陽は高く、部屋はきれいに片づいていた。台所には新しい白飯が炊かれてあって、朝早く姉の来たことが知れた。あの賑《にぎ》やかな姉が出入りしていたというのに、正体もなく眠りこけていた己を、不甲斐《ふがい》なくも不思議にも思う。きっと店から解かれて、自分の中の楔《くさび》が一、二本、はずれてしまったのだ。

甕《かめ》から水をすくって顔を洗う。母はもう朝飯を済ませたらしく、佐吉の分が仏壇の前に置いてあった。部屋に戻って膳を引き寄せると、菜も飯も申し訳程度にしか盛られていない。「なんだ、やけにしわい膳だな」と佐吉は文句をつけ、「姉さん、なんだって？」と母に訊いた。が、母は大きな溜息《ためいき》をつくとかぶりを振って、敷いたままの夜着にもぐりこんでしまったのだ。

「少し、寝かせてもらうよ」

ひとこと断ったきりで、「塩梅《あんばい》がよくないかえ」と訊いても、応えなかった。例の気鬱ぎだろう。佐吉は、ゆうべ薬を置いた小抽斗の上に目を遣る。包みはふたつとも消えている。飲むには飲んだらしい。

腹はさして減っておらず、彼は一旦取り上げた箸《はし》を置いて下駄《げた》をつっかけた。「薬を取りに行くが、すぐ帰る。不都合ができたら、隣のお内儀さんに言うのだぜ」

少し表を歩いて、頭の整理をつけるつもりだった。姉の急な変わりように戸惑っているのだ。佐吉が通いの番頭をしながら母を看ていた時分は、「済まないね」と詫びながらも一切合切を押しつけてきたのに、こっちが店を辞めた途端、母の世話を買って出るのは、どうあっても合点のいかぬことだった。

もともとずぼらでいい加減なところのある姉だが、あてつけがましさや嫌みな行いとは無縁の、さっぱりした気性の女なのだ。佐吉が店を辞めると告げた折も、

「そうしてくれると助かるよ」と手を合わせ、

「うちの亭主の稼ぎじゃ、とっても阿母さんを引き取れないもの。それに駒込の家に来てもらうのは無理さ。あたしら夫婦と子供三人が重なり合って寝てるんだから」

と、詫びだか言い訳だかわからぬことを言い、あっさり済ませたくらいだ。

「その代わり、あんたの嫁さんはあたしの命に代えても探してやっからね。大船に乗ったつもりで待っておいでよ」

大見得を切った割には、嫁探しをしている気配もない。勝手気ままな姉を恨《うら》めしく思わぬでもなかったが、その明るさや雑駁《ざっぱく》さは、佐吉の好むところだった。姉一家の暮らしが、本当なら笑い事では済まされぬほど切羽詰《せっぱつ》まっていることも重々知っていたから、佐吉も腹をくくる気になったのだ。

それがここへきて、佐吉と張り合うようなことをする。まったくおかしな話だった。

思案投げ首のまま、蝉橋を渡った。薬種屋の前に立ち、深く息を吸ってから敷居をまたぐ。

薬棚の前で、主人は客の相手をしていた。ひとつひとつ壺を指しながら薬効を説く様を見て、やはりここでも商うのだな、と佐吉は訝《いぶか》る。

「あの。私は、奥でもらうのがいいんでしょうか？」

一応訊くと主人は無愛想に頷いた。客は薬選びに夢中なのか、こちらに見向きもしない。佐吉は腑《ふ》に落ちぬまま、奥の格子戸から土間へ出た。

昨日より、幾分《いくぶん》早い刻で内蔵に辿り着いたようだった。戸口で会釈《えしゃく》すると、那智は口元をほころばせた。

「お薬、どないでしたやろか」

「それがまだ、なんともわからねぇのだ。薬は飲んだようだが、様子はあまりよくはないな」

「少しずつ効いていくものやして、今日もお薬をご用意しましょうかのし」

那智は薬壺を引き寄せて、蓋を開けた。伽羅の香りが立つ。うつむいた頬に切髪が寄り添うと、女の横顔は、いとけない童女のそれに変じた。

「那智さんは江戸者じゃあないだろう？　生まれはどこだえ」

女はひとこと「紀《き》ノ国」と返す。佐吉は驚き、

「ずいぶん遠いな。お伊勢《いせ》さんより向こうか。よく江戸まで出てきたものだ」

その華奢《きゃしゃ》な体を見詰めた。

「うちは代々そないな家やしてよし。一番上の娘は十八になると、こうしてここで商いを手伝いますのや」

「じゃあ、御店にいるのはお父《と》っつぁんか？」

「はい」

「阿母さんや兄弟もこっちに来てるのか？」

「いえ。紀ノ国におります。ここでは父とふたり」

「それは、寂しいな」

言うと、女は目を伏せて、黙って包み終えた薬を差し出した。不意に沈んだ空気を払おうと、佐吉は明るく調子を変えて言葉を継ぐ。

「紀ノ国か。俺は行ったことがないが、きっと、いいところなんだろうな」

那智はうつむいたきりだった。が、ややあって、「美《う》っついところ」と控えめに告げた。

「川も山も光に溢れて、まことに美っついところでございますよし。あれほどきれいなところは、そうあるものではないのやして」

ひどく物悲しい顔をしている。

ああ、この女も、と佐吉は思った。自分と同じように枷《かせ》をはめられているのだ。「家」という逃れがたい糸にからめとられ、自らを生きることも許されず、見知らぬ土地の薄暗い内蔵に閉じ込められているのだ。

那智は焦がれるような表情《かお》で、空《くう》を見ていた。その目にはきっと、紀ノ国の黄金《こがね》に輝く山河が映っているはずだった。

佐吉はそれからも毎日、薬種屋に通った。内蔵にとどまる刻は日増しに長くなり、ときには一刻近くも腰を据えた。那智と過ごす時は佐吉にとって、母とふたりきりの虚《うつ》ろな暮らしにさし込んだ一筋の光に似ていた。

那智は、あまり自らのことを語らなかった。代わりに、佐吉の下総屋での仕事を聞きたがった。請われるままに漆の善し悪しの見分け方を講釈すれば、「同じ漆でもそないに違うのかいし」と女は素直に目を丸める。漆にかぶれたときのことを、指まで腫れあがって箸を持つこともできなかった、と面白可笑《おか》しく話して聞かせれば、身を折って笑う。

意外にも、表情豊かな女なのだ。はじめて会ったときのこわばった面持ちや、寂しげな笑みからは想像もつかない顔を、那智はいくつも持っていた。傍らで佐吉は、まるで堅い蕾《つぼみ》が鮮やかな花を咲かせる様を眺めているような気になった。新たな表情を引き出すたび、その蕾を手ずから開いているような気さえして、日頃は口数少なな男がつい饒舌《じょうぜつ》になった。

「漆は高価なものだから、こんな小さな樽《たる》で」

と、彼は肩幅ほどに両手を開く。

「商うんだ。いい材はいい職人に使ってほしくて、ついつい塗師の仕事を厳しく見る癖がついちまって。悪いことしたと、今もときどき思うんだよ。自分じゃ塗りの技なぞ身につけてねぇのに、いっぱしに、わかったふうなこと言っちまって。でも、うちの店の漆は他とは比べものにならないくらい……」

勢いで言ってしまってから、「もう、『うちの店』じゃねぇな」と佐吉は小鬢《こびん》を掻く。

「二十年より多く勤めたから、未だに癖が抜けないんだよ」

「そないに長くお勤めに。それはご苦労やしてよし」

佐吉は薄く笑い返した。下総屋での勤めを、苦労と感じたことは一度もなかったのだ。

「それでも、佐吉さんにそこまで大事に扱うてもろうて、漆も冥利《みょうり》に尽きますのし」

佐吉はそのとき、自分が声をあげて泣き出すのではないか、と恐れた。いや、目の前に那智がいなければ、必ずそうしていただろう。奉公している間、どれほど辛《つら》いことがあっても一度の涙も流さなかったのに、幾筋もの時雨《しぐれ》が胸の内を伝っていくのをはっきり感じていた。冷たく痛い涙ではない。柔らかなぬくもりが宿って、佐吉の体を温めていくのが不思議だった。

「辞めるときは勇気もいったが、旦那さんはわけを知って承知してくれて、豪勢な酒宴で送り出してくれたのだ」

紋日《もんび》にしか使わぬ母屋《おもや》の大広間を、わざわざ支度しての酒宴だった。いっときは暖簾分けまで考えた、頼みにしている番頭が店を去る——そのやるせなさを、主人は精一杯の酒肴《しゅこう》で吹き飛ばそうとしていたのかもしれない。尾頭《おかしら》付きの鯛《たい》や仕出屋から寄せた皿が並べられ、辛気《しんき》くささの付け入る隙もない華やかさだった。手代たちは、「佐吉さんじゃなきゃ、ここまでしてはもらえませんよ」と言いそやし、佐吉の出世を陰で妬《ねた》んできた古参の奉公人は、「目の塞《ふさ》がった阿母さんってぇ重荷のせいで、嫁の来手がねぇお前のために、祝言《しゅうげん》の形だけでも見せてやろうという旦那さんのありがてぇお心遣いだ」と嫌みを挟んだ。

佐吉はその席で、注《つ》がれるままに飲んだ。もともといける口ではない。猪口《ちょこ》の一、二杯で真っ赤になり、徳利《とっくり》一本ひとりで空けられたためしもないのだ。それを無理して飲んだため、せっかくの酒宴だというのに途中で正体をなくした。

「佐吉さんは、お店にとってなくてはならない方でしたのやな」

那智が静かに微笑《ほほえ》んだ。

「……そうだろうか。うん。そうかもしれねえが」

「そないにしてくれはるのは、佐吉さんが重宝《ちょうほう》されたなによりの証《あかし》やして」

「でも俺は結局、店のひとつも持てなかった。下総屋で二十二年働いて、なにひとつ手にできなかったんだぜ」

「それでも、佐吉さんの漆を扱うた法は、他のみなさんが受け継いでおりますよってに」

「そりゃあ、そうだが……」

「佐吉さんは気付いていないだけやして。どれほどのものを手にされていたか。周りの人たちに、どれほど多くのものを残したか」

佐吉は、那智を見た。女の顔はどこか必死で、その目は潤《うる》んでさえいる。不意に、心の臓が絞り上げられたようになり、息が浅くなった。佐吉は目を逸らそうとする。けれど女の瞳から容易に逃れることはできなかった。体の芯に、熱が灯《とも》る。不可解な、熱だ。はしたないぬめりを、それは持っていた。思いにさからって、体が那智へといざっていく。

「那智の姉さん」

後ろから声が響いて、佐吉は我に返った。振り向くと、蔵の戸口に童《わらべ》が立っている。せいぜい四つか五つの男の子だ。

「お薬、取りに来ました」

佐吉は那智に気取《けど》られぬよう、詰めていた息を吐いた。

「与平《よへい》さん。ようお越し」

那智は、優しく手招きする。与平と呼ばれた童は、遠慮がちに佐吉を窺いながら、文机の前に座した。

「お爺《じい》様のご様子はどないでしょうかのし」

那智は、与平を覗き込む。さっきまで童女のように儚《はかな》げだった女の面差しが、母親らしい強《したた》かさを備えた。

「脚はよくなってます。でも、前みたようにわっちを見て話してくれなくなっちゃって」

「そう」

「いくら話しかけても、ひとりごとを言うばっかりで」

しょんぼりうなだれる童の細い首筋を眺めながら、佐吉は母を思った。年寄りというのは病を得ると、己の殻《から》の内に棲《す》んでしまうものなのだろうか。

「どんなご様子でも、お爺様の与平さんを想う心は前と変わらんよって。それはわかってあげて頂かして」

詫びるように那智が言い、佐吉はそっと肩を落とした。那智は別段、自分に限ってよくしてくれているわけではないと知ったからだ。これは商いなのだ。客相手に愛想を遣うのは当たり前のことではないか。那智が佐吉の仕事を良く言うのも、客の話に合わせていただけのことだ。長年、下総屋に勤めていながらなぜ気付けなかったのだろう。小さく苦笑し、薬の包みを袂《たもと》に落とすと立ち上がった。面を上げた那智に「また、明日来る」と言い置いて、蔵を出た。

土間を辿りながら、那智に触れようとした先刻の行いを思い、冷や汗がにじんだ。いったいなにを期待しているのだと、深く頭《こうべ》を垂れる。

刹那《せつな》、目の端に赤いものが揺れた。背筋がゾッとうなった。振り返ると、中庭に激しい火柱が立っている。轟々《ごうごう》と燃えていた。得体の知れない恐怖が佐吉を襲い、歯の根が合わなくなる。一歩も動けず土間に立ちつくした。

それが火ではないとわかるまでに、ずいぶん掛かった気がする。よく見れば、庭に咲いた曼珠沙華だ。ちょうど中庭にさし込んだ西日が、花の紅《あか》を燃え上がらせていたのだった。そうとわかっても佐吉はなお恐ろしく、足早に土間を突っ切る。息せき切って表の店に飛び込むと、式台の上にいた主人が訝しげにこちらを見た。

「どないしはりました?」

すげなく訊かれ、花などに怯《おび》えた自分が惨《みじ》めになる。

「お庭の曼珠沙華は、ずいぶん増えましたな」

佐吉は上がった息を抑えながら、笑みを作って繕った。

「ええ。うちは代々、先達《せんだつ》の家系やさかいに、行く先々であれが咲きますのや」

「先達？」

「山を案内する役を、熊野《くまの》ではそう申します」

「熊野というのは、あの紀州にある霊山の？」

主人は頷いた。そうか、紀ノ国熊野が那智の故郷か。

「妙法《みょうほう》という山がございましてな、そちらに登られる修験者《しゅげんじゃ》を案内する役を仰せつかってますのや。山から山へ渡るとき、懐かしい者に出会うこともありますよって、惑わずまた地上に降りられるように」

「懐かしい者ってのは、なんです？」

「とりわけ、その者が強く想うていた死人《しびと》」

「……え？　死んだ者と、出会うっていうんですか？」

薄気味悪さに身震《みぶる》いした拍子に、佐吉の中にひらめくものがあった。しかしそれは、像を結ぶ前に呆気《あっけ》なく靄《もや》の中に紛れてしまった。

「熊野詣《もうで》というのは、山に登ることで一度死に、また生き返ってこの地に戻ってくることやしてな。戻れるよう案内する役がいりますのや」

「ご息女も、同じ御役目を負って？」

佐吉が訊くと、主人は束の間ためらってから、言った。

「いえ。あれは船を渡す役を負うとります」

「山で、船を？」

「あなたは補陀洛《ふだらく》渡海ということをご存知ですやろか？」

佐吉はかぶりを振って答えを待ったが、主人は話に飽いたのか、それ以上言葉を継ぐことはしなかった。そこに佐吉がいることさえ忘れたように、傍らにあった湯飲みを手に取り、ゆっくりとすすった。

三

その夜、長屋に戻った佐吉に、母は思いも掛けないことを告げた。

「お八重がね、あたしと一緒に住む手配はするから、ここを出ようって言うんだが、あんた、どう思うえ」

見えない目を空にさまよわせて訊く。佐吉はしばらく言葉もなかった。

「どう思うって……。なんだい、そりゃ。なんだって急にそんなことを姉さんは言うんだえ」

「今の裏店を出て、近くにもう少し広いところを見つけるからって言うんだよ」

「だって、そんな。俺はどうなるのだえ。せっかく店まで辞めて……」

それ以上言うと、母を傷つけることになりそうで佐吉は口をつぐむ。

住み込みから通いに変えたときは、「阿母さんが心配だから」と正直に告げた。だが店を辞めると決めたときは、「疲れちまった。少し休みたいんだ」と空音《そらね》で通した。もちろん、息子の嘘に気付かぬ母ではない。すべてを察し、心中詫びながらも、その申し出を受けねばならぬほど弱っていたのだろう。母はずっと、佐吉をこそ頼みにしていたのだ。

「もうすぐ、源一《げんいち》も丁稚に出る歳だろ。そしたら手が空くから、って」

源一というのは、姉の一番上の息子だった。

「そうかもしれねぇが、なにも今、越すことはないだろう」

母は黙っている。

「俺に不満でもあるのかい？　もしそうなら遠慮なく言っておくれよ。直して、阿母さんが過ごしやすいようにするからさ」

母はやはりなにも応えず、虚空《こくう》を睨《にら》んでいる。漆のことしか学んでこなかった朴《ぼく》念仁《ねんじん》の息子とふたり、狭い長屋に暮らすのがつまらなくなったのだろうか。このところ話も噛み合わない、通いで勤めながら看ていた頃より隙間ができた、それは確かなことだった。姉の家ならば孫たちもいる。姉もあの通り、陽気な女だ。ここで過ごすよりもずっと、温かく賑やかな余生が母を待っているはずだった。

「姉さんのとこに行くのがいいんだろうね」

母は静かに言い切った。

「それしか、ないのかもしれないよ」

夜は更《ふ》けていく。聞こえるのは、鈴虫の音だけだ。佐吉の鼻の奥が痛んで、目頭が火箸の当たったように熱くなった。

「もう、寝る」

なんとかそれだけ声にして、夜着を引っかぶる。勝手に流れ出す洟《はな》を、音がせぬようすすった。固く目を閉じたら、目頭から涙が落ちた。年甲斐もねぇ、と己を嗤《わら》う。

――俺は、なにひとつ手にはできなかったのだな。

己の店も、己の妻子も、そうして母さえも。

暗闇の奥に、白い肌が浮かぶ。佐吉を慰めるような、那智の滑らかな首筋だった。細い髪の毛が揺れて、触れもせぬのに手の平に女の感触が伝ってくる。

ふと、ずいぶん昔に聞いた雨月《うげつ》物語の一節が佐吉の耳に甦《よみがえ》った。豊雄《とよお》という旅の若者が、ひとりの女と出会う段だ。

年は二十歳にたらぬ女の、顔容《かおかたち》髪《かみ》のかかりいと艶《にお》ひやかに、遠山ずりの色よき衣《きぬ》着て、しとどに濡れて佗びしげなるが、豊雄を見て、面《おも》さと打赤めて恥かしげなる形《さま》の貴《あて》やかなるに、不慮《すずろ》に心動きて――。

豊雄は真女児《まなご》と名乗る女の美しさに惹《ひ》かれ、夫婦《めおと》約束までする。ところが女からもらった太刀《たち》が熊野権現《ごんげん》の神寶《しんぽう》であったことが知れ、御上からいらぬ嫌疑を受けてしまう。ふたりの縁はその後切れるのだが、豊雄を慕う真女児は彼の前に何度となく姿を現す。豊雄が妻を娶《めと》ると、それに取り憑《つ》いて恨み言を吐く。真女児は人ではなく、白蛇の化身であったのだ。

これも熊野の話だった。豊雄が真女児に出会うのは、新宮《しんぐう》からの帰途である。そういえば、と佐吉は思い至る。三山のひとつに那智という山があった。確か、薬種屋の主人が先だって話した妙法山と連なる山だ。死者とすれ違うというのは、妙法から那智に渡る道中なのだろうか。

那智と真女児を暗がりの中で重ね合わせた。必ず近くにおらずともいい、夜道で月のついてくるように、那智だけでもずっと自分に添うていてくれたなら。

佐吉はかすかに首を振る。夜着の中で体を丸め、いっそうきつく目を瞑《つむ》る。

母の心変わりを、佐吉は誰にも打ち明けなかった。家のことは、他の誰に委ねられる話でもないのだった。

内蔵でも、気散じになる話題だけを探した。とはいえ佐吉には、漆のことより他に話せることもない。これまで辿った日々は、腹を抱えて笑えることも華やかな出来事もないまま、淡々と過ぎ去ったのだ。

「そういやこの間の童、あの子も毎日来るのかえ？」

結局、どうでもいいような話で茶を濁すよりなかった。

「はい」

「そうか。爺さんを案じてひとりで使いに来るなんざ、感心な子だな」

「脚の筋を少しひねっただけやして、大事はございませんのや。ただ、あの子を助けようとして痛めた脚ですよし。与平さんはお爺様を慰めたくて、ここに通うておいでやして」

「恩に着るのじゃあなく、慰めたくて、か。おかしな子だな」

話はそこで潰《つい》えた。

「それより、漆のお話、聞かせて頂かして」

まるで佐吉の胸の内を見透かしたように、那智がねだる。

「私は、佐吉さんのお仕事のお話を聞くのが好きやしてよし。品の見分け方も、塗師さんとの遣り取りも、御店の習いも、聞くだけで楽しいのやして」

そうか。那智もまた、この蔵の中しか知らぬのだ、と佐吉は改めて思う。

「でも、おおかた話しちまったからな」

困《こう》じ果てていると、女は身を乗り出し、

「あのお話がまだですよって。『わしの使う漆は、佐吉にしか選ばせん』ゆう塗師さんのお話」

ああ、と佐吉は声を漏《も》らす。寛次《かんじ》という職人のことだ。五年前に六十で逝《い》った。頑固な男だったが、いち早く佐吉を認めると、以来、他の誰にも漆を選ばせなかった。あの寛次さんがあすこまで惚《ほ》れ込むだなんてねぇ、と店の者は一様に嘆《たん》じ、佐吉の見立ての確かさは揺るがぬものになったのだ。

話を続けようとして、佐吉はふと口をつぐむ。少し置いて、それとなく訊いた。

「俺は寛次さんの話を、したことがあったかな」

那智の黒目が忙《せわ》しなく動く。

「……前に、おっしゃったのやして」

いや、言うはずはない。寛次のことは今の今まで忘れていたし、それに、明らかな手柄話や塗師との内々の遣り取りを、周りに吹聴することはこれまで一度もしてこなかった。母にすら話さない。佐吉はそういう性分なのだ。

そういえば那智は先だっても、佐吉の仕事は御店の者が継いでいる、と当たり前のように口にした。確かに店を辞める前、主人に請われて、漆の扱いから人脈まで佐吉が築いた一切を惜しむことなく手代に伝えたが、考えてみればそれも、よそには話していないことだった。

「もしかしたら私の覚え違いかもしれませんわのし」

性急に話を仕舞った那智を見詰めて、佐吉は、真女児の逸話を浮かべる。空想に取り込まれていると、胸元に白蛇がすらりと寄った。那智の白い手の平に、薬の包みが載っている。受け取るとき、指の腹が女の手に触れた。滑《なめ》らかなぬくもりが、痺《しび》れるように伝ってきた。

「那智さんは、ここより外へは出ないのかえ」

「はい」

「どこへも、行けぬのか」

「毎日、お客様がいらっしゃるよってに、空けることはできないのやして」

「こんな奥まったところにひとりでいるのは辛かろう」

「いいえ。私はここが好きやして。静かで落ち着いて」

「だけど、お前さんくらいの年頃だったら、甘味屋だの小間物屋だの行ってみたいところはいくらだってあるだろう」

「そやけど私はここで役を授かっておりますよってにのし」

那智が首を振るたびに、佐吉はこの女の気持ちを蔵から表に解き放ちたくてたまらなくなった。本当は、負わされた役目など放り出して、家も親兄弟も顧《かえり》みず意のままに生きたいのだと、那智に言わせようと躍起《やっき》になった。人であれば誰しもそう思って当然なのだ、なにも悪いことなどない――佐吉はおそらくそれを女の口に言わせて、自らに聞かせたかったのだ。

「江戸で行きたいところがなくても、例えば紀ノ国ならどうだ？　故郷に帰りたいと思うことはないのかえ」

執拗に言い募る。那智は弾《はじ》かれたように顔を上げ、それから力なく目を伏せた。会話が途切れると、辺りの静けさが耳に痛かった。戸口から仄《ほの》かに入る陽の光も消えて、油皿を焦がす灯の気配だけが揺れている。

「紀ノ国は美しいと、言っていただろう。きっと、江戸とは比べものにならないくらいいいところなのだろう？　阿母さんや兄弟にだって、会いたかないかえ」

必死に言いながら、俺は本当に枷《かせ》を脱ぎたかったのだろうか、と佐吉は怪《あや》しんでいた。実は俺のほうが阿母さんを頼みにしてたのじゃあないだろうか。阿母さんがいなけりゃ本当にひとりきりだ。それが怖くて、ずっと怯えていたのではないだろうか。

那智は、小さく身を縮めている。その双の目が濡れているのに気付き、佐吉は声を呑んだ。

「私はここが好きやよってにのし。こうして薬を差し上げることが」

女の声は、憐《あわ》れに擦《かす》れていた。

「悪かった。俺は、そんなつもりじゃなかったんだ。お前を責めるつもりじゃなかった。つい、ムキになっちまって」

「私は、ここが好きですよって、こうして」

しゃくり上げて、あとは声にならなかった。佐吉はうろたえ、那智の傍らに寄る。けれど袂に顔を埋《うず》めた女をどう慰めたものか、まるでわからなかった。怖々と手を伸ばす。指先が細い肩に触れた途端、ここで離してしまえば、那智の体は山と山の狭間《はざま》に吸われて二度と戻ってこぬように思え、無性に怖くなった。

佐吉は女の手をとって強引に引き寄せた。その体を腕の中に抱いた。那智はあらがう素振りを見せた。さらに腕に力を込めると、額を佐吉の胸につけて大人しくなった。

ずいぶん長い間、そうしていた。泣き声はいつしか止んでいる。互いの鼓動《こどう》だけが行き合っていた。那智の温みを肌に覚えて、佐吉の四肢は震えた。止めようとしても、震えはひどくなる一方だった。

「こんなに震えっちまうなんざ」

干上がった喉で、かろうじて言う。那智が、腕の中で顔を上げた。

「まったくみっともねぇ。いい歳した男が」

那智は佐吉を見詰め、首を横に振った。思いがけず近いところに女の睫毛があり、それが滴《しずく》をまとって揺れている。佐吉は指の腹で涙を払った。そのまま女の頬、そうして唇を撫でた。ためらったのち、真っ白な首筋に顔を埋めた。

那智の腕が伸びて、佐吉にしがみつく。伽羅の香りがした。すすり泣くような声が、佐吉の耳に長く残った。

四

そのことがあって数日、佐吉は薬種屋に行かなかった。那智には無性に会いたかったが、どんな顔で会えばいいのか見当もつかなかったのだ。

母は四六時中仏壇に向かうようになり、姉は足繁《あししげ》く桜馬場に通って世話を焼く。様変わりした重苦しい日常さえ、那智とのことがあってから、夢の中の出来事のように遠く感じられるのだった。

十月に入った玄猪《げんちょ》の日、佐吉の家には朝から近所の女房連が出入りして賑わしかった。毎年、牡丹餅《ぼたもち》作りは家主の住む表店でするのが習いであったから、「うちでやるのか、珍しいな」と佐吉は声を掛けたが、女たちは誰しも応える間も惜しいといった様子で立ち働いており、言葉はあえなく宙に浮いた。

母もこの日ばかりは仏壇から離れ、部屋の隅で箱膳を拭《ふ》いている。女房のひとりが母に向かって、「お八重ちゃんは、なにを持ってくるって？」と訊き、「お酒と、煮炊きしたものもいくらか持ってくるって言ってたよ」と最近にはなかったしっかりした声で母が応えた。姉は今日も来るらしい。一度きちんと話さないとならねぇな、と佐吉は溜息をつく。

「でもよかったよ、孝行な娘さんがいてさ。女が所帯を持って、自分の阿母さんを引き取ろうなんざ、あることじゃあないよ」

ひとりの女房が言い、

「ほんとだね。偉いもんだよ。ここにいた時分は、いっつも冗談事ばっかりのふざけた娘だったのにねぇ」

他の女房が応えると、みなが盛大に笑った。

佐吉は呆然とその場に立ちつくした。

「なんだって？　いつの間に、そんなことになっちまったんだえ」

しかしそこにいる誰もが、佐吉に気兼ねもしなければ、見向きもしない。女房連から口々に娘を褒《ほ》められ、母まで仄《ほの》かに笑っている。佐吉はもう一遍、台所に目を向ける。女房たちがこしらえているのは、牡丹餅ではなく煮物や汁物だ。

――玄猪を祝うのではなく、母を送る宴《えん》でもするつもりだろうか。

佐吉は信じられぬ思いで下駄をつっかけ、みなの笑い声から逃れるように長屋を出た。

どこへ行くあてもない。足は自然と飯田川へ向かった。俎橋を過ぎると、澄んだ静寂が、長屋の喧噪《けんそう》を雪《すす》いだ。まぶたに浮かんだ那智の姿態だけで身の内を埋めて、他はなにも考えぬようにして、佐吉は川縁《かわべり》を行く。

蜱橋に差し掛かる。橋の上に誰かが立っていた。胸がざわめく。那智のような気がしたのだ。だが人影は童のもので、近づくと、一度内蔵で会った与平という子である。

「薬種屋に行った帰りかえ？」

声を掛けると、与平はつと顔を上げ、頷いた。

「じゃあ、早《はえ》ぇとこ爺さんに薬を届けねぇといけねぇな」

そういえば母は、佐吉が毎日届ける薬にもひとことも触れはしなかった。

「もう、薬はないんだ」

与平は言った。

「爺ちゃんも少し落ち着いたから」

「そうかえ、治ったか。そいつぁよかったな」

与平は虚ろな目をして、かぶりを振った。

「あれは脚の薬じゃないんだ。気散じの薬だって。もともと形がないんだって」

「形がない？　そんなはずはねぇさ。だいたいなんの気散じだ」

「わっちは沼にはまったきりだった。それを那智の姉さんが、いっとき帰してくれたんだ。薬を出して届けるように言って、爺ちゃんのとこへ」

「言ってることがわからねぇな」

「あの姉さんは、そういう役なのだって」

もう一度、「よくわからねぇな」と言いかけた佐吉の目の内一杯に、群生する曼珠沙華に似た色が広がった。ひとつの光景が浮かぶ。灰色の煙が辺り一面に渦巻いていた。ひどく熱く、息苦しい。いけない、ととっさに思った。逃げ出さねば危ないと焦ったが、手も足も思うように動かない。酒をしたたか飲んだせいだ。

「まさか……」と彼はうめく。

「わっちはもう、家には帰らないんだ。日限が来たから」

与平は川面《かわも》を見ながらつぶやいた。

「もうすぐ船が来る。ここから渡って行くんだって」

蜆橋の下に流れているのは、どんな小舟も浮かびようもないせせらぎだった。

「海を渡って補陀洛まで行くんだって」

佐吉はよろける足で、あとじさる。薬種屋に背を向け、蜆橋を戻って飯田川を下り、石町へと向かう。早足だったものが、気付くと一散に駆けていた。下総屋を目指している。通い慣れた道だった。息もつかずに走り続けた。二十年以上、毎日見てきた景色が見えてくる。だが、もっとも馴染《なじ》んだその一点だけが、櫛《くし》の歯が欠けたように抜け落ちていた。

下総屋があったはずの場所に、佐吉は立ち止まる。

更地《さらち》になったそこには、炭と化した柱や梁《はり》の欠片《かけら》が転がっていた。鳶《とび》が壊したらしい両端の土塀だけ残っているのが、無惨さをいや増した。

「こりゃ、きれいさっぱり焼けたもんだね。あの下総屋が跡形もねぇなんざ」

通りかかった男らが、佐吉の背後で大袈裟《おおげさ》な声をあげる。

「竈《かまど》の火が落ちきってなかったってさ。店で酒宴かなにかを開いたもんで、みな酔っぱらって、始末しねぇままだったのだろう」

「老舗《しにせ》だとお高くとまってたわりにゃあ、呆気ねぇ顚末《てんまつ》だぜ」

「よせよ。死んだ者もあるんだから。罰《ばち》があたるぜ」

佐吉の記憶のすべては、薄ぼんやりとしたものだった。それでも、起こったことは鮮明に感じてとれた。旦那さんは、お内儀さんは、奉公人たちは無事だったのか。それより他にはなにも浮かばなかった。なにひとつ考えられぬのに、彼の足は、なにかに牽《ひ》かれるようにして蜆橋に戻っていく。橋の上にもう与平の姿はなく、足下にはいつもの頼りないせせらぎがあるだけだった。

佐吉が内蔵に辿り着くと、鴇色の着物が揺れて那智が面を華やがせた。

が、その笑みはすぐに仕舞われる。佐吉の顔を見て、女はすべてを気取ったらしかった。

「お前は、知っていたんだな」

絞り出した声に、那智は頷く。

「私のお役は、家に戻れなかった御魂《みたま》を船に乗るまで、お戻しすることやして」

「与平もか？」

「あの子は、沼にはまったきり浮かびませんでしたのや。あの子のお爺様が、自分が目を離した隙のことやと悔やんでいるのを気にして、ここに呼ばれましたのや」

憐れで惨めな者だけが、呼ばれるのか。なにひとつ残せず、亡骸《なきがら》さえ戻ることのできなかった者が――。

「まいったな」と、佐吉はつぶやく。

「まったく、まいったな」

自分の体から、今まで背負っていたさまざまな枷が音を立ててはずれていくのを感じていた。あれほどしがらみから逃れたいと願っていたはずなのに、それはひどく心許ないことだった。佐吉は、床の上にくずおれる。

「お前は、俺を憐れと思って、情けを掛けたんだな」

言いはしたが、那智を責める気にはなれなかった。むしろ、自分が長らく抱えてきた虚《むな》しさを、図らずも女の身に託してしまったような罪深さを感じていた。

那智は、首を横に振った。「悪かった」と佐吉は言った。勝手に想って、いろんなことを押しつけちまって。心の内で唱《とな》えると、那智が小さく応えた。

「私はただ、惹かれたのでございますよし。佐吉さんの通ってきた美っつい道を心から慕《しと》うたのやして」

佐吉の波立っていた心が少しく凪《な》いだ。那智の手を取る。白い肌に灯った温みに、身を寄せた。

油皿の灯が、音もなく消えた。

五

気付くと佐吉は、長屋に戻っていた。

朝と同じく女房たちが出入りして、慌ただしく立ち働いている。中に、姉の姿もあった。また一際大きな声でしゃべっている。

「七七日《なななぬか》が過ぎるまでは梃子《てこ》でも動かないんだもの。目が悪いのにひとりでいるって聞かないんだから。まだここに佐吉がいるような気がするからってさ」

「急なことだったからきっと信じられないのさ。親だったら誰だってそうさ」

汁をかき回しながら、女房が応える。

「佐吉さんも運が悪かった。よりによって店を辞める、その日にさ。でもあの火じゃあしょうがないよ」

女房たちが慰めると、姉は大きく笑ってみせた。

「あの子はね、昔っから間が悪いんだ。小っちゃい頃からさ、みんなでいたのにひとりだけ犬に嚙みつかれたり、飛び跳ねた拍子に溝に落っこったり」

「だけどあんた、昔っから『あんなに賢くて孝行な子はいない』って、さんざん弟自慢をしてたじゃないかえ」

「それだってね、あたしのお蔭なんだよ。あたしが阿母さんの腹の中で取りっぱぐれたいいとこを、あの子は全部備えて生まれてきたんだもの。感謝してほしいもんだね。やい、佐吉、どっかで聞いてるかえっ」

おどけて言ったが、姉は洟をすすっていた。周りの女房連は見ぬふりをして、話を変えた。「お坊さん、もうすぐかね」「お布施《ふせ》も支度しとかないとね。七七日の法《ほう》会《え》といっても弔《とむら》い代わりだから少し多めにさ」「それは、家主さんが支度するから、あんたはいいんだよ」。

狭い部屋では、甥《おい》や姪《めい》たちが母にまとわりついて、手習所であったことや流行《はや》りの遊びをかしましくしゃべっている。昔よく遊んだ幼馴染みや、行きつけの一膳飯屋の主人、湯屋《ゆうや》の二階でよく一緒になった連中の顔まで見え、佐吉は目を瞠《みは》った。下総屋の奉公人の姿もあった。あいつらは助かったのだ、と安堵した。

「必ず番頭さんの思いを継ぎますから。必ず下総屋を再建してみせますから」

手代たちが小さな仏壇にすがって泣き声をあげるや、すかさず姉が、

「やめておくれよ、ここは芝居小屋じゃあないんだよ。そんな辛気くさい奴は、今すぐ放り出すよっ！」

大声で怒鳴ったものだから、男たちは一斉に肩を跳ね上げた。その様があまりに滑稽《こっけい》で、女房連は腹を抱えて笑った。怒鳴った当人も吹き出し、怒鳴られたほうはバツが悪そうに苦笑いをする。逞《たくま》しい笑いの渦が、部屋中に満ちた。

ひとりひとりからいくつもの糸が伸びているのが、佐吉には見えていた。生きているうちは、疎《うと》ましく、ときに持て余し、それによって思いのままに生きる道を阻《はば》まれているとしか思えなかった糸だった。

佐吉は、眩《まぶ》しげに目を細めて、幾多の糸が複雑に絡み合う様を眺めた。

遠くに艪《ろ》の音が聞こえる。船は時を違《たが》えず、近づいているらしかった。そろそろ蜆橋に立つ刻なのだ。

ひとつ息をつき、表に目を遣る。初冬の空はどこまでも高く、晴れ渡っていた。籠《かご》一杯に野菜を詰めた棒手振《ぼてふり》も、軒下に立つ辻占《つじうら》も、路地で遊ぶ童も、井戸端で世間話に興じる女房たちも、黄金の光を一身に浴びていた。

それは確かに、佐吉が在った世であった。

「まいったな」

佐吉は、またつぶやいた。

「今更、手の中にあったものに気付くなんざ」

いつまでも、この光の中に立っていたかった。佐吉は静かに、空へ向かって手を伸ばした。

あやかし同心

霜島ケイ

一

深川は夜の闇に沈んでいた。

すでに四つ半、まっとうな人間ならとうに眠りについている刻限だ。雲が動いて切れ間から月が顔をのぞかせる、そのいっときだけ掘割《ほりわり》の水は墨にぼうっとした光を垂らしたように流れ、家々の屋根や堀の向こうの武家屋敷の塀が黒々と輪郭《りんかく》をあらわす。だがその月も、中秋を過ぎた今は骨色に細って、東の空に低く、侘《わ》びしい風情でひっかかっているばかり。

そんな頼りない月明かりでも雲に隠れてしまえば、あたりはじっとりと粘りつくような闇一色。ひとけなく静まり返った堀端の草むらで時おり虫が鳴くものの、それすら闇に吸われるようにすぐ途切れる。

足下《あしもと》もおぼつかない暗みの中、堀に沿ってぽつりとひとつ、提灯《ちょうちん》の明かりが揺れていた。行っては戻り、駆け出したかと思えば立ち止まり、なんともせわしない動きである。まるで迷子の人魂《ひとだま》だ。

「まったく、どこへ行っちまったんだよう」

ため息まじりの呟《つぶや》きは、思ったよりも大きく夜気を震わせ、言った本人を驚かせた。

　これで幾度目か、伊助《いすけ》は足を止めると手にした提灯をぐるりと掲げた。そうして耳をすませてみても、求める相手の気配はない。

（千さんは、あれでけっこう無鉄砲なところがあるからなぁ）

　大声で呼ばわるわけにもいかないし、目印くらいおいといてもよさそうなものじゃないかと、伊助はまだ少年の若々しさの残る顔を盛大にしかめた。二十一という年齢のわりに童顔なのが、本人にとっても悩みの種だ。

　こんな時刻に出歩いているのは悪さを目論《もくろ》む輩《やから》と、その悪党を捕らえる側と、夜遊びに興じる旦那衆か夜鳴き蕎麦《そば》かあやかしくらいのものだろう。伊助は前述の二番目――の端くれも端くれの下っ引き、本来は捕り物に加わる立場ですらない。そも下っ引きは、奉行所の与力同心《よりきどうしん》に雇われた岡っ引きの下で、情報集めや雑用をするのが役目の者たちである。土台、足を洗った罪人や町の破落戸《ごろつき》のたぐいが多いが、伊助の場合は少し事情が違う。父親の粂造《くめぞう》は神田界隈を縄張りにする岡っ引きで、伊助はその跡を継ぐべく修業中の、いわば岡っ引き見習いの身であった。

　で、なんでその岡っ引き見習いが、夜の深川で迷子の人魂みたいになっているかというと。

　事の起こりは四日前。新川の酒屋浜崎屋《はまざきや》に押し込みが入った。賊は番頭を斬り殺し、主人にも怪我を負わせて金品を奪い、遁走《とんそう》した。その潜伏先が深川の扇町《おおぎちょう》という情報を得て、事件を追っていた定町廻《じょうまちまわ》り同心の柏木千太郎《かしわぎせんたろう》は伊助を伴ってその近辺に探りをいれ、ついに町屋の一軒が賊の隠れ家であることをつきとめた。

――そこまではいい。

賊は三人いた。こちらが同心一人と十手《じって》も持たない下っ引きではいかにも心許《こころもと》ないので、伊助は深川を仕切る顔見知りの親分のところにひとっ走りして応援を頼み、ついでに奉行所への言伝《ことづて》も頼んで、くだんの町屋に駆け戻った。

ところが戻ってみると、隠れ家はしんとしてもぬけの殻、賊を見張っていたはずの柏木同心の姿もどこにもない。賊が追っ手に気づいて逃げだしたのか、それともたんに潜伏先を変える算段でもしたのか。いずれにせよ相手が動いたので、同心もあとを追ったに違いない。それが四半刻ほど前の出来事で、おかげで伊助はこうして柏木千太郎を捜して駆けずり回る羽目になってしまったのだ。

(さて、どっちへ行ったものか)

行くか戻るか束の間迷って、そのまま先に進むことにした。

堀沿いに真っ直ぐ行って橋を渡れば、三十三間堂《げん》に出る。駆け出した伊助は、しかしすぐに足を止めた。

橋の袂《たもと》でぽうっとひとつ、提灯の光が浮かび上がった。まるで伊助がやって来たことに気づいて、そこにいた誰かが慌てて火を灯《とも》したという塩梅《あんばい》だ。

闇の中、唐突にあらわれた明かりに、伊助は目をこらした。

（千さん……、じゃあねえな）

小さな光の輪は、提灯の持ち主の足下を照らしている。遠目にそれだけでも、身なりのよさはわかった。男だ。おそらく老人。どこかの大店《おおだな》の隠居といったところか。こちらに背を向けたままというのが奇妙だが、だいたいが今このような場所で会う相手ではない。

馬鹿らしいほど怪しい。

しかし無視するのもどうかと思うので、伊助は相手に近づいて声をかけた。

「おい、このへんで八丁堀を見なかったかい？」

「ほ、……奉行所のお役人がどうしたかね」

陰気にくぐもった声が返る。伊助が手もとの提灯を持ち上げると、明かりは老人の後ろ姿をとらえた。

「はぐれちまってさ。さっきっから捜してるんだが、見あたらなくて困ってんだ」

「その同心というのは……」

そこで一度言葉を切り、ようやく老人は振り返る。白髪まじりの頭が目の前でくるりと反転して、顔がこちらを向いた。

「こぉんな顔かい？」

提灯の明かりに浮かび上がった顔には、目も鼻も口もなかった。まるきり、つるんつるんの茹で卵だ。

とたん、伊助は勢い込んで身を乗り出すと、老人の肩をがばと摑《つか》んだ。

「そうそう、そんな顔だ！　見かけたのか？　それで、千さんはどっちへ行ったっ？」

「え、こんな顔……？」

あやかしはハッキリと狼狽《うろた》えた素振りを見せた。目があったら白黒させていただろうし、口があったらぽかんと開けていたことだろう。

かまわず伊助はじれったげに、相手の肩を揺さぶった。

「だから、その同心はどうしたって訊いてんだよっ。ここを通ったんじゃねえのかい？　あっちかそっちか、どっちへ行ったんだっ？」

こっちは急いでるんだとっとと言いやがれと、さらに揺さぶられてあやかしは「すみません」と身を縮ませた。

「あ、あっしは誰も見てません。実はその、旦那が通りすがったから、ちょっくら驚かそうと思っただけで……」

「なにぃ⁉」

「ひええ、ご勘弁」

情けない声をあげて、茹で卵はあっという間に、ぽんと毛むくじゃらに変わった。そうすると目も鼻も口も一応、ある。人間のツラではなかったが。

鼻先の尖った毛深い獣の顔を見て、

「あ、おまえ、狸《たぬき》じゃねえか」

伊助は舌打ちすると、相手から手を離した。

「へい、面目ない」

化け狸は恐縮したように、かりかりと耳の後ろを掻いた。着物姿のまま、二本足で立っているせいか、仕草が妙に人っぽい。

「いやしかし、こいつは一本とられた。驚かせるつもりが、あっしのほうが驚かされちまった。旦那はずいぶんと肝の太い御方のようで。いや、お見それいたしました」

前肢で自分の額《ひたい》のあたりをぺんと叩いて見せるところなど、今度はまるで幇間《ほうかん》だ。

「ぬかしてんじゃねえ」

伊助は口もとをぐいと曲げてから、狸をしげしげと見た。

「おまえ、江戸のもんじゃねえな。つい最近、こっちに出てきたくちだろう」

「へい。とんだ田舎者《いなかもの》で。やっぱりわかりますかねえ」

「そりゃな。その程度の化かしっぷりで驚くヤツは、この江戸にゃいねえよ」

ふふんと鼻を鳴らした伊助だが、はたと自分の立場を思い出した。

「おっといけねえ、こんなことをしている場合じゃなかった」

あやかしを放って駆け出そうとした足が、数歩でつんのめった。闇の何処《どこ》か遠くから、怒声と、刃が火花を散らすような物騒《ぶっそう》な音が耳に届いたからだ。

ここより北の武家地の辺りと見当をつけて、踵《きびす》を返した伊助はいっさんに堀端の道を走った。なぜだか狸が、すたこらとその後ろをくっついて来た。

角を折れて町屋の並びをつっきれば、ほどなく高い塀が道の両脇に連なる。おあつらえむきに雲が切れ、薄々とした月明かりに浮かび上がった光景を一目見て、伊助は思わず「うわぁ」と唸《うな》り、狸は「ひゃあ」と頓狂《とんきょう》な声を発した。

一人と一匹の視線の先、ほんの何十間かの距離をおいて、ふたつの人影が対峙しているのがぼんやりと見えた。ぼんやりでも片方が柏木千太郎であるのは、間違いない。なまこ塀を背に、ぴしりと十手をかまえているからだ。

とすれば相手は賊の一人だろう。手にした刀がちらりと、月に白く光った。

「いいんですかい？」

足を止めてしまった伊助に、狸が小声で訊いた。加勢しなくていいのかと言う。

「よく見てみな。千さんはまだ刀も抜いちゃいねえだろ。それに、ほら」

伊助は顎《あご》をしゃくる。睨み合っている両者のすぐ傍《かたわ》ら、すでに二人の賊がのされて路上の豆袋のように転がっていた。

「へえ、あのお役人、強いんですか」

「まあな。そのへんの腰の物ばかり立派なお武家よりも、よっぽど腕が立つぜ。確か、ナントカっていう剣術の流派の免許皆伝だ」

などと言いながらもため息をついてしまったのは、それにしたって賊三人を相手に立ち回りを演じる千さんはやっぱり無鉄砲だと思うからだ。

(だから俺が、いつもちゃんとあの人のそばについていねえと)

格下年下の下っ引き風情が言うことではないが、そこは譲るつもりはない。

「――野郎！」

一声吠えて、賊が斬りかかった。刃と十手が嚙み合い、キンと高い音が響く。十手が刀身をすり上げた一瞬に、小さな火花が闇に散った。せめぎあったのは一寸の間、千太郎は手首を返すと、振り下ろされた刀を鈎《かぎ》の部分でかっちりと挟み取る。刃を抑え込まれ賊がたたらを踏むのと同時に、するりと相手の懐《ふところ》に飛び込んで、横面に十手の先を叩き込んだ。

「こりゃお見事」

賊が一撃で昏倒《こんとう》したのを見て、狸は感嘆した。

「ああ。南町奉行所の柏木千太郎と言えば、江戸で知らない者はいねえぜ」

というのは大袈裟《おおげさ》にしても、千太郎が江戸の人々にたいそう人気があるのは事実だ。腕が立つばかりでなく、情に篤《あつ》く正義感にあふれ、気性はさっぱりと嫌味《いやみ》なく驕《おご》るところもないともっぱらの評判である。

そうして江戸っ子たちは、千太郎を指して口々に言うのだ。

――男は顔じゃないねえ。

「千さん」

十手を帯の前に差し込むと、同心は駆け寄った伊助を振り返った。

伊助の持つ提灯の明かりが羽織に着流しの姿を照らし、粋な小銀杏《こいちょう》に結った頭まで光の輪がとらえたとたん、突っ立ったままでいた狸が「あびゃびゃ」とへんてこな悲鳴をあげた。

「よ、妖怪だぁ……⁉」

提灯の火に浮かび上がった顔は、つるんつるんの卵のように、目も鼻も口もない。のっぺりとただ白いだけだ。

(てめえが千さんに化けようなんざ、百年早いぜ)

恐れ入ったかとばかり、伊助は狸を振り返り、にやりとした。

千太郎を見て、男は顔じゃないと江戸っ子たちが言うたびに、伊助はついつい胸の内でまぜかえしてしまう。

――顔がないの間違いだろ。

江戸南町奉行所定町廻り同心、柏木千太郎はのっぺらぼうだ。歴《れっき》としたあやかしである。

二

「捕り物は単独でする事ではないと、いつも言っておるだろうが。なぜ善八《ぜんぱち》が駆けつけるまで待たなかったのだ、柏木！」

千太郎が浜崎屋押し込み事件の下手人《げしゅにん》（殺人犯）を捕らえた、翌日。

筆頭同心、緒方弥次郎《おがたやじろう》はすこぶる機嫌が悪かった。奉行所の詰所で、他の同心もいる前で、頭ごなしに千太郎を叱りつけた。

賊はやはり潜伏先をかえようとしていたらしい。捕り手の到着を待ってぐずぐずしていたら、逃げられてしまう。それゆえ隠れ家から出てきた賊を千太郎が追ってお縄にした次第なのだから、少しくらい褒めてもよさそうなものだが、緒方は千太郎の一人勝手な行動ばかりを責めた。ちなみに善八とは、伊助が応援を頼んだ深川の親分である。

「そこまで己一人の手柄が欲しいか。自慢の腕前を披露したいのか？　読売でも出回って町人どもにやんやと喝采《かっさい》されれば、さぞかし気分もよかろうな」

「緒方様、そりゃあんまりでしょう」

かれこれもう四半刻も、小言と嫌味がつづいている。傍で聞いているほうがさすがにうんざりして、同じ定町廻りの片桐正悟《かたぎりしょうご》が口をはさんだ。

「おまえは黙っていろ、片桐。わしは柏木に、お上《かみ》からお役目をあずかる者の心構えを説いているのだ」

ねちねちと絡んでいるだけじゃねえか、とはさすがに口に出せない。正悟は濃い眉をしかめると、筆頭同心の前に神妙に座っている千太郎を、横目で見た。

いつものこととはいえ、

（千もよく辛抱《しんぼう》しているよな）

緒方が千太郎を目の敵《かたき》にしているのは、周知の事実だ。

一応、緒方の名誉のために言っておくと、彼が千太郎を煙ったく思うのはのっぺらぼうだからという理由ではない。妖怪だから嫌うというような、狭い了見の持ち主ではなかった。——たんに、千太郎に人望があり、これまでも数々の事件を解決して上役のおぼえもめでたいというのが、面白くない。もっと言えばいつか千太郎に筆頭同心の座をとられるのではないかと怖れているため、口を開けば嫌味が出るという、ごく普通に了見の狭い人物であったからだ。

（おや？）

正悟はふと目を瞬《しばた》かせると、あらためてしげしげと千太郎を凝視した。

（あれれ。ひょっとして、千のやつ……）

「よいか。わしの言ったことを肝に銘じ、以後は勝手なことは慎め。——わかったか？　わかったならさっさと町廻りに行って来い！」

畏《かしこ》まっておとなしく自分の言葉を聞いている千太郎の様子に、少しは溜飲が下がったのだろう。緒方は言い捨てて、立ち上がった。

が、ようやく小言から解放されたというのに、千太郎はぴくりとも動かなかった。

「む……？」

緒方は首を傾《かし》げる。先ほど正悟がそうしたように、じいっと千太郎を見つめた。さらに身を乗り出し、のっぺらぼうの顔をのぞき込んだ。

やっと気がついたか、と正悟は思う。

緒方の額に青筋が浮かんだ。顔が怒りで赤く染まっていく。青くなったり赤くなったり忙しいことだ。

筆頭同心は深呼吸すると、拳《こぶし》をぐっと握った。

一喝する。

「寝るなぁぁ――！　柏木ぃ――！」

こういう時、顔がないと便利だ。


詰め所を出て千太郎と連れ立って廊下を歩きながら、

「おまえ、半分以上聞いてなかっただろ」

いつも同じような嫌味では聞く必要もないけどなと、正悟はいかつい肩をすくめる。身体が大きいうえに、あちこちごつごつと角張った印象を与える男だ。

千太郎は困ったように、鬢《びん》のあたりを指で掻いた。本当に困っているのかどうかは、表情がないのでわからない。しかし緒方に何を言われても、のほほんと柳に風でなければ糠《ぬか》に釘《くぎ》という調子で、別段腹を立てるでもなく腐《くさ》る様子もない。大物なのか、それともよほど鈍いのか。どっちだろうと、時々正悟は疑問に思ったりする。

（ま、どっちでもいいがな）

同じ剣術の道場で切磋琢磨《せっさたくま》した仲であるし、つきあいはけっこう長い。千太郎が気の良い友人であることは確かだ。

「──千さん！」

奉行所の門を出たところで、待っていた伊助が足早に近づいてきた。

「あ、どうも、片桐の旦那。……何かあったんですか？」

「何かって何だ」

「出てくるのがずいぶんと遅かったんで」

「ああ、そりゃな、昨夜のことで千が緒方様から小言を頂戴していたせいだ」

その小言がどういうものかわかっているので、伊助は顔をしかめて「あの人も飽きねぇなあ」と言った。

「男の悋気《りんき》はみっともねえ」

伊助の不満顔に、正悟は苦笑する。いっぱしのことを言っても、童顔の伊助が口にすると子供が口を尖らせるような物言いに聞こえてしまう。

伊助の父親の粂造は、千太郎の父柏木兵衛《ひようえ》が手札を与えた岡っ引きだ。兵衛が同心を引退した今は、当然のように千太郎の下で働いている。その関係で伊助も子供の頃から柏木の屋敷に出入りしており、千太郎のことを身内のように慕っているのだ。伊助が千太郎を「旦那」と呼ばずに「千さん」と呼ぶのも、子供の頃からの習慣である。

「すみませんがお二人とも、今から京橋の番屋まで来ちゃもらえませんか」

「おうよ、どうした?」

しゃべらない千太郎にかわって、正悟がすわ事件かと勢い込む。

「なんでも、拐《かどわ》かしの犯人を捕らえてほしいと訴えてきた者がいるそうです」

「拐かし? 誰かさらわれたのか?」

「いえ、それが、拐かしはこれからなんだそうで」

正悟と千太郎はそろって首を傾げた。

「なんだ、そりゃ。これから? ……ってことは、密告か? 大店の倅《せがれ》でもさらって身代金を強請《ゆす》る算段をしていたところが、仲間割れして腹いせに番屋に駆け込んだってクチかい」

と、正悟が言ったのは、二ヶ月ばかり前にも同じようなことがあったからだ。両国の油屋の七つになる息子がさらわれて身代金を要求されたが、金の分配をめぐって賊が仲間内で揉め、そこから足がついて犯人はお縄になった。子供も無事に家に戻って、一件落着である。

けれども伊助は困ったように、「はあ」とか「いや」とか唸っている。

「まだるっこしい野郎だな。そうじゃねえってんなら、どういう事情だ」

「それが……、訴えているのは女で、大野屋《おおのや》って店の女中だとかって話で」

「女中?」

「俺も番太郎からの又聞きで、よくわからねえんですよ。とにかく千さんを呼んで来てくれって頼まれたもんだから」

「なんで千なんだ」

「その女が、ぜひとも同心の柏木千太郎って人と話をしたい、他の者ではだめだと言い張ってるらしいんです」

「へ？　千、その大野屋の女中だかはおまえの知り合いか？」

　正悟が目を向けると、千太郎は腕組みをした。しばらくそのままでいてから、

（はて？）というように、大きく首を捻《ひね》った。

「ああもう、埒《らち》があかねえ。行こうぜ。こんなとこでしのごの言ってたって始まらねえや」

　こうして二人の同心と下っ引きは、京橋へと向かった。


　女はトキと名乗った。岩本町の蠟燭《ろうそく》問屋大野屋に奉公しているという。

　番屋で待っていた女を見て、伊助はちょっと驚いた。なんとも婀娜《あだ》っぽい美人だったからだ。歳は二十代の半ばほど。身なりは奉公人らしく着物も髷《まげ》の結い方もつましいものであるが、仕草や眼差し、声の端々にぞくりとするような色気が滲《にじ》む。

　それに――。

女の印象をいささかちぐはぐなものにしているのは、その髷に挿した玉簪《たまかんざし》だった。

一点、鮮やかに血を落としたような赤。珊瑚《さんご》玉の簪だ。これほど赤味が深く艶《つや》のある玉となると、さぞ高価な品に違いない。とても女中が普段から身につけているようなものとは思えない。

とはいえ、

（たかが簪だ）

気にするようなことでもないだろうに、伊助はついちらちらとその赤い色にばかり目をやってしまう。何か胸の底にひっかかるような、どうにも落ち着かない気分を持て余している間に、トキの話は始まっていた。

「乙吉《おときち》という男なんですよ」

大野屋には、おしのという十六になる娘がいる。大店の娘らしく世間の風にも当たらぬ育てられ方をしたが、その箱入り娘が最近になって、なんと男とこっそり逢い引きをしているのだという。しかも相手は大野屋の名には到底釣り合わぬ、盛り場をうろついているような遊び人のたぐいらしい。

「大野屋の旦那様も奥様も、一人娘のお嬢さんのことをそりゃもう真綿でくるむように大事になさっていて、おかげでおしのお嬢さんは一人で自由に外に出ることもできやしません。ですから、たいていは稽古事のあとに、なんだかんだと理由をつけてはお供の者を先に帰して、乙吉と会っているんです」

「そいつがわかっているのなら、しばらく稽古事を休ませて、娘を家から出さねえようにすればいいだろうに」

正悟は自身番が出した麦湯を一口飲んで、気のない声で言った。

「若い娘がちょいと熱に浮かされたようなもんだ。世間知らずのお嬢さんならなおのこと、堅気の商売人とは毛色の違った男を見て、物珍しさを惚れたと勘違いしちまったんだろうよ。……だいたい大野屋はこのことを知ってるのかい？」

「夢にも思っちゃいませんよ。お嬢さんは大人しい娘で、旦那様や奥様に逆らったりしたことはありませんもの」

だったら番屋に駆け込むよりも、親に告げるのが先だろう。そうすれば大野屋でも、店の格の釣り合った相手と娘の縁談を進めるなり、いくらでも手を打つはずだ。

正悟の言葉に、トキはしみじみとため息をついた。

「旦那は女というものを、からきしわかっちゃいませんねえ」

とたんに正悟は麦湯にむせた。隣でつくねんとしていた千太郎が、もぞもぞと肩を震わせる。笑っているのだ。

「おい、こら」

正悟の恨めしげな声に、にやにやしていた伊助は慌てて下を向いた。「女をからきしわかっていない」というのはまさにその通りで、片桐正悟という男は色恋の、色はともかく惚れたはれたの話にはいっそ清々《すがすが》しいほどの朴念仁《ぼくねんじん》だ。見た目はいかつく強面《こわもて》であるが、美男とまではいかなくともそこそこ悪い顔ではない。その気になれば嫁のきてくらいありそうなものだが、なぜだか本人が縁談と聞けば逃げを決め込むので、じきに三十路《みそじ》になろうというのに未だに独り身《ひと》である。

ちなみに伊助が以前、なぜ嫁をもらわないのかと正悟に訊ねたところ、女は苦手だという答であった。なぜ苦手なのかとさらに訊くと、「よくわからん理由で泣くから」と、聞いているほうがよくわからんことを言った。

「世間知らずの十六の娘でも、女は女。恋もへたすりゃ死にいたる病《やまい》でございましょう。普段は大人しいお嬢さんが、親をだまくらかしてまで会いたいと思うほど、相手の男にのぼせあがっちまってるんですから。これで家に閉じこめたり、他の男と縁談なんてことになったら、思い詰めて何をしでかすかわかったものじゃありません」

駆け落ちだってやりかねませんよと、トキは冷ややかに言った。

「実のところ乙吉のほうはとっくに、一緒に上方《かみがた》へ逃げて二人で暮らそうなどと、お嬢さんをそそのかしておりましてね。一生大切にする、所帯を持ったら自分もちゃんと働いてけして苦労はさせないからと、甘い言葉をお嬢さんの耳に吹き込んで」

伊助は顔をしかめると、ちらりちらりとトキを盗み見る。今度は女の物言いに、何か腑《ふ》に落ちないものを感じたのだ。――けど、何だろう。

「それを不実な嘘と決めつけることもできねえだろ。男のほうは本気かも知れない。そりゃまあ、駆け落ちはまずいけどな」

「嘘ですよ。本気なんかじゃない」

トキの目が、一瞬底光りしたように見えた。

「旦那。あの乙吉って男はね、そうやって女をその気にさせて、拐かしちゃ売っぱらうような極悪人なんですよ」

ここでようやく、拐かしという言葉が出てきた。

正悟は眉を寄せて、千太郎に目をやる。千太郎はのっぺらぼうの顔をトキに向けたまま、考え込むように顎を手で撫でている。

「……つまりおまえさん、乙吉が大野屋のおしのを拐かそうとしていると、そう言いたいわけか」

「そう言っているんです」

渋面《じゅうめん》をつくる正悟に対し、トキはずいと一寸、膝を進めた。

「しかし、なあ」

「そもそもお嬢さんがあの男と知り合った経緯だって、ろくなものじゃなかった。乙吉は稽古場に向かう途中のお嬢さんをたまたま町中で見かけて、以来ずっと目星をつけていたんです。ええ、端《はな》から手玉にとるつもりでね」

ある時、得意客からの誘いがあって、大野屋の主人は妻と娘を連れて舟遊びに出た。それがお開きになり、さあ帰ろうと舟を降りた両国で、おしのはふと両親や供の者とはぐれてしまったのだ。両国橋界隈は見せ物小屋や屋台が処狭《ところせま》しと並ぶ盛り場で、特に大川に花火の上がるその時期は人出が多い。人込みの中でおろおろしていると、たちまち目つきの悪い男たちに囲まれてしまった。――そこに通りかかった乙吉が、破落戸どもを撃退し、おしのを窮地から救った、という顛末《てんまつ》だ。

でもね、とトキは言う。

「そんなもの、最初から乙吉の仕組んだ芝居だったんです。あの男はその前から何日もお嬢さんをつけ回して、声をかける機会を狙っていた。両国でお嬢さんがはぐれて一人になったのを幸い、その辺りに屯《たむろ》っていた怪しげな連中を使って、お嬢さんに近づく算段をしたわけで。もちろんその男たちには、後でちゃんと礼金をはずみましたとも」

（……そうか）

さっきから女の言葉の何が腑に落ちないのか、伊助は気づいた。

「トキさんは、なぜそんなことを知っているんだい？」

え、とトキは初めて伊助に気づいたとでもいうように、顔を向けた。

「だって妙じゃねえか。その乙吉って男が大野屋のお嬢さんをつけ回していただの、芝居を打っただの、駆け落ちをそそのかしているだのって。まるでその場にいて、見ていたみてぇだ」

女中が主人の娘の逢い引きに薄々気づくということはあるだろう。供の者だけいつも先に戻ってくるのなら、それが妙だと店の者の口の端《は》にのぼることもあろう。逢い引きの現場を目撃した者も、実際にいたかも知れない。こっそりと相手の男のあとをつけるなりして、名前と素性を調べた……ということだって考えられる。けれど、そこまでがせいぜいだ。なのにトキは本人たちでなければ知らないことを、話している。

正悟もおかしいと思ったのだろう。腕を組み、表情を厳しくした。

「おまえさん、本当に大野屋の女中か？」

「それはどういう意味です」

トキはキッと眉を逆立て、正悟を睨んだ。

「その口振りだと、ずいぶんと乙吉って野郎のことに詳しいみたいだからな。もしかして、もともと乙吉と知った仲だったんじゃないか？」

「よしてください。どうして、そんな」

「それでなきゃ、ただのおまえさんの思い込みか、全部作り話ってことも考えられる。今この伊助が言ったように、話がどうも出来すぎだよ」

「あたしが嘘をついているって言うんですか？」

きりっと歯を嚙む音が聞こえたようだ。

「まあ、おまえさんのことは大野屋に訊けばわかるし、乙吉についても調べりゃいいだけのことだ。だが本当に拐かしを企んでいるのかどうか、ちゃんとした証拠もねえうちにふん縛るわけにも、な。おまえさんが乙吉の仲間で、乙吉からじかに聞いた話をここでしゃべっているってのなら、別だが……」

バンッと唐突に激しい音が響いた。トキが、まるで癇癪《かんしゃく》でも起こしたみたいに、自分の両手を畳に叩きつけたのだ。

正悟はぎょっとして口を噤《つぐ》み、伊助は逆に口をぽかりと開け、千太郎は相変わらずのほほんとのっぺらぼうだった。

「あたしはあんな奴の仲間じゃない。仲間なんかであるものか」

トキは低く唸ると、目の前の同心たちに、ふたたび底光りする凄《すさ》まじい目を向けた。

「だけどあたしは知っている。あの男がこれまで何をしてきたか、どんな酷《ひど》い奴なのか、知っているんだ」

知っている、知っている、知っている――狂ったように頭を振り立て、トキは声を張り上げ繰り返した。往来にまで響く声だ。何事かと自身番が座敷に飛び込んで来る。千太郎が首を振ったのを見て、伊助は仰天《ぎょうてん》している老人を慌てて外に押し戻した。

（なんだよ。……どうしたってんだ？）

尋常じゃない。気でも触れているのだろうか。女の赤い簪を見つめながら、伊助は思う。まるで小さな子供が自分の我が通らずに泣きわめいているみたいだ。トキは泣いてなどいない。でも――なぜか、泣いているように見えた。

やがてふう、と深く息をつき、トキは黙った。番屋の中に白々とした沈黙が訪れる。

「……信じてもらえないんですか」

我に返ったようにトキは座り直した。ぽつりとそんな言葉を吐いた。

「し、信じるも何も……」

正悟は困惑顔だ。完全に腰が引けている。

トキはまた黙ってから、少し肩を落として、

「あたしのしゃべり方、おかしいですか」

と、妙なことを訊いた。

「前にも番屋に駆け込んだことがあったけど、うまくしゃべれなくて、話も聞いてもらえずに追い返されたんですよ」

「そ、そうか。いや、しゃべり方はおかしくない。おかしくないが、しゃべっていることはおかしい」

「何がです？」

トキはきょとんとした。

「悪い奴を悪いと言うことがですか。拐かしがあるのがわかっているから、そうなる前に犯人を捕らえてくれというのは、おかしなことですか」

「うむ。……ええと、いや、どうだろう」

返答しているほうも、わけがわからなくなってきた。

トキはまるで潮垂《しおた》れた花のようにうつむいた。

「そっちの旦那になら、信じてもらえると思ったんですけどねえ」

「そりゃ買いかぶりってもんだぜ。こいつはただの、顔がないだけの男だ」

友だちがいに、言いたいことを言う。なあ、と本人に同意を求めて、しかし正悟

は目を瞬かせた。

千太郎は袂から矢立《やたて》（携帯用の筆と墨壺）と、帳面を取り出した。生憎《あいにく》と耳はあってもロはないので、会話が必要な時のためにいつも持ち歩いているものだ。さらさらと紙に何事か書いて、トキに見せた。

一目見てトキは「あ……」と掠《かす》れた声を上げた。

正悟と伊助も帳面をのぞきこむ。

『これまでにも乙吉に拐かされた者はいたか』

おい、と正悟は唸った。

「千、まさかこの一件、奉行所で預かるつもりか？」

千太郎はもぞもぞとまた袂を探って、別の帳面を出した。こちらには、日常でよく使う言い回しや決め台詞《ぜりふ》が書きつけてある。この一冊があれば、その場でいちいち筆を持つ手間が省けて便利だ。

帳面をぺらりとめくると、千太郎はそれを同僚の目の前に突き出した。

『正悟も手伝え』

「はあ？　なんで俺が……」

ぺらり。

『片桐殿、ご助力お願い申し上げる』

「言い方を変えたって、意味は同じじゃねえかよっ」

ぺらり。

『おととい来やがれ。とんちき野郎』

「なんだと！」

千太郎は（おや？）というように帳面を見て、手をひらひらと振った。めくるところを間違えたらしい。ぺらぺらとまた紙をめくって、

『頼みにしているぞ、正悟』

「……」

これが日常の決まり文句であるところが、泣ける。要するに帳面にあらかじめ書かれてあるほど、幾度も繰り返されてきた会話だった。

（なんだかんだ言っても、片桐の旦那は律儀な人だからなぁ）と伊助は思う。

果たして正悟はそっぽを向いたものの、ちらと横目でトキを見た。じきに諦めたようにため息をついて、

「で？　他に拐かされた者を知っているのか？」

「ええ。……ええ。知っておりますとも」

トキは小刻みに首をうなずかせた。真っ直ぐに千太郎を見つめて、言った。

「池之端仲町《いけのはたなかちょう》にある履物問屋山城屋《やましろや》の、お峰《みね》という娘です」

三

「トキさんが大野屋の女中だというのは本当でした」

番屋でトキの訴えを聞いた、二日後。伊助は柏木の屋敷を訪ねてそう告げた。

「手代が言うには、もう十年以上も奉公している古株だとかで」

「ちゃんと本人かどうか確認しただろうな？」

ちょうど居合わせた正悟が、湯冷ましを汲んだ椀を片手に縁側に座りこんで、訊いた。

「もちろんです。店先で、他の女中たちと一緒にいましたよ」

伊助も水をもらって喉《のど》を潤した。葉月《はづき》ももうじき終わるというのに、今日などは夏がぶり返したような暑さだ。それでも手ぬぐいで汗を拭《ぬぐ》って見上げれば、空は抜けるように青く高くなっていて、やはり秋半ばなのだとしみじみ思わせる。

「俺に向かってにっこりと笑いかけてきたんで、本人に間違いはありませんや」

手代が「あそこにいますよ」と示した店先で、トキは今日もあの赤い珊瑚の簪を挿していた。そのせいか、忙しく働いている女中たちの中で、彼女はどこか浮いた感じに見えた。いくら古株でもしょせんは奉公人がそんな派手な品を身につけていて、他の者に咎《とが》められたりやっかまれたりしないのだろうかと、伊助は思ったものだ。

「山城屋の話もな、半分がとこは確かめた」

正悟は空になった椀を傍らに置くと、口元をへの字に曲げた。

「なんですか、半分て」

伊助は縁側に腰掛けると、正悟と千太郎を交互に見やった。同心二人は、今朝から池之端仲町へ行っていたのだ。

「山城屋には確かに、お峰という十八になる娘がいた。それが半年ばかり前に、男と駆け落ちしちまったんだそうだ」

「駆け落ち……ですか」

「少なくとも山城屋はそう信じている。お峰は上方へ行くと文を残していなくなったらしい。親にとっちゃ青天《せいてん》の霹靂《へきれき》さ。それまで娘に男がいるなど、露にも思っていなかったっていうからな」

大野屋と同じだ。おしのが乙吉と逢い引きしているのは、大野屋の主人もお内儀も知らないことだ。

「じゃあ、相手の男が誰なのかも――」

「顔どころか、名前も素性もわからねえそうだ。それでも親の情としちゃ、諦めきれるものじゃあねえ。今も八方手を尽くして、娘の行方を捜しているってよ。主人みずから、わざわざ上方にまで足を運んだこともあるそうだ」

店の者の話では、この半年で山城屋の主人夫婦はげっそりと窶《やつ》れてしまったという。お内儀《かみ》などは、気鬱《きうつ》で長い間、部屋に閉じこもったままだ。せめてお峰が上方で幸せに暮らしていることだけでもわかればと、暗い顔で言う主人を前にして、これは拐かしかもしれないと半端なことは言い出せなかった。

「だから半分だ。お峰が消えてから先のことは、まだ何もわからねえ」

「駆け落ちじゃ、奉行所に届け出るわけにもいきませんからね」

それゆえ役人がなぜお峰のことを訊きに来たのかと、山城屋は相当訝《いぶか》しんだらしい。念のためにトキについても訊ねてみたが、そういう女は知らないとの返答だった。

「こうなったら、乙吉のほうに探りを入れるのが一番早いんじゃねえですか」

「しかし決め手がねえからなあ。全部、トキがそう言っているってだけだ。山城屋の一件にしても、たまたまお峰のことを小耳にはさんで、都合よく俺たちに告げたのかも知れねえぜ」

トキの話を信じないというより、お峰は本当に駆け落ちをして上方で好いた男と暮らしているのだと思いたがっているような、正悟の口振りだ。

「それじゃまるきり狂言だ。だけど、トキさんはなぜそんなことをしなきゃなんねえんです？」

「だから、それはだな……、まあ例《たと》えばだが、トキはそれこそ乙吉に個人的な恨みを持っていて……理由は乙吉に袖《そで》にされたとか騙されたとかいろいろあるだろうが、ともかく濡れ衣を着せてでもお縄にして、こっぴどい目にあわせてやりてえと浅薄なことを考えたとか、な。つまり意趣返しだ」

もしかすると、大野屋おしのと乙吉という男は本当に相惚れしていて、乙吉にはおしのを拐かすつもりなど毛頭ないのかも知れない。もしかすると山城屋お峰の相手の男は、乙吉とは縁もゆかりもない別人なのかも知れない。

そして、もしかすると。

トキの言葉は、事実なのかも知れなかった。

「あの女は、どうにも妙だぜ」

正悟は腕を組むと、ぽつりと呟いた。

ところでその間、千太郎は何をしていたかというと、正悟の隣でせっせと硯《すずり》で墨を擂《す》っていた。いや、途中で何か意見しようと思ったらしく例によって矢立と紙を取り出したのだが、墨が掠れて字がうまく書けない。墨壺には綿がつめてあり、そこに墨汁を含ませて使う。そうすれば持ち歩いても中の墨がこぼれずにすむからだ。しかし何しろ墨壺自体が小さいので、うっかり墨汁の補充を忘れたりすると、このようなことになる。

ようやく墨を摺り終わって、さてと筆を取り上げてから、千太郎は（ん？）と首を傾げた。どうも何を書こうとしたのか忘れたらしい。とすれば、たいした事でもなかったのだろう。

その一連を辛抱強く見守ったあげく、正悟は疲れたように言った。

「……それでおまえはどうするつもりだ、千？」

ぱたぱたと軽い足音が廊下に響いたのは、その時だった。

「小春《こはる》殿」

縁側に駆け出して来た小さな女の子を見て、正悟は頰を緩《ゆる》ませた。小春は五歳になる、千太郎の娘だ。母親の初《はつ》に面立ちがよく似ていた。つまり、目と鼻と口がある。

「片桐さまと伊助さん」

小春は可愛らしく挨拶をすると、正悟のそばに嬉しそうにちょこんと座った。不思議なことに、正悟は子供にはよく懐《なつ》かれる。

「いけませんよ、小春。父上たちのお邪魔をしては」

すぐあとから千太郎の妻の初が茶を運んで来た。

「ほら、こちらにいらっしゃい」

「かまいませんよ。なあ、千？」

正悟は小春を抱き上げると、自分の膝の上に乗せた。

「そうだ、今日は土産《みやげ》があった」

袖に手を突っ込んで取り出したのは、和紙でつくった玩具の蝶《ちょう》である。わぁ、と目を輝かせた小春の手に、それを握らせてやる。

「まあ、片桐様。どうかそのようなお気遣いはなさらずに」

「なんの、これくらいのもの。ここへ来る途中、道端でたまたま蝶々売を見かけたので、小春殿にひとつと思いまして」

「……なんで女にその気遣いができないんでしょうかねぇ」

「なんだと、伊助」

「まあ」

初はくすくすと笑った。まるで花がふわりと咲いたような笑顔だ。十七で千太郎に嫁《とつ》いで六年、もうすっかり柏木の家の者として初を見慣れているはずなのに、伊助はいまだにその笑顔には見惚れてしまう。

（本当に綺麗な人だよな……）

しかも美しいばかりではない。見た目には楚々《そそ》として風にそよぐ柳のごときたおやかな風情でありながら、その実、初は驚くほど芯の強い女性であった。

初の実家は、神田の駒屋《こまや》という損料屋《そんりょうや》である。店の構えこそ大きくないが、品揃えの良さと主人の人柄の誠実さのおかげで、長屋の住人から武家までひいきの客は多かった。他にも古道具屋と貸本屋を商っており、そちらはしっかり者の息子二人にまかせてある。

実家がそこそこ裕福で江戸でも評判の器量よしとくれば当然、初が十五になる頃には縁談話も山のように舞い込んだ。

ところが初は、どの話にも頑《がん》として首を縦に振らなかった。どんな良縁も一切目もくれずにはねつけた。困った父親の丹兵衛《たんべえ》は「これはもしや娘には好いた男がいるのでは」と思いあたり、本人に質《ただ》したところ、まさにその通りで初には嫁ぎたい相手がいるという。しかも、なんと一目惚れだと言うのだ。

「南町奉行所にお勤めの柏木千太郎さまです。あの方以外に、私は誰の妻にもなりたくはありません」

初はきっぱりと父親に告げた。

どうやら町廻りをしていた柏木同心——当時はまだ見習いであったが——を、外出先でたまたま見かけたものらしい。

千太郎のことは、もちろん丹兵衛も知っていた。知っていたからこそ、思わず訊いてしまった。

「……あの方のどこを見たら一目惚れできるんだい⁉」

悪気あっての言葉ではない。しかし一目惚れというのは当人の性格やら相性云々《うんぬん》の前に、見栄えのする顔だとか優しそうな顔だとか好みの顔だとか、かなりのところ容貌によるものではなかろうか。

果たして、初は言った。

「お顔のさっぱりしたところ」

いくらなんでもさっぱりしすぎだろうと、その時、丹兵衛は思ったという。

かくして、笊屋《ざるや》の竹でも見習えと言いたくなるほど己を曲げなかった初は、その後の騒ぎも紆余曲折《うよきょくせつ》ものともせずに乗り越え、めでたく、のっぺらぼうの同心柏木千太郎のもとに輿入《こしい》れしたのである。

それを聞いて、江戸の人々はまたぞろ言ったものだ。

――やっぱり男は顔じゃないねえ。

（いや、顔だろ。一応、千さんの顔に惚れたって初さまは言ってるんだからさ）

と、その時ばかりは伊助は反論したが。

（けど初さまがすごいのは、それだけじゃねえ。姑《しゅうとめ》のあのお艶《つや》さまともすっかり仲良くなって、まるで普通に接してらっしゃることだ……）

「伊助さん、そこは陽射しが当たって暑いでしょう。中におあがりなさいな」

初の声に伊助は我に返った。それじゃお言葉に甘えてと、縁側で腰を浮かせたとたん、

「このトンチキ野郎、小春殿はまだ五つじゃねえかっ。おまえは父親でありながら、娘の幸せを何だと思っていやがる！　戯《ざ》れ事もたいがいにしやがれ――！」

正悟が怒鳴った。よせばいいのに千太郎が、『小春を嫁にするか？』などと書いた紙を目の前に突き出したからである。

しかし世の中には二十以上年の離れた夫婦などざらだし、千太郎が（やれやれ）というように頭を掻いているところをみると、まんざら戯れ事でもなかったかも知れない。

「俺が親なら、娘を俺になどやらん！」

大声に怯《おび》えて、小春がべそをかいた。

「片桐さま、こわい」

「や、しまった。こいつはすまなかった」

正悟が慌てて小春をなだめにかかり、千太郎がよしよしと娘を抱き上げ、初は笑いながらその光景を見ている。

その微笑《ほほえ》ましい場面に、声がひとつ響いた。

「――うるさいねえ。おまえたち、来ていたのかい」

座敷から出て来たのは、柏木兵衛の妻にして千太郎の母親の、艶である。近所の悪戯《いたずら》小僧どもを見るような目で、その場をじろりと見回した。

「うわ出た」

「ああ？　なんだい、正悟。ご挨拶だね。人を化け物みたいに」

艶という女性を一言で形容するならば、「妖艶《ようえん》」であろう。今日の艶は、流行の花勝見《はなかつみ》柄《がら》の着物に身を包み、髷に細工の凝った鼈甲《べっこう》の櫛《くし》を挿している。役人の妻らしからぬ華やかさだが、それがしっくりとよく似合っていた。普通に考えれば五十路《いそじ》にも届く年齢のはずだが、肌は瑞々《みずみず》しく白く、立ち居振る舞いもしなやかで、見た目に幾つであるのかよくわからない。それでいて、目の前にするとなんともいえぬ凄みがあった。その切れ長の目でひと睨みされると、大の男でも思わずたじろぐ。

「みたい、ではなく本物の……」うっかり言いかけて、正悟は咳払いをした。「いや、艶殿におかれては本日も息災のご様子で何より」

「おかげさまで。この三百年ばかり、風邪のひとつもひいちゃいないよ」

艶はふんと盛大に鼻を鳴らした。

「言っておくが、あたしは稲荷《いなり》の眷属《けんぞく》だ。そのへんの化け物ごときと一緒にしないでおくれ」

つけつけと言われ、正悟は「そ、それは失礼を……」とごつい身体を縮ませた。

艶の実家は王子稲荷である。晦日《みそか》には関八州の狐《きつね》が集《つど》って詣《もう》でるといわれる、お稲荷さまの総本山である。――つまり。

艶の正体は、狐であった。

しかも年経て妖力を蓄え、九尾とまではいかないが尾っぽを三本持った妖狐《ようこ》だ。確かに、そのへんのちゃちなあやかしとは、格が違う。

それが人間の女に化け、柏木兵衛と夫婦になった。三十年前のその日は正しく天気雨、王子から八丁堀へ向かう狐の嫁入り行列は今でも江戸っ子の語りぐさ、実にきらびやかなものだったという。

「ああ、そうだ。――伊助」

「なんでしょう」

艶がこちらに顔を向けたので、伊助は慌てて縁側に身を乗り出した。

「このところ粂造が顔を出さないから、兵衛が寂しがっているよ。身体の具合でも悪くしたんじゃないだろうね」

「ぴんぴんしてますよ。けど、親父はここんとこお上の別件で走り回っているもんで、ついご無沙汰しちまって。あいすいません」

「そうかい。だったら手が空いたらたまにはうちに顔を見せるように、粂造に言っておくれでないか」

「承知しました」

頼んだよと言って、艶はニコリとした。

以前、まだ子供の頃に、伊助は粂造に柏木兵衛がどうして艶と夫婦になるに至ったか、その馴れ初めを訊ねたことがある。粂造は額にしわを寄せて考え込んでから、兵衛のことを「細かいことは気になさらんお人だからなあ。惚れちまったら、海鼠《なまこ》とだって夫婦になっただろうよ」と言った。結局、詳しいことは知らなかったようである。

とすれば人の姿をしているぶん、狐のほうがましだ。兵衛が海鼠に惚れなくて本当によかったと、伊助はその時思ったものだ。

そして二人の間には、文字どおり玉のようなのっぺらぼうが生まれた。

狐や狸や狢《むじな》がのっぺらぼうに化けるという話はよく聞くが、人間の男と狐が契ったら子供がのっぺらぼうというのは、初めて聞いた。しかし現に結果がそうなのだから、なぜと首を捻るだけ野暮《やぼ》である。ま、世の中そんなこともあらぁなと、江戸っ子たちはすっきり納得している。

「さてもう八つ時だ。お初、あたしにも茶を淹《い》れておくれ」

「はい。お義父《とう》さまにもお持ちいたしますね」

「ああ。何か甘いものも頼むよ」

艶は踵を返すと、ちろりと正悟に目をやった。

「今晩は茄子《なす》の田楽だよ。好物だろう。食べていきな」

艶の後ろを小春のはしゃいだ声が追ってゆく。初も会釈して、腰を上げた。

「……わかっちゃいるだろうが、俺は艶殿を嫌いなのではないぞ。物言いはあのようでも、性根は優しい方だからな。……ただなんていうか、艶殿の前だと自分がほんの小さな子供みてぇな、なんともいえない縮こまった気分になっちまうんだよ」

家の女たちが立ち去ったあと、正悟はふうと肩の力を抜いて、そんなことを言った。

千太郎はうなずき、紙にさらりと字を書いて正悟に見せた。

『母上も正悟のことを好いている』

「そうか」

『からかうと、たいそう面白いそうだ』

「……そ、そうか」

いささか複雑な顔になった正悟だが、じきに表情を引き締めた。

「なあ、千。俺は小春殿を可愛いと思う。他人の俺でさえそうなのだから、親であるおまえや初殿にとっては、その可愛さもひとしおだろうよ。……娘というものは、いや娘にかぎらず己の子供は、親にとっては宝だ」

お峰を失った山城屋の心痛は如何《いか》ばかりかと、主人の暗い顔を思い出して、正悟は言う。

「おしのが拐かされたら、大野屋はどれほど嘆くだろうな……」

千太郎は同僚に向けていた顔を、庭先へ巡らせた。そのままじっとしている。そうして反応もせず静かだと、何を思っているのか見ただけではさっぱりわからない。

けれども伊助は、何となくわかる気がした。

(だってそうだもの。俺は子供の頃からいつだって、誰より一番先に、千さんの言いたいことも考えていることもわかったもの)

千太郎はトキの言葉を疑っていない。正悟と同じように、娘を攫《さら》われた親の痛みを思っている。そして。

――簪。赤い珊瑚玉の。

伊助は千太郎の心の中がわかるので、この時点で簪のことを気にしていたのが自分ではなく本当は千太郎だったことに気づいています。

なぜ千さんは、それがずっと気になっているのだろう……？

祖父母から八つ時の菓子をもらったようで、小春の幼い笑い声が、屋敷の奥から聞こえていた。

四

おしのが稽古場から出て来た。物陰で彼女を見張っていた伊助は、十分距離をとってそのあとをこっそりと追った。

ほどなくおしのは供の者と別れ、大野屋のある岩本町とは反対方向の両国へと、足を向けた。

（へえ……？）

以前は人込みで一人で迷子になったような箱入り娘が、今はもうすっかり慣れた様子で両国橋のたもとの一軒の茶屋に入っていく。おそらくもう幾度となく、この場所に足を運んでいるに違いなかった。

なるほど恋しい男と、いつもここで待ち合わせているというわけか。

伊助のほうは、何食わぬ顔で客を装い、往来をはさんではす向かいにある別の茶店に腰を据えた。葦簀《よしず》の陰からちらちらと、おしのの入った店をうかがう。

「……それにしたってよくまあ毎度、お供を帰す口実を思いつくもんだ」

「この頃は不動様にお詣りするからと、家の者に言い訳しているんですよ」

唐突に背後から声がして、伊助は座ったまま飛び上がりかけた。振り向くと、目の前にトキの顔がある。ちょうど背中合わせに床几《しょうぎ》に腰掛けた格好だった。

「ト、トキさん、いつの間に……⁉」

伊助が店に入った時には、いなかった。客は自分の他は団子を食っている男が二人と確認したのだから間違いない。とすれば伊助の気づかぬうちに、あとからこっそりやって来て、後ろに座ったとでもいうのだろうか。

「お嬢さんは近々お琴《こと》のおさらい会があるので、上手《じょうず》に出来るように不動様に願掛けしてらっしゃるそうですよ。それがまた、一人で詣でなければ効き目のない願掛けなんだそうで。そんなことを言われたら、お供もついて行くわけにはいきませんからねえ。しかも信心深いことだと、お内儀さんが喜んで許してしまったものだから」

伊助の驚きっぷりには委細かまわず、トキは耳元に囁《ささや》くようにそんなことを言った。

そしてもちろんおしのは、不動様の「ふ」の字もなく、いそいそと恋人を詣でに参ったというわけだ。

「だけどトキさんは、いいのかい？　店を抜け出してきたりして……」

それにはふふと小さく笑いが返っただけだった。間近に息がかかるような距離で、その声は妙に婀娜っぽくくすぐったく、伊助は思わず顔を赤らめる。

と、トキはついと視線を滑らせた。

「――来たよ。あの男が乙吉ですよ」

伊助は慌てて向かいの茶屋に目を戻した。町人風の男が一人、こちらへ歩いて来るのが見えた。年の頃は三十かそこら、色が白く、造り物の面のように目鼻立ちが整っている。髷をぴんと細く結って、なかなか様子の良い男だ。

（いけ好かねえ……）

トキの話を聞いていなくても、そう思っただろう。男を一目見た瞬間、嫌な虫でも見たみたいに、伊助は胸の内にざわりとしたものを感じた。

男は茶屋に入り、ほどなくおしのと一緒に出て来た。驚いたことに、おしのは今まで着ていた振り袖を地味な着物に替えている。袖の短い縞柄《しまがら》の着物に絞り縮緬《ちりめん》の帯とくれば、どこにでもいそうな町娘のなりだ。

「茶屋の裏は茶番（寸劇）を見せ物にする小屋でしてね、お嬢さんはいつもそこの衣装部屋で、古着屋で買った着物に着替えるんです。店の奥からこっそり裏へ抜けりゃ、目の前が小屋の裏口でね。茶屋の主も見せ物小屋の持ち主も見て見ぬふり、金子《きんす》さえいただけりゃ他人の事情など知ったことじゃありません。ええ、もちろん乙吉の入れ知恵ですよ」

（なるほどあの格好なら、逢い引きがばれる心配はねえってわけか）

たまさか知り合いが通りかかったとしても、まさかおしのが町娘に扮《ふん》していると は誰も思うまい。それでなくても大野屋の箱入り娘の顔を知る者は、世間にさほど 多くはないだろう。

そしてそれは、乙吉にとっても都合の良いことだ。おしのの身元がばれなければ、 先々何が起こったとしても、自分が関わっていると大野屋に疑われることはない。

寄り添って歩き出した二人の声が、伊助の前を通りすぎる。

「今日はあの簪《こ》を挿していないんだな」

男の声音は媚びるように甘い。応じる娘の声はしんなりと細かった。

「だって落としたりしないか心配で。家にいる時も、大事にしまってあるの。おと っつぁんたちに見つからないように」

「そうかい。なあ、おしの。そろそろ……」

声は雑踏にまぎれてその先は聞こえなかった。

「お嬢さんは乙吉と会う時にはいつも、あの男からもらった簪を挿すんです。だけ どそんな物が目に触れたら、男がいることがわかっちまいますからね。親にも知れ ないように、簪を綺麗な螺鈿《らでん》の小箱に入れて、自分の部屋の戸棚にこっそり隠しているんですよ。ところが今日出がけに見たら、大事な簪が箱ごと消えちまってまして」

「消えた？」

トキはくすりと笑った。

「乙吉にはああして言い繕《つくろ》っていましたが、お嬢さんはもう大慌てで、けれどもまさか簪のことを店の者に訊ねるわけにもいきませんしねえ。お稽古の時間もありましたから、仕方なしにそのまま出て来たんです」

「簪はどこにいっちまったんだい？」

「さあ？」

伊助は床几から立ち上がって、葦簀の陰から往来に目を走らせた。二人は何軒か先の店をのぞいている。乙吉はおしのに笑いかけ、その顔のままふいっと横を向いた。ほんの一瞬その横顔に、笑みとは別の冷ややかな翳《かげ》りがさした。

やっぱりどうにも好きになれない顔だと、伊助は思った。


何日か探りを入れて、わかったことは次のとおりだ。

おしのが乙吉と会うのは三日か四日に一度、琴と踊りの稽古の帰りである。他に生け花も習っているが、これは師匠を店に招いているので、おしのが外出することはない。半刻ばかりの逢瀬のあと、おしのは茶屋に戻って着物を着替え、帰宅する。不動様詣での言い訳では、そうそう長く寄り道はできない。別れ際に乙吉が何事か囁くと、おしのはうっすらと頬を上気させる。よほど甘い言葉でも並べているに違いない。

「その乙吉ですが、両国橋を渡ってすぐの横網町《よこあみちょう》にあさひ屋って一膳飯屋がありましてね、その二階に居候《いそうろう》しているようですぜ」

伊助は柏木の屋敷に赴《おもむ》いて、千太郎に報告した。

あさひ屋の主人は五助《ごすけ》といって、四十がらみの独り者だ。近所の人間によれば、乙吉は五助の親戚という触れ込みで、どこからかふいとあらわれてはしばらく居候し、ある時姿を消したかと思えばいつの間にかまた二階に住みついている、という塩梅らしい。店を手伝うわけでなし、外を出歩いているのでなければ家に閉じこもっている。働いてもいないわりになかなか垢抜けた様子をして、どういう素性の男かさっぱりわからないと、近所の者は口を揃えた。

「親戚ってのは本当か？」

先に来ていた正悟が、むっつりと訊ねた。

「いえ。……血の繋がりなんざ一滴もねえ、ただの悪党仲間です。五助が横網町に店をかまえたのは六年前だそうで。しれっとした顔で客に飯など出しながら、裏じゃ拐かしの片棒担いで、女を売っぱらう先の手配やら、他にもまあいろいろと手を貸しているのがこの男です」

それもトキから聞いた話だと、伊助はつけ加えた。

彼女の話をあくまで信じるなら、どうやら乙吉は女を拐かしたあとはしばらく雲隠れし、ほとぼりがさめた頃に江戸に舞い戻るということを繰り返しているようだ。

千太郎がそのへんに書き散らしてあった紙の一枚を拾い上げた。伊助に見せる。

『おしのが失くした簪はどうなった？』

「え？　……ああ、乙吉にもらったってやつですか。見つかったんでしょ。次の逢い引きの時には挿していましたから」

乙吉と会っている間、おしのは何度も髷の簪に手をやっていた。落としていないか失くしていないか、それがちゃんとそこにあることを確かめるように。

茶屋での待ち合わせの時にも、「せっかくもらった簪だもの。やっぱり乙吉さんに見てもらいたくて」とおしのが乙吉に漏らすのを、葦簀の陰で伊助は聞いていた。

ちなみに二度目の逢い引きの時は、トキは姿を見せなかった。

「そいつはどんな簪だ？」

正悟の問いに、伊助は目を瞬かせる。

「どんなって。へい、赤い玉の……あれは、多分……」

『紅珊瑚《べにさんご》の玉簪』

「ええ」

答えてから、伊助は唇を引き結んだ。

そうだ、あれは。

――あれはトキが身につけていたものと同じ簪ではないか。

もちろんいくら高価な品でも、紅珊瑚の簪がこの世にひとつというわけではない。似たような物は他にもある。だからたまただ。伊助は思う。思うのだが。

トキの髪に散った血の滴《しずく》のような赤い色が、目の前にちらついた。

正悟は片膝を立てて、千太郎を見た。

「行くか」

千太郎はうなずくと、畳に散らばっていた紙を何枚か、ひとまとめに袂に突っ込んだ。

「行くって、どこへです？」

伊助はきょとんとする。

「大野屋だ」

「へ？」

正悟は立ち上がると、太い眉をきりりとしかめた。

「千が山城屋から聞き出した話じゃ、お峰も持っていたんだとよ。――紅珊瑚の簪をな。もともと母親の持ち物だったのを十五の時に譲り受けて、以来、お峰はそいつを後生大事にいつも髪に挿していたそうだ」

いやにむっつりしているから、片桐の旦那は今日はずいぶん機嫌が悪いようだと、伊助は思っていた。そうではない。正悟は、怒っているのだ。

「つまりこういうことじゃねえかと、俺も千も思うのさ。乙吉はお峰を拐かしてから大事な簪を取り上げて、今度はおしのを釣るための餌に、そいつをおしのにくれてやったんじゃねえかってな」

畜生が、と正悟は吐き捨てた。

五

「邪魔するぜ」

「これは奉行所の……」

店に入って来た同心二人と伊助を見て、大野屋の主人は慌てたように帳場から出て来た。問屋は普通は店先の商いはせぬものだが、大野屋は扱っている品が蠟燭ということもあって、直接店に買いに来る客にも対応している。今も店内には美しい絵柄の入った蠟燭を物色している客が何人もいて、主人がそちらの目を気にしているのは明らかだ。

「ご苦労さまでございます。手前どもに何か御用の向きでも」

「おしのはいるかい？」

正悟はなるべく力を抜いた声で言ったが、主人の市兵衛《いちべえ》はたちまち困惑顔になった。六十近い、顔も身体つきも丸っこい男だ。年をとってから生まれた一人娘を溺《でき》愛《あい》しているというのは、どうやらこの店を知る者の間では有名な話らしい。

「おりますが。娘が何か」

「なに、たいしたことじゃねえ。今ちょいと調べている事件があってな、おしのに訊きたいことがあるんだ」

「はあ」

いっそう身構えた様子の主人に、千太郎が心配ないというように、手をひらひらと振って見せた。その、のほーんとした卵のような顔と緊張感のない仕草に、市兵衛はようやく表情を緩めるとうなずいた。

「では、ここでは何ですので、どうぞ奥へ」

あとを頼んだよと番頭に言い置いて、市兵衛は三人を奥の座敷へ案内した。奥庭に面した客間である。少し前の暑さは嘘のように、深まる秋の陽射しは透き通って庭に降り注ぎ、障子を開け放った座敷は明るかった。

すぐに女中の一人が茶を運んで来た。三十半ばとおぼしき太りじしのその女に、市兵衛は声をかける。

「トキや。ちょっと部屋へ行っておしのを呼んで来ておくれ」

「あい、旦那さま」

（え……？）

伊助は思わず、廊下へ出て行く女中を見つめた。正悟も驚いた顔をしている。千太郎だけが、まあ表情の変えようはないのだが、別段何の反応も示さなかった。

「この店には、トキという女中が二人いるのかい？」

正悟が訊ねれば、主人は首を傾げる。

「いいえ、トキはさっきの女中ですが」

「もう一人いるだろう。もうちょっと若くて、やたら色気のあるのが」

「いいえ？　若い女中は何人かおりますが、トキという名の者は他には……」

トキは古株の女中頭で、もうずいぶん長い間、それこそおしのが生まれる前から店で働いているという。

（どういうこった）

正悟が怪訝《けげん》な目でこちらを見たので、伊助は首を振った。ちゃんと確かめた。以前に伊助がこの店を訪れた際、店先で働く奉公人たちの中にトキと名乗ったあの女は確かにいたのだ。

いつもの赤い珊瑚玉の簪を髪に挿して――。

（簪……）

伊助は千太郎を見つめた。千さんはずっと、あの簪のことを気にしていた。なぜだろう。

番屋でトキを最初に見た時、あんなふうにちぐはぐな落ち着かない気分になったのは、本当は俺じゃなかったかも知れないと、伊助はふと思った。俺には千さんの考えていることがわかる。思っていることがわかる。だから……あれはひょっとすると、千さんがあの時感じていたことだったんじゃないだろうか。

襖の向こうで若い女の声がして、市兵衛が「お入り」と応じた。部屋に入って来たおしのは、その場にいる男たちを見て、心細げな顔をした。間近で見ると線の細い、いかにも内気そうな娘だ。こんな大人しげな娘が、親や世間の目を盗んで大胆に逢い引きを繰り返しているのだから、げに恋心とはおそろしい。

「お座り。この方たちが、おまえに訊きたいことがあるそうだよ」

「――おまえさん、乙吉という男を知っているかい？」

父親の隣に座ったおしのに、前置きもなく正悟は切り出した。

おしのの肩がぴくりと強張《こわば》る。すぐに消え入るような声が返った。

「知……りません」

「そうかい。いや、知らなきゃいいんだ」

知らないのならよかったと、おしのを見つめたまま正悟はつけ加える。

「その男がどうかしたのですか」と市兵衛は顔をしかめた。

「詳しいことは言えねえが、先だってとあるお店《たな》の娘が男と駆け落ちして姿を消しちまってな。親は今、八方手を尽くして必死で娘の行方を捜している」

「それはそうでございましょう。親御さんの気持ちを考えれば、なんともお気の毒な。手前でもそういたしますとも」

市兵衛は何度もうなずく。

「しかし、おそらくこいつは駆け落ちに見せかけた拐かしだ。それを仕組んだのが、その乙吉って野郎じゃねえかとな、まあまだ引っ括《くく》るまではいってねえんだが、こっちはそう目星をつけているわけさ」

「か、拐かし!?」

「手口はこうだ。乙吉は娘に近づいて色好い言葉で娘を騙し、頃合いを見計らって、上方へでも一緒に行って二人で暮らそうなどとそそのかす。その気になりゃ、相手が自分からのこのこついて来るのだから都合がいい。そうして拐かした娘をそのまま売っぱらって、金を懐におさめるって寸法だ」

「なんとも非道な」市兵衛ははっとしたように、同心に向かって身を乗り出した。「そ、それでまさか、その男がうちのおしのに目をつけたなどということは……」

まさにそのとおりだが、正悟は苦笑して「いや、おしのは乙吉のことは知らないと言っているから大丈夫だろう」と惚《とぼ》けた。隣で千太郎も、主人を安心させるようにうなずく。

どうやら二人の同心は、しめしあわせて逢い引きの件については黙っていることにしたようだ。

伊助はそっと、おしのの様子をうかがった。

おしのは青ざめて目を見開いていたが、やがて顔を伏せた。胸元に置いた手を、ぎゅっと握りしめている。

きっと、こう思っているのだ。——乙吉さんが拐かしの犯人だなんて、そんなの嘘。何かの間違いにきまっている。万が一それが本当だとしても、私とのことは本気だったはず。私とのことは。……私のことだけは。

可哀想にと伊助は思う。

(でもな、お嬢さん。あんたは運が良かったんだ。拐かされた娘に比べて自分がど

れほど幸運だったか、早いとこ気づくこった）

「それでおまえさんに訊ねたいのは、簪のことだ」

「……簪？」おしのは顔を上げた。

「珊瑚玉の簪さ。持っているだろう？」

口を開きかけたおしのを制するように、正悟は言葉を継いだ。

「知らないってのは、なしだぜ。おまえさんが稽古事のあと、お不動様を詣でる時にその簪を挿しているのを、ここにいる伊助が見ているんだ」

おしのは小さく息を呑んだ。

それを知っているということは、おしのがその言い訳を使って本当は何をしていたのかもすっかりわかっていると、言外に正悟は言っているのだ。

「ちょいと俺たちに見せちゃもらえねえか？」

おしのは狼狽《うろた》えて目を泳がせていたが、言い逃れは無理だとついに観念したらしかった。ここで首を横に振って、乙吉とこっそり会っていたことを父親に告げられてしまうことのほうが怖ろしかったのだろう。

座敷を出て、戻って来た時には螺鈿細工の小箱を手にしていた。蓋を開けて中から簪を取りだし、指先を震わせながら正悟に手渡す。

「細工は紅珊瑚に銀の二本足。……ああ、やっぱりな。特徴は留め具にあしらった梅の模様、か。間違いねえ」

千太郎にそれを見せながら、正悟は唸った。

簪はもともとお峰の母親、梅《うめ》の持ち物である。梅が生まれた時、先代の山城屋の主人が娘の名前にちなんで梅の花の意匠を入れ誂《あつら》えた品だった。

「あの、その簪が一体……？」

一人だけ成り行きが呑み込めず、市兵衛は首を捻っている。千太郎は袂から、まとめて突っ込んであった紙を取り出すと、大野屋父娘の前にぺらぺらと並べた。

この簪は拐かされた娘が身につけていた物であり、おそらく乙吉が娘からこれを取り上げ、そのまま人手に渡ったものと思われる。もしや娘の行方を追うよすが、事件の手がかりになるやも知れぬと考えて自分たちはこの簪を探していたのだが、先日ようやくここにあることをつきとめた次第である――。

ざっと目を通せば、紙に書かれていたのはそのような内容だ。

「はあ、なるほど」

市兵衛は納得してから、

「しかしその簪は、私が買ってやった物ではないね。おしのや、おまえどうしてそんなものを？」

すかさず千太郎は、別の紙を主人の目の前に掲げた。

『古道具屋ででも目に止めたのであろう。若い娘がこっそり寄り道して、買い食いや買い物をするのは世間にはまことによくあること』

そのへんは追及してやるなと、誤魔化しっぷりも芸が細かい。ついでに、書きつけを前もって準備していたあたり、この場でのやりとりまで先読みしていたということか。千太郎はわりとそういうことが得手《えて》であった。のっぺらぼうであるためか、それともたんに勘が良いだけなのかは、わからない。

『できればこの簪を、家族のもとに返してやりたい。これをこちらに引き取らせてもらえぬだろうか』

「……なんでこれだけ、字がやたらでかいんです？」

「そりゃあれだ、声を大にして言うってやつだろ」

「ははあ」

（これでわかっただろう？）真っ青になっているおしのに、伊助は心の中で言った。

（あの男は拐かした娘から奪い取った品を、平気であんたにくれてやるような外道《げどう》だ。本気なんか、端からなかったんだよ）

「そういうことでしたら、もちろんかまいませんとも。どうぞお持ち下さい。なあ、おしの？　……おまえ、こんな簪がよかったのなら、おとっつぁんが幾らでも買ってあげるよ。そうだ、明日にでも職人を呼んでもっといい物を誂《あつら》えさせようかね」

娘はいずれ、この父親に本当のことを告げるだろうか。それとも口を噤《つぐ》んだまま、この先ずっと嘘を胸の内に凍らせておくのだろうか。いずれにしても。

千太郎は紙を一枚、おしのの前にすべらせた。

『もし乙吉のような男が目の前にあらわれても、けして信じてはいけないよ。甘い言葉を湯水のように垂れ流す男に、真心はない。男というのは心底惚れた女には、口がずんと重くなるような臆病者だから』

座敷を去る前に、伊助は一度おしのを振り返った。

おしのは千太郎の書きつけを握りしめ、泣き出しそうな顔で震えていた。


「乙吉がお峰の簪を持っていたことは、これではっきりした。野郎を引っぱるにゃ、十分な理由だぜ」

三人は大野屋をあとにして、小舟町の堀端を歩いていた。もう少し行けば江戸橋に出る。橋を渡れば八丁堀は目と鼻の先だ。

千太郎は十手を腰にさし、空いた懐に簪を入れていた。と、ふいに立ち止まり、懐に手をやると、千太郎はひょいと首を傾げた。

「どうした、千？　……え、簪がない!?　おいまさか、どこかに落としたんじゃ

「……！」

慌てて来た道を振り返った正悟が、そのとたんにぎょっと立ち竦《すく》む。同じく振り向いた伊助も、わっと声をあげた。

目の前に、トキと名乗ったあの女が立っていた。天から降ったか地から湧いたか、茶店に姿をあらわした時と同じように、いつの間にかそこにいたのだ。

笹色《ささいろ》の紅を光らせた唇で、トキはにこりと三人に笑いかけた。髪にはやはり、あの珊瑚玉の簪を挿している。

「ありがとうございます、旦那。あたしのことを信じてくだすって」

女は深く頭を下げた。そうして顔を上げると、きっぱりと言った。

「どうかあの男を、一刻も早くお縄にしてくださいまし。さもないと、山城屋のお嬢さんも浮かばれません」

六

乙吉が横網町の一膳飯屋あさひ屋に戻って来たのは、その日の戌《いぬ》の刻、宵《よい》五つの鐘を聞いてからだいぶ経ってのことだった。どこを遊び歩いていたのか、酔っているらしく手元の提灯の火が右に左にと時おり揺れる。

物陰に身を隠してあさひ屋を見張っていた千太郎と正悟、伊助の三人であったが、

「野郎、いい気なもんだ。しょっぴいて、てめぇの悪行をあらいざらい白状させてやるぜ」

怒った牛のようにいきり立ち、十手を握って飛び出そうとする正悟の腕を、千太郎がむずと摑んだ。そうして、乙吉のほうに顎をしゃくった。

「はあ? なんだ、何を見ろって――」

店の裏口まであと少しというところで、乙吉の持っていた提灯がふうっと消えた。たちまちあたりは漆《うるし》を塗り込めたような闇に変わる。空には雲がかかって月も見えず、たとえ見えたとしても今宵この時刻には西の空に消え入る間際、月明かりなど望むべくもなかったろう。遠い盛り場の喧噪は、この辺りには届かない。

乙吉は舌打ちした。しかしあさひ屋まではほんの二、三間という距離だ。手探りでもたどり着けるだろうと、闇の中に踏み出した。

ところが少し歩いて奇妙なことに気がついた。壁をつたうつもりでどれだけ手を伸ばしても、指先は闇を掻くばかり。ついには方角も見失って、乙吉は途方にくれて立ち止まった。――ああ畜生、なんでこんなに真っ暗なんだ。これじゃまるで奈落の底だ。自分で思って乙吉はぞっとする。

　その時、ひたひたと背後から足音が聞こえてきた。振り向けば、闇にぽつりと提灯が浮かび上がった。滲むような明かりの輪の中に、提灯を持つ白い手が見えた。

「おい、すまねえが火を貸してくれ」

　ほっとして呼びかけたが、相手からは何の応えもない。ただひたひたと、火明かりに照らされた白い手が近づいてくる。女の手だ——と乙吉は思った。思った瞬間、ひどく嫌なものを感じた。

　と、提灯がひたりと止まった。闇の中から声がした。

「乙吉さん」

　うら若い女の声だ。聞き覚えがある。乙吉は顔をしかめた。

「誰だ」

「乙吉さん」

　声がまた呼ばわる。その余韻《よいん》も消えぬうち、提灯の火がほつっと失せて乙吉はふたたび闇に取り残された。

「おい、どこに——」

　言葉は途中で喉《のど》に詰まる。左肩に何かが載ったような重みがあった。きゅうっと肉を摑まれる。

　ふいに、乙吉の足下に影が生じた。すぐ後ろ、息が背中にかかるほど近くに、誰かが提灯を持って立っている。全身の産毛《うぶげ》が逆立つのを感じながら、乙吉はそろとわずかに首を捻って自分の左肩を見た。

温もりのない白い手が、背後から彼の肩を掴んでいた。ぷんと金錆《かなさび》のような臭いが鼻につく。さらに首を捻ってようよう目の隅でとらえたのは、肩越しに乙吉をのぞき込んでいる顔だった。髷がほつれ、白い面《おもて》を血でまだらに染めた、まだ若い娘の顔だ。

「乙吉さん」

目があうと、娘はにいっと笑った。

「ひっ」

乙吉は娘から飛び退《の》くと、そのまま腰を抜かしたように地面に尻をついた。

「お、お峰……⁉」

娘の着物はずっぷりと血を吸って、どす黒く染まっていた。乙吉に向かって伸べられた腕も、幾筋も滴《したた》る血で汚れている。

「くそ、くそ、くそっ、消えやがれっ！　おまえはもう用無しだ！　とっくに死んじまってんだよ！」

尻で後ろにいざりながら、乙吉は上擦《うわず》った声で吠えた。

おまえは死んだ、死んだんだ、死んだんだ――俺が、この手で殺した。

「どうして殺したの」

　お峰の細い声が闇に滲む。上方へ行こうって、そこで一緒に暮らそうって言ったのに。だからあたしは、おとっつぁんもおっかさんも捨ててついて行ったのに。あんたのために、あたしは……。

「うるさいっ。端からおまえと連れ添う気なんざねえよ。宿場の女郎屋にでも売っぱらってとんずらするつもりが、おまえが途中で逃げだしやがったから――！」

　宿から逃げたお峰を追った。真っ暗な夜道。追いついて、持っていた匕首《あいくち》で娘をめった刺しにした。死体は見つからないよう、近くの林に穴を掘って埋めた。

　乙吉の中で、何かがぶつりと音をたてて切れていた。血走った目でお峰を見据えたまま、乙吉は己の悪事をわめきたてた。

「わかったら恨みがましいことをぬかすんじゃねえ、薄汚ねぇ亡霊が！　こいつに見覚えがあるだろう？　ああそうとも、おめえを刺した匕首だ。もう一度こいつで、今度こそ三途《さんず》の川送りにしてやらぁ！」

　恐怖と怒りの入り交じる凄まじい顔で笑うと、乙吉は懐に呑んでいた匕首を摑んで立ち上がった。失せろと叫んで、お峰に飛びかかった。

　お峰の姿がふっと消えた。

　入れ替わりに、闇の中から一閃《いっせん》した十手が、匕首を握る乙吉の手の甲をしたたかに打った。たまらず得物を取り落とし、乙吉は手をおさえてうずくまる。その鼻先に、ぴしりと十手の先が突きつけられた。

闇が薄れた。暗い夜の底であることに変わりはない。だがそれでも、ふうっと吹き抜けた風に幽冥《ゆうめい》の漆黒は消えて、周囲の建物や樹木の影がうっすらと夜空に輪郭を成した。どこかで虫が鳴いている。

地面に腰を落としたまま呆然《ぼうぜん》と目を見開く乙吉の前には、十手を握った千太郎が立っていた。傍らに提灯を持つ女の姿。お峰の亡魂ではない。

「──これが、山城屋お峰拐かし事件の顚末でございますよ、旦那」

冷ややかに乙吉を見つめて、トキは言った。

幽霊の次にのっぺらぼう。しかもそれが奉行所の同心とくれば、最早《もはや》乙吉は観念するしかなかった。

「片桐の旦那！」

捕り物の決着に、ここで決まり文句のひとつも欲しいところだ。勢い込んで正悟に目をやった伊助は、そのまま「うへぇ」と唸った。

正悟は地面に大の字になって気絶していた。

「そっちの旦那はどうなすったんです？」

くるりと提灯を巡らせて、トキが首を傾げる。

「片桐の旦那は、女も苦手だが幽霊はもっと苦手なんだ」

「あらま」

仕方がない。同心が二人もいるのになんで俺がとか、十手もない下っ引きの出る幕じゃねえだろとか、思うところはいろいろあったが、伊助は乙吉に向かって踏み出すと高らかに声をあげた。

「御用だ、乙吉！　てめぇの悪事、この耳でしっかと聞かせてもらったぜ。――神妙に、お縄をちょうだいしやがれ！」


――ええ。お察しのとおり。あたしは人間じゃありません。

昼間、小舟町の堀端で千太郎たちの前にあらわれたトキは、こんなことを語っていた。

――いいえ、簪じゃありませんよ。ここについている珊瑚玉。これがあたしの正体でございます。あらいやですよ、片桐の旦那。そんな達磨《だるま》みたいに目をひんむいて。……いえいえ、付喪《つくも》になるほど年を経ちゃいません。せいぜい一時、仮初《かりそ》めにこの世に姿をあらわしただけの儚《はかな》いモノです。きっとお峰お嬢さんが、あたしに力を貸してくだすったんでしょう。お嬢さんはさぞや無念でございましたでしょうから。はい。……はい。お峰お嬢さんはもうこの世にはおりません。あの男に殺されちまいました。

——惚れた男との駆け落ちと信じた旅の途中で、お嬢さんは乙吉が宿屋の主人と話しているることを聞いてしまったんですよ。ええ、あの男の企みを。自分の過ちに気づいてお嬢さんは逃げ出したけれども、逃げ切れやしなかった。今は地面の下に埋まっております。ゆっくりと骨になっちまったかしらん。可愛らしいお顔でしたのにねえ。あたしね、お嬢さんが乙吉と揉み合っている間にお嬢さんの髷から地面に落ちて、気がついたらお嬢さんが倒れている血だまりの中に転がっていました。あの男は血に染まったあたしを拾い上げて、薄笑いしながら自分の懐に入れたんですよ。……ええ、乙吉というのはそういう男です。世間知らずの娘を優しい顔で、甘い言葉で口説いてその気にさせて、それが嘘だったと知った時の娘の絶望と悲嘆の表情を見るのがぞくぞくするほど好きという、歪《ゆが》んだ性癖の持ち主で。拐かして親に金を強請《ゆす》るでなし、売っぱらうのが目的なら攫《さら》うだけでいいものを、手間暇かけて女を連れ出すのはただただ相手をなぶって地獄に落とすのが楽しくてたまらないからという……はい、畜生にも劣るというのは、ああいう男のことでございましょう。一体何人の娘が、そうやって地獄に突き落とされたものやら。お嬢さんを手にかける時も、あの男は躊躇《ちゅうちょ》もしませんでした。

——なぜ最初にそのことを訴え出なかったのかって？　乙吉とともに江戸に戻っ

て、あたしはすぐさま番屋に駆け込みましたとも。ええそうです、前にも旦那方に申し上げましたでしょう。でもその時のあたしはまだ、人間とどんなふうにしゃべればいいのかわからなかった。さぞかし頓珍漢《とんちんかん》だったのでございましょうねえ。気味悪がられて、番屋から追い出されちまいました。それですっかり途方にくれましてね。自分であの男をどうにかするような力はありませんし、それより何より、あたしは乙吉の悪行をお天道様の下にすっかりと晒《さら》してやりたかった。まっとうな裁きを受けて、世間からあいつは極悪人だと指をさされ罵《ののし》られ、あげくに首でも落とされるのでなければ、乙吉はまた同じことをやらかすでしょう。あの男の悪事に利用されるなど、あたしは真っ平御免でして。でもそれは、お役人の力でも借りなければどうしようもないことでしたから。

——乙吉が大野屋のお嬢さんに簪をやった時、あたしは心に決めました。もう一度訴え出てみよう、噂に聞くのっぺらぼうの旦那なら、あやかしの言葉でも耳を貸してくれるかも知れないってね。……え、この姿ですか？　実は大野屋の御主人が常磐津《ときわず》を習ってらして、まあ本人は狸が唸っているような塩梅なんですけど、それはともかく店にやって来るお師匠というのがなんともすらりとした粋な美人で。ちょいとその姿と物言いを真似《まね》させていただきました。え、どうして本物のトキに化けなかったかと言うんですか？　それはやはりねえ、見た目が……いえいえ、あたしがあの女中と同じ姿をしていたら、後々不都合でございましょう？　だって本人は、あたしのことなど知りゃしないんだから。……おや、のっぺらぼうの旦那はお気づきでしたか。そうですよ、あたしの姿は全部の人間に見えるってわけじゃない。あたしが見せたい相手にだけ、見えるんです。ですから……ねえ伊助さん、あなたが店に来た時、店の者は誰もあたしのことなんか見えていなかったんです。手代が指差したのは、本物のトキのほうで……ほら、やっと思い出したようで。あたしが伊助さんに笑って見せた時、横にあの女中がおりましたでしょう。おや、まんまと騙されたとは、そりゃ人聞きの悪い。あの場では誰も、嘘などついちゃおりませんよ。ふふふ……。

――無念を？　むろんのこと、晴らしとうございます。でもそれは、お峰お嬢さんの恨みじゃない。大野屋のお嬢さんのためでもない。あたしはね、あたしは、あたしの無念を晴らしたかった。

乙吉は捕らえられ、共謀者のあさひ屋五助もともにお縄になった。乙吉が己の悪事をつまびらかに白状したことで、後日、戸塚の宿場から一里ばかり離れた寂しい林の中で、山城屋お峰は無惨な亡骸《なきがら》となって見つかったのだった。

七

暮《くれ》六つの鐘が鳴る。江戸の町は夕映えに赤々と染まっていた。

何とはなく空を見上げて、ああ珊瑚玉の色だと思ってから、伊助は数歩先を行く千太郎の背中に目をやった。

今はお峰の形見となった簪を届けるために山城屋に赴いた、その帰り道である。此度《こたび》は正悟は同行していない。幽霊（本物ではないが）を見てぶっ倒れたあと、熱を出して寝込んでしまったからだ。

（胸がひりひりしやがる）

先の愁嘆場《しゅうたんば》を思い出し、伊助は歩きながらため息を落とした。千太郎が簪を差し出すと、母親の梅はそれをかき抱いて泣き叫び、山城屋の主人は娘の名を呼んで嗚咽《おえつ》した。二親の嘆きを目の当たりにすれば、かける言葉などあろうはずもない。千太郎と伊助は早々に、その場を辞すしかなかった。

店を出て振り返ると、二人を店先で見送るように、珊瑚玉のトキが立っていた。深々とこちらに頭を下げたかと思うと、そのますうっと透き通って消えた。

――あたしは、あたしの無念を晴らしたかった。

山城屋夫婦はあの簪をどうするだろう。愛娘の形見として、大切にするには違いない。でもきっと、あの簪が誰かの髪を飾ることはもうないだろう。

――先代の山城屋の御主人が生まれてきた娘の梅のために簪を誂えて、梅はその大事な簪を今度は自分の娘のお峰に譲って、いずれお峰が子を産んでそれが娘ならば簪はその娘に、息子ならばその嫁にと。

――そうやってあたしは親から子へ、愛情と幸せを願う想いのあかしとして、ずうっと受け継がれてゆくはずでした。あたしはそういう、幸せなモノになるはずだった。

――それを、あの男が。乙吉が、ぶち壊して、台無しにしちまったんですよ。

この胸の痛みは自分のものだろうか。それとも千太郎のものだろうか。

伊助はうつむいて地面に目を落とす。

ふと、まだ幼い日、千太郎と出会った時のことを思い出していた。

伊助は七つ。とすれば千太郎は、あの時十五になっていたはずだ。

父親の粂造に連れられて、初めて八丁堀の柏木兵衛の屋敷へ行った。今思えば粂造はその時すでに、伊助を岡っ引きにしていずれ自分の跡を継がせる心積もりでいたに違いない。伊助には年の離れた兄がいるが、そちらは十手持ちになる気はさらさらなく、むしろ粂造の妻の咲恵《さきえ》が営んでいる料理屋を助けるため、料理人になるべく別の店で修業中だった。

伊助は当時、兵衛のことを「うちの店によく来るお役人」くらいにしか思っておらず、屋敷に行ったところで退屈だし、挨拶《あいさつ》がすむともう外に出て遊びたくてたまらなかった。兵衛の妻の艶に「頂き物の菓子があるから、台所へ行ってもらっておいで」と声をかけられたのを幸い、父親の横から逃げ出して、屋敷の中をこっそりと見て回った。

とはいえ同心の組屋敷では、広さもたかが知れている。町人の子供の目をひくような面白い物もないし、すぐに飽きて、虫でもつかまえようと裏庭に廻ったとたん、伊助はびっくりした。

縁側に千太郎がぼうっと腰かけていた。兵衛に息子がいるのは知っていたし、のっぺらぼうだというのも粂造から聞かされていた。のっぺらぼうには興味があったけれど――そうして本当に千太郎の顔には目も鼻も口もなかったけど――その時伊助が驚いたのは、千太郎の姿を見た瞬間にいきなり胸が絞られるようにキリキリと痛くてたまらなくなったことだ。

七歳の伊助にはそれまで胸が痛くなるような経験などなかったから、てっきり腹が痛くなったのだと思った。だけどその痛みはやるせなくて、ぽっかりと寂しくて、食べようとしていた団子をうっかり地面に落としてしまった時みたいに悲しかった。急に怖くなって、伊助は庭に立ち尽くしたまま「わっ」と大声をあげて泣きだした。

千太郎は驚いたように縁側から立ち上がった。わんわん泣いている伊助のそばまで来て、首を傾げた。つるりとした顔だから表情などないのに、それでも千太郎がとても困っているのが、伊助にはわかった。

少し考え込んだあと、千太郎は伊助の手を取って屋敷の木戸門から外に連れ出した。そうして、ちょうど通りかかった飴売りから飴を買い求めると、伊助の掌《てのひら》にそれをのせてくれた……。

その日は屋敷の近所に住む加代《かよ》という娘が嫁ぐ日だったことを、あとで知った。加代が、千太郎の幼なじみであったことも。さらに何年も経ってあの胸の痛みを振り返った時、伊助はようやく気がついた。――千さんはその加代という娘が好きだったんだ。けれどもそれは、叶《かな》わぬ恋だったのだと。

(あの時千さんは、とても悲しかったんだ)

地面を睨んでとぼとぼと歩きながら、伊助は思う。

その気持ちがそっくりそのまま、自分のことのように、あの時の伊助にも伝わってきたのだ。

(俺には千さんの思っていることがわかるんだ。誰よりも、一番)

どうしてかなんて、知らない。だけど自分と千太郎の間には、そういう約束事みたいなものがあるのだろう。きっと人よりも大きな力を持った誰かが、そんなふうに決めたのだ。

(だから俺が、いつも千さんのそばにいなくちゃ)

だってそうじゃないと、俺みたいな者がそばにいないと、本当に悲しい時に千さんはどうすることもできないから。

飴を買ってくれたあと、千太郎は道端の小石を拾って、地面に字を書いた。

『ありがとう』

飴をもらったうえになぜ礼まで言われるのか、七つの時の伊助にはさっぱりわからなかった。

でもあの「ありがとう」は、きっとこういう意味だったんだ。

――自分の代わりに泣いてくれて、ありがとう。

伊助は唇を噛んだ。

のっぺらぼうは、涙を流すことはできない。悲しくたって泣くことなんてできやしないから……。

と、突然目の前に、千太郎がにゅっと手を差し出した。伊助は驚いて顔をあげる。つられて手を出すと、千太郎は彼の掌の上にころりと飴をのせた。

うつむいて物思いにふけっていたから気づかなかったが、そういえば今、飴売りが通り過ぎて行ったような……。

「って、え、どうして飴⁉」

ぽかんとしている伊助の肩を、ぽんぽんと力づけるように叩いて、千太郎はまた夕暮れの中を歩き出した。

(……まいったな)

きっと、ずっと下を向いて黙って歩いていたから、伊助がひどく落ち込んでいるのだと千太郎は思ったのだろう。それで慰めようとして、飴を。ずっと昔、泣きやまなかった子供にそうしてやったように。

(なんだよ、俺のほうが気ぃつかわれちまった)

黄昏《たそがれ》に紛れてゆく背中を束の間見つめてから、伊助は足を速めてあとを追った。

(千さんもあの時のことを覚えていたんだなぁ)

だけどさ、もう子供じゃないんだぜ。千太郎と並んで歩きながら、伊助は苦笑して、飴を口に入れた。

優しい甘さを口の中で転がす。

傍らの千太郎の卵みたいな顔を横目で見上げて、伊助は思った。
――やっぱり男は、顔じゃねえなあ。

うわんと鳴く声

小松エメル

享保《きょうほう》七年八月。江戸文化が花開いてから百年以上が経《た》ち、人々が平穏に生きていた時代——といかぬのは、この世の常である。何しろ、そこに人が生きている限り、まったくの平穏など決して訪れぬからだ。「花のお江戸」という甘言《かんげん》に惹《ひ》かれた人々が各地から集まってきたが、江戸の町は然程《さほど》大きくない。ただでさえ、人口が密集していたところに大勢押しかけてきたため、江戸は人で満杯になった。もっとも、人が増えたところで仕事は増えぬため、職にあぶれる者が増えるばかりで、その日の飯にも困る有様だった。当然、身体を清潔に保つことも出来ず、病が蔓延《はびこ》る事態となった。「花のお江戸」など、ただの夢想だったのである。

　このままでは世が立ち行かぬ——危機感を抱《いだ》いたお上《かみ》は、様々な改革を行った。たとえば、評定所《ひょうじょうしょ》に目安箱を置いて庶民の意見を聞いてみたり、江戸小石川《こいしかわ》に無料の医療施設である養生所《ようじょうしょ》を置いてみたり。後に「享保の改革」と呼ばれるそれらは、一定の効果を表すこととなるのだが——この頃に生きている人々は、誰も先のことなど知る由《よし》もない。「明けぬ夜などない」と思って生きる者もいれば、「明けぬ夜だとてある」と思って生きる者もいたのである。そして、そんなことを考える暇《いとま》すらない者も当然いたわけで——。

（……どうしてこんなことになったんだ……？）

　ただただ混乱の中にいた竜之介《りゅうのすけ》は、正しく後者だった。生まれ育った日本橋西《さい》国屋《ごくや》にて、竜之介は父の手を握りながら詮無《せんな》きことばかり考えていた。丸みを帯びた輪郭《りんかく》に、同じく丸い目に太い眉。これから伸びるのだと己で主張してやまぬ低い身の丈——まだまだ幼さの残る見目と中身をしていたが、竜之介はそう遠くない将来、この西国屋の五代目を継ぐことになっていた。手を握っている父こそが、四代目主人の善右衛門《ぜんえもん》である。風邪一つ引いたことがないのが自慢だったが、今、布団に横たわった弱々しい姿からは、常の頑強さなど微塵《みじん》も感じられなかった。竜之介と違って大柄な体軀《たいく》はそのままだったが、頰は肉の厚みを残したまま、げっそりとこけていた。目の下にはどす黒い隈《くま》があり、いささか不気味にも見えていた。

「これはもう、駄目だ……すまないな、竜之介。父はお前の母の元に……」

「そんな……こんなことで弱気になるなんて、まるでらしくないっ……」

竜之介は必死に涙をこらえながら言った。苦しんでいる父に、もう何度励ましの言葉をかけただろう。しかし、それらに何の意味もないことは、この三日間で竜之介はすっかり悟っていた。そして、それはまずいことに、善右衛門だけに言えるものではなかったのである。

西国屋の下女の苑《その》が、突然妙な行動を取って倒れたのは、三日前のことだった。苑は西国屋の中で最も若く、歳《とし》は竜之介と同じ十三。少し気弱なところはあるが、可愛げのある娘だ。三日前のその時、苑は害獣退治に勤《いそ》しんでいた。このところ、台所を荒らされることが多く、苑も夕餉《ゆうげ》を横取りされた恨みを持っていたのである。

——魚もご飯も食われたんです……しかも、二度も！　あたし、絶対に許さない。

珍しく語気を強めた苑は言の通り見事、害獣の巣穴を探し当てた。がさごそと中を漁《あさ》り、そこに特製の毒団子を巣の中に突っ込んだまでは元気だったが、間もなくしてその場にうずくまってしまった。「腹でも痛いのか？」と傍《そば》にいた者が訊《たず》ねると、苑はぴくりと動き、突然地を這《は》い出したのだ。鼻を小刻みに動かし、屋敷中を嗅《か》ぎまわる姿は、奇怪極まりないものだった。「お苑、お苑」と呼びかけながら皆で追ったものの、あまりにすばしっこいため、なかなか捕まえられぬ。結局苑が動きを止めたのは、当人が気を失った時だった。それも少し妙で、庭の方に目を向けた途端「ぎゃあ」と叫び声を上げたのだ。その時、庭にいた猫もまた「みぎゃあ」と警戒を露《あらわ》にして鳴いたのである。

そして、わずか半刻《はんとき》（一時間）後、苑の看病をしていた五郎《ごろう》という番頭が倒れた。苑と同じく何の前触れもなしに倒れると、それからまた一刻（二時間）後には新七《しんしち》、その後には峰《みね》と続き、苑のように屋敷を散々這いずり回った後に卒倒するという謎の連鎖が立て続けに起こったのである。店を閉め、医者を呼んで治療に当たったものの、何の効果も得られぬまま二日経った。その頃には、この店を取り仕切っている仙吉《せんきち》が暴れ出し、やはり臥《ふ》せってしまった。そして、その奇妙な現象は、今朝方とうとう主人の善右衛門にも及んでしまい――。

「……商売人は綺麗ごとだけでは出来ぬものだ。誰かの恨みでも買ったのかねえ……」

自嘲の笑みをこぼした善右衛門に、竜之介は必死に首を振った。仙吉の前に倒れた松介《まつすけ》も、「祟《たた》りだ」と何度もうわ言のように呟《つぶや》いていたが、竜之介はそうは思わなかった。

（祟りなんかこの世にはない……これは、きっと病だ）

難しい病であるなら、一刻も早く治療しなければならぬ。病が怖いというのを、竜之介はよく知っていた。なぜなら、竜之介は三つのときに母・梅《うめ》を亡くしているのだ。梅は生来心の臓が悪かったが、ずっと子を欲していたという。よき妻、よき母になるのが幼い頃からの夢だったのだ。子を産まずとも、養子をもらえばいい――善右衛門は恋女房である梅にそう言っていたが、（一子だけでも）という本人の強い想いが通じたのか、亡くなる三年前に願いは成就《じょうじゅ》した――それが、竜之介である。

念願の子である竜之介は、父ばかりではなく、使用人たちにも大層可愛がられて育った。幼い頃の竜之介は母と同様に身体が弱かったものの、十三になった今ではすっかり普通の子どもと同じように走り回れるようになっていた。幼い頃の弱々しい己の姿を思うと、こうして健康であることが何よりの幸せであると、竜之介も店の者たちも皆気づいていた。だから、善右衛門は家の者が二人倒れた時点で医師を呼んだのだ。しかし、その医師には治すことは出来ず、他を頼った。しかし、その医師もまるで役には立たなかったため、また別の医師を連れてきたのだ。それを繰り返すうちに日本橋付近の医者を大体呼んでしまったことになるが、誰一人として皆を快方に導く者はいなかった。

（……頼れるのは、あと一人しかいない）

竜之介はその人物を思い浮かべて、きゅっと唇を嚙《か》んだ。その医師は、腕もよければ人柄もよく、庶民も貴人も等しく診察をするという、まるで絵に描いたような名医だった。竜之介も、身体の弱かった頃は散々世話になった人物だ。感謝こそすれ、恨むわけがない——だが、呼ぶのを避けていた。その医師を呼ぶことによって顔を合わせるはめになる、ある人物のことが大変苦手だったのだ。

（あいつと顔を合わせるのは嫌だ……でも、今はそんな場合じゃない）

三日の間、出来ることは何でもした。呼べる医者はすべて呼び、高価な薬も服用させ、陰陽師《おんみょうじ》や祈禱師《きとうし》まで呼んだが、何一つ効果は得られなかったのだ。竜之介は父の顔をじっと眺めた。目が開いたまま眠っている父の顔からは、すっかり生気が抜けていた。まるで、死ぬ前の母のようである。膝《ひざ》の上で拳《こぶし》を握りこんだ竜之介は、心を決めて宣言した。

「おとっつあん！　一寸《ちょつと》待っていてくれ……先生を呼んでくるから！」

善右衛門の瞼《まぶた》が閉じた途端、竜之介はさっと立ち上がって駆け出した。表から出て、立ち並ぶ商家に挟まれながら、びゅんびゅんと風に逆らうように走っていく。

どうしてこうなったのか——そんなことばかりが頭に浮かんできた。家中の皆が揃って同じ症状を発したところからみると、うつる病で間違いなさそうだ。屋敷中を這いずりまわっていたのは、恐らく苦しみに悶《もだ》えていたに違いない。しかし、一つおかしな点があった。

（何で俺だけ無事なんだ……？）

いっそ己も罹《かか》ってしまえばよかった——一瞬過《よ》ぎった思いを振り払うように、竜之介は力の限り走った。目的の地は西国屋から目と鼻の先にある。表通りから裏長屋に続く路地に入り、そこを走りぬけ、突き当たった場所——走り出して息が上がらぬうちに、竜之介は目当ての一軒家に辿《たど》り着いた。

——町医処　桂木青庵《かつらぎせいあん》

竜之介は立ち止まって、しばしその看板を眺めていた。近所だが、ここに来たのは三年振りだった。こみ上げてきた懐かしさと、溢れ出てきた気まずさを何とか呑み込み、竜之介は意を決して戸に手を掛けた。

「——先生！　青庵先生、助けてください！　おとっつあんが……仙吉が——」

戸を全開にしたところで竜之介が言葉を止めたのは、目の前に少女が立っていたからだ。艶《つや》やかな黒髪に富士額《ふじびたい》、はっきりとした二重瞼《ふたえまぶた》、影を落とすほどに長い睫《まつげ》。ほっそりとした鼻に、きゅっと引き締まった小さな唇——愛らしい造作をしているのに凜々《りり》しく見えるのは、女子にしては上背があるせいだろう。そして、それにもまして、少女の持つ眼差《まなざ》しが非常に強いせいかもしれぬ。この時も、竜之介は早々と目を逸《そ》らしてしまった。少女は黒目がちの大きな目で、まっすぐ相手を見据える癖があった——竜之介相手だと、見下ろすが正解であったが。一度相手の目を見ると、相手が誰であろうと決して視線を逸らさぬのだ。

「どうしたの？」

静かに問うてきた凜とした眼差しの持ち主は、竜之介より三つ年上の幼馴染《おさななじみ》・真葛《まくず》である。才色兼備を絵に描いたような娘で、父である青庵の手伝いをよくし、「医者小町」と巷《ちまた》で評判だ。誰からも一目置かれる存在だったが、この真葛こそ竜之介が会いたくなかった人物だった。

「……用があるのはお前じゃない。青庵先生だ。先生！　先生ー！」

往診中なのだろうか。竜之介がいくら呼んでも、青庵は返事をしなかった。

「父なら中にいるわよ。でも――」

真葛が話をしている途中で、竜之介は中へ入って行った。三年振りとはいえ、勝手知ったる家である。居間を突っ切り、奥の居室の戸を開けた竜之介は、驚愕《きょうがく》の表情で固まった。

「青庵先生……！」

そこには、竜之介が迎えに来た青庵その人が、青い顔をして布団に横たわっていたのである。少し前に見ていた情景を思い出した竜之介は、青庵に負けぬほど顔色を悪くしながら、彼の元に駆け寄った。

「先生、どうしたの⁉　まさか、青庵先生も……！」

枕元でそう叫んだものの、青庵は眠ったまま目を開ける気配はない。しかし、西国屋の者のように苦しんだ様子はなく、うなされてもいなかった。まさか――と一瞬嫌な気がしたが、浅くではあるが呼吸はしていた。ただただ、深く眠っているようである。

「父上はふた月前から体調を崩しているの。すごくお疲れなのよ。一日の大半はこうして眠ったままなの。今日は起きないと思うわ」

いつの間にか傍に来ていた真葛は、ぽつりと言った。竜之介は青庵を見据えたまま、唇を戦慄《わなな》かせた。青庵が心配なのはもちろんだが、正直なところ、青庵に家の者たちを診てもらえぬという事実の方が恐ろしかった。他に日本橋で医者をやっているのは、藪《やぶ》と評判の者たちしかいない。彼らは「病を余計に悪くする」などと言われていたので、とてもではないが家族の大事を診てもらうわけにはいかなかった。

（……他の町に行くしかない）

そう思い至った竜之介は、青庵に小声で「お大事に」と述べると、そのまま去ろうとしたが――。

「お父上と仙吉さん、よくないんでしょ？　うちに来るくらいだもの。もう、すでに町中の医者には診せた後ね。そして、全部駄目だった。そうでしょ？」

ぴたりと言い当てられてしまった竜之介は、思わず振り返り、まじまじと真葛を見た。竜之介が目を逸らさなかったのは、負けん気からではなく、呆気《あっけ》に取られたからだ。三年振りに間近で見る幼馴染は、竜之介の記憶の中よりもずっと大人で、美しかった。

「お……俺は帰る！」

竜之介は一瞬抱いた感情を誤魔化すようにそう怒鳴ると、急いで踵《きびす》を返したが――。

「――何だよ、放せ！　……お前……」

摑《つか》まれた裾を見ると、そこには小さな手があった。竜之介の裾を握っていたのは、六つくらいの幼い少年だった。色白な真葛よりも更に白い肌、好奇心に満ちた明るい瞳、ぺちゃんこの小さな鼻、少し大きめの唇――。気の抜けた笑みを浮かべている少年を見据えながら、「太一《たいち》よ」と真葛は少年の名を優しく唱えた。

（……そんなの知ってらあ！）

竜之介は心の中で言い返しつつ、太一の手を解《ほど》こうとしたが、相手は放そうとしない。

「おい、今はお前なんかに構っていられないんだ！　早くしないとおとっつあんたちが……」

「竜兄ちゃん、大丈夫？」

おっとりした優しい声音《こわね》で訊ねられ、竜之介はふいに泣きそうになった。父や使用人たちに死なれたら、どうしたらいいのか――たった一人で生きていくことなど甘ったれの己には出来やしない。まだ十三の竜之介にとって、跡継ぎや金云々《うんぬん》よりも家族がすべてだった。それが、今にも失われようとしている――一人きりなら、泣いていたことだろう。しかし、真葛の視線に気づいた竜之介は、すんでのところで涙を止めた。

「……俺は平気だ」

竜之介の出した押し殺した声に、太一は「本当？」と言いながら小首を傾《かし》げる。この子どももまた、姉と似て相手の目をじっと見据える癖があるようだ。竜之介は慌《あわ》てて踵を返し走り出そうとしたが、前に進むことは出来なかった。太一が裾を摑んだまま放さなかったのだ。小さく細っこいくせに、やたら力が強いようである。

「ねえ、おいらも連れていって」

おまけに、こんなことを言い出したため、竜之介は実に辟易《へきえき》としてしまった。

「……駄目だ！　餓鬼は飯食ってもう寝ろ！」

「まだ朝しか食べてないのに？　今寝たら、お昼と夕ご飯抜きになっちゃうよ」

「お、お前の飯のことなんて知るか！　大体飯の話はしていないんだ、飯の話は！」

人懐っこくまとわりついてくる太一に、竜之介はたじたじになった。そうして幼子に振り回されている間、真葛は何やらごそごそしていたが、竜之介はまるで気づいていなかった。

「おいら、絶対一緒に行くからね。連れていってくれるまで放さないよ！」

「――おい！　お前の弟どうにかしろよ！」

まとわりつくどころではなく、首からぶら下がられた竜之介は、悲鳴じみた声を上げた。真葛はすたすたと近づいてくると、竜之介の首から太一を回収し、こう言った。

「さあ、行くわよ」

どこへ？　――という問いはすぐに出てきたものの、竜之介は先ほどまでと違う真葛の姿に釘付《くぎづ》けになってしまって何も言えなかった。襷《たすき》がけに前掛けをして、頭にはほっかむり。それに、左手には大きな治療箱を抱えていたのである。

「父上、行って参ります！」

そう言ったのは、寝ている青庵の元に駆け寄った太一だった。

竜之介の実家である西国屋は、四代続く老舗《しにせ》の呉服屋だ。江戸の下町は商いで成り立っており、武家や僧侶の方が身分は上だが、金を回す商人たちの方がよほどえらいという風潮がある。しかし、竜之介は一度もそんなことを思ったことはなかった。

――商人も職人も茶屋も下足番もお武家さまも、懸命に働いていれば皆立派だよね。

昔、竜之介はそんな台詞《せりふ》を言って、「西国屋の跡継ぎともあろう者が情けない」と善右衛門にこっぴどく叱《しか》られたことがある。父たちを軽んじて言ったわけではないのに、そんな風に捉《とら》えられてしまって竜之介は哀しかった。その考えを述べると、皆が怒るか困るかという反応をしたが、たった一人だけ竜之介に同調してくれた者がいた。

——私も懸命に働いている人は皆立派だと思う。働くことは生きることだもの。一生懸命働いている人は、一生懸命に生きているってことでしょう?

「ここへ来るのは久しぶりね」

西国屋の前に立った時、真葛はそう呟いた。竜之介は答えなかったが、同じことを思っていた。何しろ、三年ぶりである。大人にとっては大した時ではないが、子どもにとっての三年間は気が遠くなるほどの時間だ。

——竜之介、一緒に遊ぼう。

まだ竜之介が身体が弱かった頃、往診に来た青庵の連れの真葛は、そう言ってよく竜之介の相手をしてくれた。具合がよくなってからは外で遊んだり、竜之介が真葛の家に遊びに行ったりもするようになった。家は隣同士ではないのに幼馴染となったのは、そうした経緯《いきさつ》があったのである。

(あの頃はたのし……いや、気のせいだ)

昔を思い出してぼうっとしていた竜之介は、今となっては苦い記憶を引っ張り出しかけて、慌てて首を横に振った。その時、真葛たちがすでに店の中に入っていったことにはたと気付いたのである。

（……ここは俺の家だぞ。まったく、猫のように図々《ずうずう》しい奴らめ）

ぶつぶつ言っていた竜之介が我に返ったのは、「みゃあ」という猫の鳴き声だった。竜之介は店前に置かれている桶から柄杓《ひしやく》で水をすくうと、それを猫に引っ掛けてから、家の中へと入っていった。少し出遅れただけなのに、真葛と太一の姿はすでに見当たらなかった。小さな履物がきちんと並べられていたので、廊下を通って奥へ向かったのだろう。竜之介が真葛の家の勝手が分かるように、真葛もまたこの家のことをよく知っていた。竜之介はとりあえず、父の居室と使用人の間を覗《のぞ》いたが、そこに姉弟《きようだい》はいなかった。

「……何してんだ？」

台所に入っていった竜之介は、呆《あき》れた声音を出した。真葛は地べたにしゃがみ込み、必死に何かを探している様子だった。善右衛門たちのように、あちこちを這いつくばってはおらず、顔つきも至って正気のままである。しばらくすると、真葛は立ち上がって裾を手で払いつつ、「ないじゃないの」と文句を言った。己に言ったのかと思って竜之介は眉を顰《ひそ》めたが、真葛の視線は己の更に後方へ向かっていた。

「……お前、いつからそこにいたんだ⁉」

背後の太一に気づかなかった竜之介は、ざっと横に飛びのいた。しかし、太一は顎《あご》に手を当てて考え込んでいるようで、身じろぎ一つしなかった。

「とりあえず、おじさんたちを診るわ。いいわね？」

その言葉がやはり己に投げかけられていないらしいと悟った竜之介は、顔を顰《しか》めた。

「何で餓鬼に訊《き》くんだよ。お前、そんなんで大丈夫なのか？」

「あんたよりは大丈夫よ」

さらりと言い捨てて竜之介の横を通り抜けた真葛は、またしても勝手に移動し出した。「あの女……」と竜之介が歯嚙みしていると、横にいた太一がじっと見上げていた。

「……随分と執着している」

「だ、誰があんな女になんか……！」

己の顔が真っ赤に染まっているのが分かった竜之介は、急いで台所から出て行った。

善右衛門の居室の前に着いた竜之介は、一瞬立ち止まった。先ほどよりも悪化していたらどうしようかと思ったのだ。それでも、入らぬわけにはいかず、竜之介は戸を開いた。

（……青庵先生⁉）

居室の中に足を踏み入れた竜之介は、我が目を疑った。善右衛門を診察していたのは青庵――かのように見えたが、目をこすって再び見ると、それは真葛だった。真葛は亡くなった母親にそっくりで、青庵とはほとんど似ていない。だが、診察をしている時の立ち居振る舞いや浮かべている表情などが、実によく似ていたのだ。

（そういえば、昔はよく先生の後を追っかけまわしていたっけ……）

竜之介が真葛とまだ仲良く遊んでいた頃、二人は施術している青庵の周りをよくうろちょろしていたのだ。竜之介が面白半分で見ているのに対し、真葛は真剣そのものだった。一時たりとも逃すまいとじっと見る眼差しが、今の真葛を作ったのかもしれない。あの頃はただ見つめるだけしか出来なかったが、今の真葛は青庵のように立派に治療を行っていた。その姿は紛《まぎ》れもなく一端《いっぱし》の医者だった。竜之介が戸に手を掛けたまま立ち尽くしてしまったのは、真葛がまるで知らぬ人のように思えたからだ。

診察を終えた真葛は、使用人たちの部屋に向かった。

「いつからこうなの？」

全員を診終えた時、真葛は後ろについてきた竜之介に振り返りもせずに問うてきた。三日前、何の兆候もなく、使用人の一人がいきなり倒れたこと、それが家内中に伝染してしまったこと、様々な医者に診せたが誰もがその処置法が分からなかったこと——竜之介は渋々事情を語った。

「その日、皆は何をしていたの？　いつもと違うこととかなかった？」

「別段……おとっつあんは商談していたし、仙吉は上得意の家に行っていて、他は各々の仕事をしていた。あ、そういやいつも店に出ているお苑は、長いこと台所にいたな。そうだ、確か毒団子を作ってた……最近食い物をとられちゃって大変だから、巣の中に毒団子を突っ込んで退治するって、あいつ大分息巻いていたんだ」

あの日、苑が倒れたのは、その巣の中に毒団子を仕込んで少し経った時だった。

「ねえ……巣はどこにあるの？　台所には見当たらなかったけれど」

真葛はやっと半分顔を振り向かせて、少々怒ったような声音を出した。

「さっき探していたのは巣だったのか？　そんな分かり易いところに作るもんか！」

竜之介は腕組みをして高笑いしたが、すぐ真顔になってぶつぶつと述べ始めた。

「それにしても、お苑はひどい女だ。毒団子を食わせようとするなど……一度自分で食ってみればいいんだ。そうすれば、毒を食わされる者の苦しみが少しは分かるだろう」

奇妙なものを見るような目で竜之介を一瞥《いちべつ》した真葛は、ぽつりと言った。

「……人間が毒団子なんて食べたら、死んじゃうわよ」

「見ーつけたっ」

幼い声が響き、部屋にいた二人は声のした戸の方を見た。廊下と使用人部屋の境に立っていた太一が指差していたのは、部屋の中にある押入れだった。すぐさまそこを探った真葛は、壁に巣らしき穴が開いているのを発見すると、近くに置いてあった箒《ほうき》を摑んだ。竜之介が怪訝《けげん》な顔をした瞬間、真葛はその柄《え》の方を穴に向けた。

「――な、何する気だ⁉　巣を探ったって、何にもならないだろ⁉」

竜之介は慌てながらそう言って、真葛の持っている箒を奪おうと手を伸ばしたが――。

「なるよ、竜兄ちゃん。少なくとも、汚らしい奴らは死に絶えるもの」

太一が楽しげな声音でそう言うと、竜之介はぴたりと動きを止めた。

「汚らしい、だと……それはお前らの方だ！」

振り向いて鋭い声を出した竜之介に、太一はびくっとして固まった。

「……な、泣くなよ！」

そう言って、竜之介はひどく慌てだした。太一がくしゃりと顔を歪《ゆが》めて顔を覆ってしまったからである。なだめようにも、どうすればよいか分からぬ竜之介は、太一の傍にしゃがみ込み、まごまごとするしかない。気が動転していたせいで、竜之介は太一の嘘泣きはおろか、背後から迫り来るものにすらまったく気づかなかった。

「——な、何だこりゃあ⁉」

竜之介が叫んだのは、腰辺りにまで煙が立ち込めた時だった。その煙は茶色がかった灰色で、どうも溝《どぶ》臭いような臭《にお》いがした。周りを見回すと、煙は足元だけにあるわけではなく、部屋中——それに開いていた戸の先の廊下にまでも充満していたのである。

(まさか、火事か……⁉)

驚いた竜之介は、太一を抱きかかえ部屋から出た。そして、太一を廊下に下ろすと「表に出ていろ」と言い聞かせ、すぐさま部屋に戻った。

「おい、皆聞こえるか⁉　仙吉！　お苑！」

大声で呼びかけたものの、返事一つない。物凄《ものすご》い速さで広がっていく煙の勢いに、竜之介は顔を真っ青にした。部屋には十数人の使用人が眠っているのだ。一刻も早く救出しなければ、誰一人として助けられぬだろう。誰から助け出せばよいのか一瞬迷ったが、真っ先に頭に浮かんだのは苦手な幼馴染だった。

（……あいつはこの家の者じゃない。何かあったら、青庵先生に顔向け出来ないだろ！）

そう理由をつけた竜之介は、皆を踏まぬように気をつけながら進んで行った。

「おい！　いるか？　返事しろ！」

声をかけても、真葛からの返事は一向にない。焦《あせ》り出した竜之介は、歩きながら何度も誰かの足を蹴《け》っ飛ばしてしまった。その度に「ごめん」と謝ったが、相手は何も言わぬ。今は誰も竜之介に応えてくれる者はいないのだ。煙のせいか、哀しさのせいか、じわりと涙が浮かんできてしまって、竜之介は思わずこう叫んだ。

「おい、真葛……!!」

誰かに手を引かれたのは、その時だった。びくりと身体を震わせた竜之介は、恐る恐る手を摑んできた人物を見た。口に手ぬぐいを巻いた、一見すると怪しい様子であるものの、露出していた目があまりに印象的だったので、竜之介はすぐに相手が誰だか分かった。とりあえず、真葛が無事であることにほっと息をついたものの、その真葛が右手に持っていた渦を巻いた物を見て、竜之介は首を傾げた。

（蚊取り線香？　いや、違うか……？）

目を凝らして見ようとしたものの、一瞬のうちに煙に包まれ、真葛さえも見えなくなってしまった。その代わり、視界に入ったのはあの巣穴だった。もくもくと、部屋のどこよりも濃い煙がそこから溢れ出ている。竜之介は真葛の手を放して巣穴に向かったが、あと一歩というところで、背後にぞわりと悪寒を感じて足を止めた。

うわん

奇妙な声が聞こえたかと思うと、竜之介は膝を折ってその場に座り込んでいた。

（何だ、これ……）

がたがたと身が震えてならなかった。それはさほど長い時間ではなく、五十も数えぬうちに跡形もなく消え去ったが、竜之介が恐怖を感じるには十分な時間だった。やっとのことで震えが止まったのは、近付いてきた真葛が口元を覆っていた手ぬぐいを取った時だ。

「あら……無事なの？」

どこか怪訝そうに訊ねてきた真葛に、竜之介は一歩後ずさりをして問いかけた。

「お前、一体何を――」

「……坊ちゃん？」

背後から様子を窺《うかが》うような男の声が上がり、竜之介は途中で言葉を止めた。聞き覚えはありすぎる声だったが、竜之介は幻聴かと疑った。何しろ、彼は昨夜からずっとうなされ、苦しみ続けていたからだ。期待してはならぬ、と思いながら恐る恐る振り向いた竜之介は、思わず口をあんぐりと開けてしまった。

「……仙吉‼　……捨助《すてすけ》、お苑‼」

竜之介が大声で叫んだのは、至極《しごく》当然のことだった。何しろ、ほんの少し前まで意識を失っていた使用人たちが皆して身を起こし、竜之介の方を見ていたのだ。竜之介は瞬《また》く間に、皆の元に走り寄っていった。

「ぼ、坊ちゃん？　血相変えて、どうなさいました……？」

おどおどと言ったのは、最初に倒れた苑だった。怯《おび》えた目をしているのは常のことで、顔色はすっかりいい。他の皆も血色が戻っていた。

「おい、身体は大丈夫なのか⁉」

「身体……ですか？　へえ、何とも。あれ、あたし確か体調が悪かったような……」

苑はきょとん、という顔をして、不思議そうに首を傾げた。

「そうだよ、お苑。お前さん、寝込んでいたじゃないか」

「そういう捨助さんだって、うんうん唸《うな》りながら布団に入っていましたよ」

気難しげな顔をした四十がらみの番頭捨助が言うと、次郎《じろう》という若い男が頬を掻《か》きながらのんびりとした声音で返した。まだ眠気から冷めぬ者も多いようで、半分目を閉じたままだったり、舟を漕《こ》いでいる者もいた。

「確か、お苑が変になってから、ばたばたと倒れたんですよ。俺も倒れたんですね？」

「祟りだ」と騒いでいた松介も、どこかぼんやりとした顔で竜之介を見上げて言った。

「そうだ。皆が倒れ出して、お前も倒れて、朝方になっておとっつあんが……おとっつあん!!」

竜之介ははっとして、廊下に勢いよく飛び出た。煙の出所は恐らく使用人部屋だったが、父の方に何もなかったとは言い切れぬ。脱兎《だつと》のごとく走り出した竜之介だったが、出て間もなく足を止めてしまった。

「……何してんだ？」

問うと、太一は顔を正面に戻してにっと笑うばかりだった。太一は廊下の端で、上を向いてぽっかりと大口を開けていたのだ。

（……変な奴）

子どもの意味のない遊びだと思った竜之介は、溜息《ためいき》を吐《つ》くと、また走り出した。

「あんた、失敗したでしょう？　まだ残っているみたいじゃない」

「ふん……あんなに深く根付いては、一度で吸いきれるわけがない」

後方から姉弟の声が聞こえてきたものの、竜之介はさして気にしなかった。今はそれよりも、父のことが気がかりだった。

「……おとっつあん⁉」

父の居室に辿《たど》り着いた竜之介は、驚きのあまり裏返った声を上げた。ぐったりとして今にも死にそうだった善右衛門が、むくりと起き上がったところだったからだ。善右衛門は呆《ほう》けたような顔をして、己を呼んだ息子に振り返った。

「おとっつあん、身体は大丈夫なんですか⁉」

詰問してきた竜之介に、善右衛門は心底不思議そうな表情を向けた。そして、己の手先からつま先までを眺めると、やっと思い出したように手を打った。

「――ああ、そういえば、調子が優《すぐ》れず、臥せっていたのか……いや、私はすっかりいいぞ。皆はどうだ？　一体何が起きたのだ？」

竜之介は返答に詰まった。もくもくと煙があがった途端、皆が目を覚ましたなど、言っても信じてもらえる自信はない。竜之介が頭を抱えて悩み出した時、彼の横にさっと影が差した。

「もう心配ありません。皆さん、快癒《かいゆ》されました」

落ち着いた声音が降ってきたので、竜之介ははっとして顔を上げた。そこには、治療箱を持った真葛が立っていた。

「おや、青庵先生のところのお嬢さんじゃないか」

「お邪魔しております。おじさま、少々お手を拝借致しますね」

そう言った真葛に、善右衛門は素直に手を差し伸べた。慈父のような笑みを浮かべた父の顔を見て、竜之介はむっと顔を顰めた。

「青庵先生はどちらにいらっしゃるんだい？」

善右衛門は太い首を動かして、辺りを見回した。真葛が青庵の手伝いでやって来たのだと思い込んでいる様子である。真葛は善右衛門の診察をしながら、眉尻を下げて言った。

「父は、ふた月前から家で臥せっております。いえ、特別な病というわけではなく――いつも寝る間も惜しんで診療に当たっていたので、無理が祟ったのでしょう」

「……なんということだ。明日にでも、誰かを見舞いに寄越《よこ》そう」

眉を顰めた善右衛門は、早速仙吉を呼び寄せ、あれこれと指示した。明日になれば、青庵の元に様々な見舞い品が届くことだろう。疎遠になったとはいえ、西国屋にとって青庵は竜之介の掛かりつけだった恩義のある医師だ。

「先生が病床にあるというと、もしや真葛さん一人で往診しているのかい？　私でよければいくらでも力になるよ。息子の未来の嫁――いや、竜之介の大事な幼友達なのだから」

善右衛門はどんっと分厚い胸を叩《たた》いた。漏らした下心をしっかり聞いていたようで、真葛は苦笑しつつ、すぐに申し出を断った。

「有り難いお話ですが、ご遠慮します。私は以前から父の手伝いをしていて慣れていますし、頼りになる相棒もおりますので」

「相棒？　どこかの医者に頼んで、共に診て回ってもらっているのかね？」

善右衛門は途端に厳しい顔をして、また辺りを見回した。相棒というのが、真葛の相手——恐らく、青庵の婿養子候補とでも思い込んだのだろう。そんな父の様子を見て、竜之介は頭を抱えた。善右衛門は昔から、竜之介の嫁に真葛を欲しているのだ。

「おじさん、身体よくなった？　よかったね」

そう言いながら部屋にひょっこりと顔を出したのは、満面の笑みを浮かべた太一だった。善右衛門は二人を見比べると、はたと気づいて真葛に視線を遣《や》った。

「まさか、相棒というのは……」

善右衛門の問いに、真葛はにっこりと笑みを返した。

＊＊＊

「皆さん、これでもう大丈夫です。今日はゆっくり休んでくださいね」

真葛は店の者たちに指示し巣穴を塞《ふさ》がせると、善右衛門の慰留を固辞して、太一と共に西国屋から去っていった。皆はまだぼんやりとしていたものの、顔色や体調そのものはすっかり平素通りになった様子である。

「お嬢さんはいつの間にか青庵先生のようにご立派になられたんですなあ」

仙吉が感心したように言ったのを聞いた竜之介は、ふんっと鼻を鳴らした。本来なら、このまま父たちの傍についているのが道理だろう。だが、竜之介はこの時すっかり決めていた。

（……奴らのからくりを解いてやる！）

真葛のおかげで解決したが、竜之介はこの一件の真相が気になって仕方がなかった。何しろ、これほど奇妙な出来事は、これまで一度だって起きたことはない。世間に言えぬような事情が隠されているならば、己が暴《あば》かぬ手はないではないか――助けてもらっておきながら、至極自分本位な答えを導き出した竜之介は、謎を解くべく姉弟の後を追いかけていったのである。

「西国屋の甘えん坊息子は、相当暇みたいね」

「な！　甘えん坊じゃねえ！　俺は立派な――あっ」

追いかけ始めて四半刻（三十分）後――一応内密の体《てい》で後をつけていた竜之介は、聞き捨てならぬ真葛の呟きに、思わず物陰から姿を露《あらわ》にしてしまった。もっとも、真葛たちにはとっくのとうに露見していたのだが、当人は気付かれていないと思っていたのである。二人はしばし睨み合ったが、珍しく先に目を逸らしたのは真葛の方だった。

「――あそこ？　はいはい、分かったわよ」

そう答えた真葛は、太一に着物の袂《たもと》を引っぱられていた。太一は小さな指で、近くの裏路地を指差している。

「ふん……子どもの方が往診の道順を覚えているなんて、とぼけた先生だな」

竜之介が開き直って皮肉をこぼした時には、真葛と太一はとっくに歩き出していた。慌てた竜之介は、すぐさま後を追った。程なくして到着したのは、古びた縦割長屋の前だった。

「……どちらさまでしょうか」

そう言って困惑気味に中から顔を出したのは、三十そこそこの女だった。まだ若いというのに、解《ほつ》れ髪にくたびれたような顔、色の悪い唇――いかにも、心労がたまっている様子で、突然訪ねてきた見知らぬ真葛たちを見て、ひどく怪訝そうにしている。

「突然お邪魔して申し訳ありません。私は青庵という医師の娘で真葛と申します。こちらにご病人がいると伺《うかが》ってまいりました。つきましては治療させて頂きたいのですが――」

「だ、誰から聞いたのよ！　私、誰にも言ってないのに！」

女は真葛の言《げん》を遮《さえぎ》り、顔を真っ赤にして怒鳴り始めた。あまりの激昂《げっこう》ぶりに竜之介は身を引いたが、隣にいた太一は平気な顔をしている。警戒を露にする女に、真葛は落ち着いた優しい声音で語りかけた。

「誰とは言えませんが、その方はとても心配されていましたよ。助けてやってくれと頼まれたんです」

（……そうなのか？　いい話だなあ）

竜之介が頷《うなず》いた時、女はぽろりと涙を流した。

「うそ……そんな人、いるもんか！　ここに越してきてふた月経つけど、誰も助けてなんてくれなかった。夫がいないのを笑う人ばかり……誰が心配なんてしてくれるのよ！」

話すうちにますます泣き出した女は、息遣いも荒く、わなわなと震えていた。誰の目から見ても分かるほど、ひどく追い詰められている様子である。

「……あのさ、一体何をそんなに――」

思わず言葉を発しかけた竜之介だったが、真葛はそれを制すようにこう述べた。

「心配している方はいます。でなければ、私がこうしてこちらへ伺うことなどありませんでした。娘さん、そしてあなたを助けたいと願っている方がいるということは、私がこうしてここへ来たことで証《あかし》とはなりませんか？」

女は真葛を睨むように見据えていたが、ふいにうつむくとぽつりと漏らした。

「うち……お金ないんです。お代を払うなんて、とても……」

長屋と女の佇《たたず》まいを見ただけでも、金がないのは知れた。治療代どころか、食うにも困っていそうな有様《ありさま》である。竜之介は懐《ふところ》を探ったが、かなしいかな、財布の中には三十四文しか入っていなかった。これでは、蕎麦《そば》二杯くらいしか食えない。

「おばちゃん、お水ちょうだい！　おいら、喉《のど》が渇いちゃった」

「……お前なあ、ちょっと我慢していろよ」

唐突に声を上げた太一に耳打ちで注意していると、真葛は頷いて女に言った。

「そうね……私にもお水頂けますか？」

「水……ですか？　ええ、ありますが……」

家の中を振り返って困惑げな顔をした女に、真葛は真面目《まじめ》な表情を崩さぬまま言った。

「では、それをお代として頂きます」

それを聞いた竜之介は、思わずぎょっとした。縁もゆかりもない相手を無料で診察するなど、どうにも違和感を覚える話である。

「そんな馬鹿な……あなたに一体何の得が？　ただ働きなんかして何になるんです？」

真葛の言葉を聞いた女も竜之介と同じことを思ったようで、さっと元の不審な表情に戻ってしまった。しかし、ここでもまるで動じぬ真葛は、それまで封じていた笑みを浮かべてこう言ったのだ。

「命が助かります」

包み込むような真葛の笑みが効いたのか、はたまた竜之介のように藁《わら》をも摑む思いだったのか――女はしばし逡巡《しゅんじゅん》した後、真葛たちを長屋の中へ誘《いざな》った。

長屋は通常の九尺二間《けん》の大きさであるはずだが、それよりも幾分こぢんまりとした印象だった。作りが古いせいか、じめっとしていて、陰気臭い。男やもめが暮らしていると言われた方が納得できるような、極端に物が少ない部屋だった。畳の右端には煎餅《せんべい》布団が敷いてあり、そこには小柄な少女が寝ていた。真葛と同じ歳くらいだろうか。丸顔に、小ぶりの鼻がちょこんとついている。目は閉じきっていて、真葛たちが傍に来てもまったく起き出す気配がない。冬《ふゆ》と名乗った女は娘を眺めながら、憔悴《しょうすい》しきった様子で言った。

「この娘は咲《さき》と申します……半月前から、ずっと眠ったままなんです」

「半月も前から？　げ、息してんの？」

驚きのあまり声に出してしまった竜之介は、真葛にぎろりと睨まれ、口を噤《つぐ》んだ。

「診察をしても構いませんか？」

真葛の問いに一応頷《うなず》いたものの、冬の顔は何か恐ろしいものでも見たかのように強張《こわば》っていた。思わず竜之介は唾《つば》を飲み込んだが、真葛は何の躊躇《ためら》いもなしに診察を始めた。脈を取り、胸の音を聞き……と一通り診ると、布団をすべて取り去ったが――。

「うわ……うわわっ！」

竜之介の大声が響き渡り、長屋の隣の住人がどんっと壁を叩いてきた。長屋の壁は薄く、非常に声が響く。竜之介もそのくらい心得ていたが、声を上げずにはおれなかったのだ。

（何じゃこりゃあ……）

娘の上半身はごく普通の形《なり》をしていた。だが、下半身はまるで普通ではなかった。まず、二本足が、一つになっていた。もっとも、一本足になったわけではなく、一本に繋《つな》がっていたのだ。そして、先っちょだけ二つに裂けたそれは、ひらひらとした薄さで横に広がっていた。一等驚いたのは、咲の腹から下だ。露になった咲の下半身は、みっしりと虹色の鱗《うろこ》で覆われていて、まるで大きな魚そのものだった。

「ざらざら！」

そう言って楽しげに笑ったのは、咲の足にぺちぺちと触れた太一である。咲は太一に触れられても、微動だにしない。そんな娘の様子を硬い表情で眺めていた冬は、

「……最初は足の先っぽだけでした。それが徐々に上がってきて、もう腹のところまで……このままだと、身体全部が変わってしまうでしょう！」

そう言って、堪《たま》らず顔を覆った。その場には寸の間沈黙が下りたが、冬は間もなくしてからふと顔を上げ、低く呟いた。

「……この子は、悪い子なんです。きっと、罰が当たったんだわ」

「悪い子？　おばさん、わざわざ悪い子を産んだの？」

いつの間にか冬の隣に来ていた太一は、無邪気に訊いた。冬は太一をキッと睨み

つけたものの、すぐに眉尻を下げてぶつぶつと話し始めた。

「昔はいい子だったのよ……こちらへ越して来てから急に悪い子になったの。夜中に出かけて行って、そのまま朝になるまで帰らないこともあった……止《や》めろと言っても全然聞いてくれない……まだお嫁にも行っていないのに、あんな……ふしだらな娘だわ！」

　わあっと泣き出した冬は、その場にうずくまってしまった。居たたまれなくなってしまった竜之介の横で、真葛はやはり落ち着いた声音で話し出した。

「ふしだら――どうしてそう思われたんです？　咲さんがどこへ行ったか、誰と会っていたか、ご存知なのですか？」

　はっとした表情を浮かべたところを見ると、どうやら図星だったらしい。冬は目を泳がすと、少し言い辛《づら》そうにぼそぼそ話し出した。

「……以前、途中までつけたことがあるんです」

　それは、ひと月前のことだったという。いつものように夜中に家を抜け出した咲を追って、冬は外に出た。江戸の町は、夜になると町内ごとにある木戸が閉められてしまい、出入りが出来なくなる。だから、咲は当然町内のどこかへ行くと思っていたのだが、そうではなかった。咲は見知らぬ人家の敷地に入って行くと、庭にある大木を上り、まんまと木戸を通らず町外に出て行ってしまったのだ。後を追っていた冬も仕方なく木を上り下りし、やっとのことで地に降り立つと、咲はそこから少し歩いたところの小川の前で足を止めていたという。身を隠す場所が一つもなく、逢瀬《おうせ》の場としては少々妙だった。

「咲はその川のほとりに腰を下ろすと、じっと川を覗き込んでいるだけでした」

(何か悩みごとがあって、家を抜け出していたのかもしれない)

心配ではあるが、危ない真似をしていないならば、放っておくべきだろう。そう思って踵《きびす》を返した時、冬は気づいてしまった。いつの間にか、咲の近くに人影があったのだ。顔は見えなかったものの、背格好で男であることがはっきりと知れた。咲は男の登場を大変喜んだ様子で、会った途端に抱きついてこう言ったという。

——会いたかった。

冬は掛ける言葉も失い、その場から逃げるように帰ってしまった。

「あんなに嬉しそうなあの子の姿を見るのは久しぶりで……夫がいなくなって以来でした」

「いなくなったって……死んだの？」

ぼそりと呟いた竜之介に、冬は眉を顰めつつ微妙な頷きを寄越した。

「……生きているのか、死んでいるのか、分からないんです。夫は漁師でした。一年前のある日、漁に出かけて、そのまま帰ってこなかったんです……波に呑まれて死んだのだと覚悟しました。でも、しばらくしてから、近所の人にこう言われたんです」

――あんたの旦那、権三《ごんぞう》さん。この近くで見たよ。

言ったのが目の悪い老婆だったので、冬はもちろん見間違いだと思った。しかし、

――お冬さん、よかったね。権三さん無事だったんだね。

老婆に言われた翌日、今度は若者にそう言われた。よく似た人物が流れて来たのだろう――冬はそう思おうとしたが、その後も「権三を見た」という言を近所中の人々から相次いで言われてしまったのである。

「でも、私はあの人がいなくなった後、あの人を見かけたりなどしませんでした。咲もそうです……私たち家族はあの人の影も見ないのに、周りは『見た』と言うんです」

――あそこの家の亭主は、哀しみにくれる二人を見て笑っているのさ。悪趣味だね。

――いいや、違う。怨念《おんねん》ゆえ、化けて出て来たに決まっているじゃないか。お冬さん、他所《よそ》の若いのと浮気したんだろ。娘もほら、どうも男好きしそうな顔をしているもの。

――嫁と娘にいびられた末、権三は海に身を投げたんだと。でも、死ねなかったので、これから仕返ししてやろうと企《たくら》んでいるらしいぞ。だから、奴は家の周りをうろついているんだよ。まったく、怖いね。

そんな風に面白おかしく噂されるようになるまで、さほどの時を要さなかった。噂の後は嫌がらせをされるようになり、それが過ぎると脅迫を受けるようにもなった。こうして、母子は何も悪いことをしていないのに、故郷を出ざるを得なくなってしまったのだ。

「咲のたっての願いで、はるばる日本橋まで来ました。これで少し落ち着いて暮らせると思ったのに……こんなことになってしまうなんて……きっと、もう死ぬしかないんです」

冬が暗い声音で呟いた途端、太一はぱっと顔を明るくして言った。

「おばさんたち、死んじゃうの？　じゃあ、わざわざ治療しなくてもいいね！」

「お前なあ……子どもといえど、ひどいぞ！」

太一は頭を殴られたというのに、殴った竜之介を見上げ、にやっと笑った。真葛は竜之介を睨んだものの、文句は言わなかった。その代わり、こう呟いたのである。

「治療はするわよ。目の前で苦しんでいる人がいれば、誰だって助けるわ」

「へえ、悪人でも？　お姉ちゃんは本当に立派だねえ」

くすくすと笑う太一を無視して、真葛は治療箱の二段目を探り出した。隠すようにしていたが、竜之介はこっそりと中身を覗き込んだ。そこには、色鮮やかな液体が入った小瓶や、先ほど西国屋で手にしていた蚊取り線香のようなもの、榊《さかき》に神具と思《おぼ》しきものなどなど、どう見ても普通の治療にはおよそ縁がないものばかり入っていた。竜之介が訝《いぶか》しむ顔をするなか、真葛が取り出したのは、鍼灸《しんきゅう》に使う長い針だ。

「治療をしますので、少し外してもらえませんか？」

まっすぐな真葛の視線に負けて、冬はとぼとぼと外に出て行った。しかし、竜之介はその場から動こうとしなかった。西国屋では見ることが出来なかったので（今度こそ）と意気込んでいたのだ。そんな竜之介に、真葛はこの日初めて笑みを向けた。

「あんたがどうしても若い娘の裸を見たがったって、善右衛門さんに言うわよ」

真葛の言葉を聞くや否や長屋の外へ走り出たが、諦めきれなかった竜之介は、わずかに開けた戸の隙間から中の様子を窺った。これならば見える――満足げに頷いた竜之介だったが、覗き始めて早々に目を疑ってしまった。

咲の魚の部分に青色の軟膏《なんこう》のような物を塗り込んだ真葛は、そこに先ほどの長い針を勢いよく刺し始めたのだ。ぱちん、ぱちん、と穴が開く音が響いたので、竜之介は己の足を思わず押さえてしまった。どうにも痛そうに見えて仕方がない。しかし、真葛は何の躊躇もなく腹から尾の手前まで針で穴を開けると、立ち上がって水《みず》甕《がめ》のところまで歩いて行った。

（水が欲しいと言っていたけれど……今飲むのか？）

竜之介がそんなことを考えているうちに、真葛は柄杓で水を汲《く》んで娘の元に戻って来た。竜之介は思わず「え」と小さく声を上げた。真葛が柄杓の中身を、咲の魚の身体に浴びせたからだ。

「あの……何が起きているんです？」

後ろでじっと控えていた冬が問うてきたので、竜之介は長屋の中から目を離した。しかし、視界の端が一瞬光った気がして、竜之介は即座に視線を戻したが――そこにあったのは、それまでと一変した状況だった。

「――な、何だありゃあ……!?」

竜之介が上げた悲鳴に、「うるせえ！」と長屋のどこかから声が上がった。竜之介が見たのは、大きな魚だった。先ほどまでは腹から下だけだったが、今は咲の首から下がすべて魚に変じていたのだ。魚の部分が必死にばたついているのを見て、竜之介はふと昔飼っていた金魚を思い出した。鉢から誤って外に落ちてしまい、水を求めて必死に身をよじる姿によく似ていたのである。真葛も同じことを思ったのか、水甕を引きずって土間の際まで持ってきた。しかし、咲からはまだ距離がある。魚の部分は何とかして水甕の方へ行こうとしていたが、唯一まだ咲である頭だけはまったく動かなかった。

「その子から出て行きなさい。二度と近寄らぬと約束するなら、ここに入れてあげる」

真葛が静かにそう言うと、少ししてから返事があった。

「無理だ……出たくても出られない……」

少し高い男の声が聞こえると、竜之介のすぐ後ろで震えるような声が上がった。

「今の声……まさか……！」

ふらりとよろけた冬を、竜之介は慌てて支えた。冬の顔に浮かんでいたのは恐怖そのもので、それを見た竜之介もつられて身を震わせた。確かに中から大人の男の声がしたが、そもそもこの戸の向こう側に大人の男など一人もいはしないのだ。

「一体どうしてその娘に取り憑《こ》《っ》いたの？」

真葛が冷え冷えとした口調で問うと、相手はしばし黙り込んで、こう答えた。

「……きっと、俺が弱かったせいです。死人は子に会えぬ、という当たり前のことを受け入れられなかったせいで、この娘をこんな目に遭わせてしまったんだ……」

冬はその場にへなへなとしゃがみ込んでしまったが、竜之介はよく事態が飲み込めず、突っ立ったまま首を傾げた。「うっうっ」と嗚咽《おえつ》のようなものが聞こえてくると、真葛は一つ息をついてこう言った。

「弱さは誰にだってあります……あなたが海で行方《ゆくえ》知れずになってからのこと、教えてくれませんか？　――咲さんのお父さん」

「……えええー⁉」

「うるせーって言ってんのが分からねえのかっ‼」

竜之介の叫び声に、隣の住人は戸をがらりと開けて怒鳴ってきたが、竜之介や冬はそれどころではなかった。何しろ、戸の中には死んだはずの咲の父がいるのだ。

「……どうして……？」

冬の零《こぼ》したかすかな呟きが聞こえたのか、咲の首から下を覆う魚――咲の父権三は、尾ひれを大きく動かすと、ゆっくりと語り出した。

「――俺は一年前、漁をしている最中海に落ちて死にました」

しかし、権三は己が死んだことに初めは気づいていなかった。毎日海と家を行き来しては、（なぜ家の中に入れぬのだろう？）と疑問に思っていたそうだ。やっと己が死んだことに気づいたのは、妻子が村から追い出されるように出ていった日のことだった。

「……まさか己が死んだなんてこれっぽっちも思っていませんでした。でも、俺がそんな風に思っていたせいで、お冬と咲には随分と辛い思いをさせてしまって……」

己の業《ごう》の深さを知った権三は、やっと己の死を受け入れ、そのまま成仏《じょうぶつ》することを願った。魂がそこから離れるようにと一心に念じ続けた権三だったが、いくら経っても意識はそこにあるままだった。それに、何か妙だったのだ。意識だけではなく、身体まであるような気がしたのである。権三は己の感触を確かめようと手を伸ばしたが、決して身体に触れることは出来なかったという。なぜそうなってしまったのか——必死に考えていた権三の頭の中に、ある時ふっとこんな台詞が過ぎった。

——お前に俺の身をやろう。もちろん、課せられた使命もそのままお前に移るが、構わぬな？　死ぬのが何より辛いというなら、姿を変えても生きていたいのだろう？

その言葉が浮かんできた途端、権三は今己が魚の身であり、ある小川の主だということを思い出したのである。

「でも、あなたは遠く離れた海にいたのでしょう？　日本橋の小川の主とどうやって出会ったのです？」

真葛の問いに、権三は自嘲めいた笑いを漏らし、うねうねと尾を動かした。

「分かりません……だが、あまりに『死にたくない』と念じ過ぎて、川の主を引き寄せてしまったのかもしれませんね……」

——どんな姿でもいい。死ぬのは嫌だ！　まだまだ生きていたい……俺を助けてくれ！

人間はいつか死ぬ——そんなことは権三も分かっていたが、その時はどうしても死ぬのが怖かったのだ。己の臆病さと余りある未練で新しい命を手に入れたことを知った権三は、二度と二人の前に姿を現さぬと心に誓い、小川の主としてひっそりと生きていくことを決意した。しかし、それから半月経たぬうちに、権三は早くも誓いを破ることになった。

——おっとさん……おっとさんでしょ？　やっぱり！　あたし、田舎にいた時からずっとおっとさんがこの川にいる気がしていたの。だから、おっかさんに無理言って、引っ越し先を日本橋にしてもらったんだよ。おっとさん……会いたかった！

小川に訪ねて来た咲は、そう言って権三に抱きついてきたのだ。

「俺は魚の姿をしているのに、なぜ抱きつけたんだ？　そう思って身体を見たら、俺はまた人間の姿になっていました……意気地のない俺には、誓いも決意もまるで意味がなかったんです……」

ほとほと嫌気が差しているような、力ない声音で権三は言った。再会の夜以来、咲は毎夜のように、権三に会いに小川にやって来た。ここへ来てはならない――咲を想うなら言うべき台詞だったが、嬉しそうな顔を見ると、強く止めることは出来なかった。それに、その頃はまさか咲にまで累《るい》が及ぶなど、これっぽっちも思っていなかったのだ。

――おっとさん、あたしもこの小川の主になる。おっかさんはあたしのことが嫌いみたいなんだ……いつも怒ってばかりで、あたしのことを信じてくれないの。でも、仕方ないよね。おっかさんはまだ若いし、あたしがいなければ、誰かと一緒になることだって出来るもの。今度ここへ来る時には、あたしもおっとさんと同じ身体になっているからね。

権三がその言葉を聞いたのは、咲が最後に小川に来た時だった。慌てて止めようとしたものの、結局権三は言葉を発することさえ出来なかったという。咲のつま先に、すでに鱗が生えているのが見えたからだ。

「俺はあの時どうしても死にたくなかった。幸せだったんです、とても……優しい妻と可愛い娘がいて、毎日が楽しかった。でも、今は違う……娘の命を奪うくらいなら、死んだ方がましだ。頼みます……どうか、俺を殺してくれ……！」

静まり返った中、権三の悲痛な叫び声が反響した。それに続くように泣き出したのは、戸の前に座り込んだ冬だった。竜之介は冬が気になったものの、目線は長屋の中に釘付けだった。真葛はしばし黙り込んでいたが、ふいに顔を上げると、戸の方に視線を遣った。竜之介は一瞬どきりとしたが、すぐに己を見ているわけではないと気づいた。戸の向こう側——竜之介が覗いている隙間から少しずれた場所にいると思われる太一が、こう呟いたからだ。

「死にたいなどとは思っていないくせに、よくもそんな法螺《ほら》をふくものだ。本当に死にたいのなら、なぜ水の方へ行こうとする？　生きることしか考えていないから、そんな真似《まね》をするんだろう？」

それは確かに太一の声だったが、幼子がするような言い方ではなかった。竜之介はぎょっとしつつも、その内容には少し頷いてしまった。「殺してくれ」と言いつつ、尾をばたつかせて水甕の方へ向かおうとしていたからだ。複雑な気持ちに駆られた竜之介をよそに、真葛は眉を顰めてこう言い切った。

「そうよ。誰だって死にたくなんてないの。だから助けるのよ」

「へえ、随分と簡単だ」

「簡単よ。色々御託《ごたく》を並べたって、結局は心一つで決まるの——ほら、早くしなさい」

「催促をするな」と小声で言った太一は、ふうっと大きな息を吐いた。それからすぐに大きく吸い込む音が聞こえたが、これは太一なのかどうか竜之介には分からなかった。何しろ、その直後にまたあの声が響いたからだ――。

うわん

急に力が抜けた竜之介は尻餅をついてしまい、元々しゃがみ込んでいた冬は腰を抜かして完全に座り込んだ。隣やその隣の部屋からも、ばたっと何かが倒れた音や、ガランゴロンと何かが落ちた音が響いていた。強い地震が起きたような振動だったが、そうではないと竜之介はもちろん気づいていた。

（……家で聞いたのと同じ声だ）

叫んだのは、低く掠《かす》れた声音だった。権三でなければ、もちろん太一でもない。

やっと身体に力の入った竜之介は、戸に手を掛けた。

「――うわっ！」

内側から同時に戸を開けられたため、竜之介は勢いあまって中に突っ込んでいった。そのため、運悪く、ちょうどそこにあった水甕の中に顔が浸かるという悲劇に見舞われてしまったのである。

「……あはははは、すごい！　竜兄ちゃん、面白い！」

太一はひっくり返って笑い出し、真葛は呆れ返ったような顔で首までびしょ濡れの竜之介を眺めていた。

「う、うるせいやい！　そんなことより、その娘……！」

竜之介は言いかけた言葉を、ごくりと呑み込んだ。咲がちゃんと娘の姿で布団の上に寝ていたからだ。着物で大半は隠されていたものの、足は二本あり、鱗もついておらず——すっかり元通りになっていた。戸の手前で震えて泣いていた冬は、咲が目を開くと同時に駆け寄って行き、抱きしめておいおい泣いた。

「……おっかさん？　どうしたの？」

長い間声を発することがなかった咲は、かさついた声音でそう言った。ぼんやりとした様子だったものの、号泣する母を気遣わしげに眺めていた。真葛はいくつか問いかけをしたが、父と再会したことも、己が魚になりかけていたことも、咲は何一つ覚えていなかった。ただただ、母の常と違う弱りきった様子が気がかりなようで、「何か哀しいことがあったの？」と何度も問いかけていた。

「何も哀しいことなんてない……あんたが元気でいてくれて、それが嬉しいのよ」

繰り返しそう言って、子どものように泣きじゃくる母を見て、娘は次第に顔を歪ませた。母子の泣き声は恐らく長屋中に響き渡っていたことだろう。けれど、誰一人として文句を言ってくる者はいなかった。

（くそ……またしても、いい話じゃないか）

鼻をすすった竜之介は、この時西国屋と同じ失敗を犯していた。母子の愛に注目するあまり、太一が口から水甕に何かを吐き出し、それを真葛が柄杓ですくい取っていることにまるで気付いていなかったのである。

長屋を後にした真葛たちが向かったのは、日本橋外れの小川だった。真葛は持っていた柄杓を傾け、川の流れに何かを流した。それは、光の加減によってとりどりの色に光る綺麗な魚だった。真葛たちの近くで何度も旋回すると、流れに身を任せて泳いで行った。

（……まさか、な）

二人の後方にいた竜之介は、浮かんだ疑念を振りきるように首を振った。

それから日が暮れるまでの間、姉弟は日本橋中を往診して回った。西国屋や冬たちの長屋の一件のように、変わった症状の持ち主のところへ行くのだとばかり思っていた竜之介は、（次こそは暴いてやる！）と大層意気込んでついて行ったのだが――。

（……おかしい）

竜之介は一人唸るばかりだった。川の主の件以降に真葛が治療したのは、風邪に中風に出来物に怪我《けが》……とごく普通の症状を訴えている者ばかりだったのだ。あっと驚くようなことなど何一つ起きなかったため、初めの二件が幻だったかのように思えてしまった。

（ちくしょう、本性を現しやがれ……！）

五軒目の診察が終わった時、竜之介が後ろから呪《のろ》うように念じていると、それが通じたのか、真葛は道の途中で振り返った。

「ほら、あんたの大好きなのいるわよ」

真葛が指差した先にいたのは、金物屋の店先に繋がれた毛並みのいい、白黒の猫だった

「……そんな奴ら、大嫌いだ」

猫を見た途端、竜之介はまるで髪を逆立てるようにして怒り出した。

「そいつらは、傲慢で底意地が悪い。家の中を我が物顔で動き回る邪魔な生き物だ！」

そう言うと、竜之介は落ちていた小石を拾って、猫に投げつけた。しかし、猫は近くにあった台に飛び乗ったため、かすりさえしない。前足で顔を撫《な》でる仕草をする猫は余裕たっぷりだった。

「……ふてぶてしい顔しやがって。今の俺よりもずっと小さいくせに」

歯軋《はぎし》りした竜之介を見て、真葛たちは顔を見合わせこそこそ話し合った。

「……やっぱり――ね」

「今更――そのうち、耳も尾も――」

そんな様子に気付いた竜之介は、ますます腹を立てた。妙なものを見る目付きで見られていたが、竜之介からすると姉弟の方がよっぽど奇妙だった。何しろ、珍妙な病に驚きも焦りもせず、まるでいつものことだとでもいうように、至極当然に治療してのけたのだ。竜之介は苛立《いらだ》ちのあまり、最近口の横に生えてきた数本の長い毛を引っ張った。それをすると、不思議と気分が落ち着くのだ。

結局、三人が家の近所に戻ってきたのは、日没後のことだった。裏長屋の通りに入り、更に桂木の家の前を通りすぎた真葛たちは、家の裏手に位置する響明寺《きょうめいじ》に入っていった。真葛の後を追い続けていた竜之介は、この日初めて躊躇いを覚え、門の前で立ち尽くした。

（何で、こんな刻限に墓になんか……）

響明寺は、墓がそのほとんどを占めている。縁起は知らぬが、この辺りで最も古い寺であるという。竜之介は足を踏み出せずにいたが、結局勝ったのは好奇心だった。

ひゅう――初秋の肌寒い風が吹き荒れる中、竜之介は夜の闇の中にある墓場を歩き始めた。二の腕の辺りがひどく冷えた感覚がするのは、単に風のせいだけではない。突き刺さったままの線香や、枯れかけた切花、それに磨き上げられた墓が、死者がまだそこにいるかのような錯覚を抱かせたからだろう。

ほどなくして竜之介は真葛を見つけた。真葛が立っていたのは古い無縁仏の墓の前だった。真葛の母の墓前にいるとばかり思っていた竜之介は存外に感じた。真葛の母、凜《りん》が亡くなったのは今から六年前――真葛が十の時、そして竜之介が七つの時だった。太一など、生まれて間のない頃だ。凜は快活で明るい人柄で、誰からも好かれる人だった。だから、突然亡くなった時には、近所中の人々が悲しみにくれたものだ。竜之介も実の母のように凜を慕っていたが、凜の墓に参ることはほとんどなかった。亡くなって六年も経つというのに、まだ凜が死んだ気がしないのだ。墓の中に入っているなど、信じられなかった。

――怖いの?

昔、真葛の家に泊まった夜、竜之介は悪夢を見たせいで、眠れなくなってしまったことがあった。真葛も青庵もすやすやと寝入っていたが、凜だけが震えている竜之介に気付いた。「怖くない」と強がる竜之介に対し、凜はこんな言葉をかけてくれた。

――私は怖いな。だから、一緒に寝てもいい?

凛の笑みは優しかった。竜之介はその時まだ五つか六つくらいで、今の太一と同じ歳頃だったが、今でもはっきりと覚えていた。本当は怖くてたまらなかったのだ。凛が添い寝してくれたおかげで、竜之介は安心して眠ることが出来たのである。

「怖いの？」

凛のことを思い出していた竜之介は、それが現《うつつ》で言われたことだとは思わなかったが、

「竜兄ちゃん、怖いの？」

二度目は名を呼ばれながら言われたため、はっと我に返った。

「……怖いわけがあるか！　こんなところ、ただの墓場じゃないか」

いつの間にか目の前に佇《たたず》んでいた太一に、竜之介は無理やり笑みを作って言った。

「本当に？　幽霊がたくさんいるのに怖くないの？」

にたりと笑いながら問うてきた太一は、場所と闇のせいかどうも薄気味悪く見えたが、

（……何言ってんだ、ただの餓鬼じゃないか）

竜之介は頭を振って、わざと胸を張ってこう答えた。

「大人ぶっていても、やはり子どもだな。いいか、幽霊なんてこの世にはいない。死んだら化けて出るなんて、どっかの戯作者《げさくしゃ》が作った嘘っぱちなんだぞ！」

太一が目を丸くしたのは一瞬のことだった。

「なぜ嘘だと思うの？　竜兄ちゃんの前には現れないから？　あ、分かった！　竜兄ちゃんの前にお母さんの幽霊が現れないから信じたくないんだ⁉　ね、当たりでしょ？　ひどいよねえ。恋しく思っているのに、何で会いに来てくれないんだろうね？　ちょっとあの世から来るくらい、簡単なことなのに。もしかして、竜兄ちゃん、お母さんに何か悪いことしたの？　だから出て来てくれないのかな？　会いたくないのは何でだろう……もしかして、殺しちゃったから？　でも、いくら竜兄ちゃんのせいで死んだからって、本当に殺したかったわけじゃないのにね？」

太一は息継ぎもせず、一気にまくしたてた。絶句した竜之介は、やっとのことで声を出した。

「阿呆《あほう》……何言ってんだ、餓鬼」

何でもない振りをしようとしたが、頰を引きつらせただけで終わってしまった。とてもではないが、笑えなかったのだ。母の梅が死んだのは、仕方がないことだった。何しろ、昔から心の臓が弱かったのだ。それは、竜之介が生まれる前からのことである。

（けれど……俺を産んだから、寿命が縮まったんだ……）

竜之介は少なからず、そんな風に思って生きてきた。己を産んですぐに梅は死んだわけではないが、それ以来身体がますます弱くなったのは明白だった。竜之介の思い出の中にいる梅は、ほとんど居室で休んでいる姿だった。竜之介を産むまでは店に出ることもあったのに、それさえ出来なくなってしまったのだ。誰一人として竜之介のせいだとは言わなかった。もちろん、梅もだ。はっきりとした記憶はないものの、かけてくれた愛情の深さは忘れぬものである。

「『もしも、私が死んだら、竜ちゃんの前に必ず姿を現すからね』……なんて嘘つきだね」

死ぬ数ヶ月前、冗談で言った梅の言葉をなぜか太一がそらんじたので、竜之介はぞっとして、数歩後ずさった。恐怖の表情を顔に張り付かせた竜之介を見た太一は、腹を抱えて笑い出した。

「怖い？　怖いんだ？　うふふふ……うふふふ……うふふふ……うふふふ……」

（こいつはやはりおかしい……）

尋常とは思えぬ様子の太一を見て、竜之介は逃げ出そうとした。これ以上関わってはいけない――竜之介はそう直感したが、結局動き出すことは出来なかった。

「――う……わあああ!!!」

悲鳴を上げ、腰を抜かしてしまうのは、今日だけで三度目だ。しかし、それは仕方のないことだった。墓場全体が青白い光で満ちていたのだ。おまけに、そこには三十ほどの人影がひしめいていた。彼らは揃いも揃って、戦場から抜け出てきたかのような武者姿をしていた。厳《いか》つい装いの割に、いささかの勇猛さもなく、それどころか草臥《くたび》れた様子で、身体を引きずるようにして墓場を彷徨《さまよ》っていた。今にも死にそうだ――あの時父を見て竜之介はそう思ったが、今となっては目の前にいる彼らの方がよほど死に近いように見えた。彼らの背や腕には、無数の矢が突き刺さっている。のろのろと前進していた武者たちは、墓場の真ん中まで辿り着くとやっと足を止めた。

「もうし……そこのお医師」

硝子《ガラス》を引っかいたような耳障《みみざわ》りな声が、竜之介の耳元に届いた。武者たちに取り囲まれた真葛は、その時になってようやく振り返った。怯えきった竜之介とは違い、真葛は平素通り落ち着き払った表情をしていた。

「身体中がちくちくとむず痒《がゆ》い……どこにいても何をしていても、ただただむず痒い。これでは、再び戦場に行くことなど叶《かな》わぬ。我らは皆、ひどく難儀をしている――治せ」

武者の一人は、そう真葛に命じた。竜之介は恐ろしさに身が竦《すく》んでしまい、立ち上がることさえ出来なかった。一方、当の真葛は一も二もなく頷くと、治療道具を漁りだし、そこからいくつか道具を取ってすぐに治療に取り掛かった。矢を抜き取り、軟膏を塗りこみ、針と糸で傷口を縫う――真葛は最初から最後まで淡々としていた。竜之介は啞然《あぜん》としながら、その様子を眺めていた。全員を終えるまで、およそ四半刻くらいの時を要したが、竜之介は座り込んだままだった。いつの間にか笑うのを止めていた太一は、竜之介の傍らの墓石に腰掛け、足をぶらぶらさせつつ口笛を吹いている。

「――真葛とやら、噂通りの腕だな」

すべての治療が終わると、中で一番豪奢《ごうしゃ》な甲冑《かっちゅう》をまとった武者が満足げに言った。

「礼をやろう。とある場所に埋めた我が家秘蔵の宝がある。番町にある大楠《おおくすのき》の――」

竜之介は思わず耳をそばだてたが、真葛は武者の言葉を遮ってこう答えた。

「お代は結構ですので――どうか、墓の中にお戻りください」

竜之介は意味が分からず首を傾げたが、武者たちは心当たりがあったのだろう。途端に肩を寄せ合い、ひそひそと話し始めた。その間、真葛はじっと彼らを見ていた。

「……我らはやっとのことでこちらに舞い戻った。つい先日のことだ。いつ戦《いくさ》に駆り出されるか分からぬので、あの世に戻るわけにはいかぬ。礼は違うものにしてもらおう」

真葛の射抜くような視線にたじろいだのか、武者の頭領らしき者は少し顔を背けて言った。

「……他の礼を申せ」

武者は繰り返し述べたが、やはり真葛は何も答えず、身じろぎさえしなかった。しばし沈黙が続いたが、焦《じ》れたのは武者たちの方だった。

「……ええい、強情な――礼がいらぬと申すならば、我々は行くぞ！」

「おう！」と低い呼応が響き渡った途端、武者たちは綺麗な縦列を作った。あまりに一瞬で出来たため、竜之介は目を白黒させたが、なぜそんなことが可能だったのかは考えるまでもなかった。灰色で半透明、足は途中までしか存在しない。矢が抜かれた身体は、あちこちに風穴が開き――もっとも、真葛によって半分ほど縫合されていたが――この世の者ではないのだということは、火を見るよりも明らかだった。

（死に近いんじゃない――すでに死んでいたんだ……）

そう悟った竜之介は、顔色を青くした。武者たちが進んでいる先には、腰を抜かしている己がいた。逃げなければ――そう思うのに、身体は動かない。寸分の狂いもない縦列は、恐怖を増幅させるばかりで、竜之介は一瞬のうちに頭が真っ白になってしまった。

――怖い？

「……怖い」

あの時素直に言えなかったが、この時は訊かれてもいないのに竜之介は頷いた。死にたくない――そう思ったのだ。権三の気持ちが少し分かった気がしたが、分かったところでどうしようもなかった。何しろ、竜之介には、その身を引き渡してくれる川の主などいないのだ。先頭の武者が竜之介の投げ出した足先まで到達した時、竜之介は目を閉じてたまらずこう叫んだ。

「……誰か助けて!!」

「――九百九十八、九百九十九、一千」

声が耳に届いたため、竜之介はそっと目を開いて声のした方を見た。無縁仏の墓石の横に、真葛がいるのを確認した直後――墓場中に、青白い光と灰色の靄《もや》が、竜巻のように渦巻いた。ごおおおお――湧き上がった凄《すさ》まじい勢いの風に、竜之介は危うく呑み込まれそうになったものの、とっさに一等近くにあった墓石に手を伸ばし、しがみついた。

「ううう……ううう……うああ……うああああ‼」

阿鼻叫喚《あびきようかん》の声を上げたのは、その竜巻に巻き込まれた武者たちだった。竜巻は物凄い速さで回転し、あらゆる方向に向きを変えた。ぐるぐるぐる――己の方へ来そうで来ぬそれを呆然と眺めていた竜之介は、そのうち目が回ってしまった。

「お主……治療と見せかけ……傷に毒を……ああ……あああああ‼」

武者たちは、太一と竜之介の間を通り過ぎると、真葛の前を通過して中央にある無縁仏の墓に激突した。墓石が壊れてしまう――竜之介はそう思ったが、武者たちは墓石にぶつかることなく、墓の下の地に吸い込まれるようにして消え去った。

（いなくなった……奴らも、傷も……）

消えたのは、亡霊ばかりではない。無縁仏の墓石の表面についていた無数の傷のうち、一本がきらっと光ると、そのますっと消失したのだ。

「……あんたが吸わなくても、地に吸い込まれて行くの？」

真葛は歩き出しながら、低い声音で問うた。

「そういう者もいる。あいつらは下にいた頃から弱かった。妖《あやかし》のいい面汚《つらよご》しだ」

答えたのは、竜之介の近くで墓石に座っていた太一だった。未だそこにいたことに竜之介は驚いたが、太一は向けられた怪訝な視線を物ともせず、相変わらず足をぶらぶらとさせていた。口調といい、態度といい、あまりに不遜《ふそん》な様子に、竜之介は己の目を疑った。

「あら、知らなかったわ。妖に面子《メンツ》なんてあるの？」

「調子に乗ると、お前も殺すぞ」

「……その口で殺すとか物騒《ぶっそう》なこと言わないでって言っているでしょう？」

「お前がもう少ししとやかになったら、考えてやる」

　姉弟の奇妙な会話を呆気にとられながら聞いていた竜之介は、真葛が己の目の前に来た時、今日一日抱いていた疑問をようやく口にのぼらせた。

「お前ら……一体何者だ⁉」

　竜之介がそう言った途端、二人はぴたりと言葉を止めた。そして、真葛は竜之介の顔を覗きこむようにして屈《かが》むと、眉を顰めてこう述べたのである。

「――あんたこそ、何者？」

　思いも寄らぬ問いかけに、竜之介は目を瞬《しばたた》かせた。

（……幼馴染を知らぬとなると、目の前にいるこいつは本当の真葛じゃないのか？）

　馬鹿馬鹿しい話だが、納得がいく答えだった。これほど妖と関わる一日だったというのに、真葛は一度も動揺することなく、それどころか慣れ切っている様子だった。真葛たちは今日の言動を見る限り、普通の人間ではない。しかし、人間でないというならば、一体なんだというのか？　――導き出された答えは、一つだった。

（こいつら、妖に身を乗っ取られたのか……⁉）

竜之介はキッと真葛を睨みつけながらすっくと立ち上がった。

「お前らは‼　お前らは……お前らさえいなければ、殺された同胞の敵《かたき》を討てた。お前らのせいだ……お前らさえいなければ……！」

妙な言葉を口走っていると気付いたのは、話し出してすぐだった。己の意思とは無関係に、誰かが己の口を使って話をしているような、そんな感覚が身を襲った。

「……こうして、この世に解き放たれたからには、人間どもを肥やしにして子々孫々まで繁栄してやる。止めても無駄だ。この人間も、すっかり我らのものとなった」

（何だ、これ……誰か！）

竜之介は助けを求め周りを見たものの、夜の墓場に誰もいるはずがない。真葛と太一の怪しい姉弟が、己を静かに睨み据えているばかりだった。

「以前こちらにいた時、人間たちは我らを見つけるたびに無情な殺戮《さつりく》を繰り返してきた。今でもそうだ――下女は我らに毒団子など食わせようとした。殺してやるだけでは足らぬ……すべて我らのものにしてやらねば気がすまぬ！」

——魚もご飯も食われたんです……しかも、二度も！　あたし、絶対に許さない。

竜之介は己の口が発した言葉で、はっと思い出した。苑はそう言って、害獣退治の毒団子を熱心に作り、巣穴の中に詰め込んだのだ。その直後から、苑をはじめ、家の者たちが次々に倒れていったのである。「邪魔だ」とぽつりと言ったのは、またしても竜之介——に宿った、害獣が化けた妖だった。

「……邪魔だ……死ね……殺す……お前らは殺す……!!!」

竜之介はそう叫ぶと、その場に手をついて四つんばいになった。それはもちろん竜之介の意思ではなかったが、抗《あらが》うことなど出来なかった。

(ぞわぞわ、ぞわぞわ……何だ、これ……気持ちが悪い……)

その未知の感覚は止むことなく、更に加速していき、竜之介の身体全てを覆うように響き渡った。ぞわぞわ、ぞわぞわ、ぞわぞわ、ぞわぞわ——気味の悪い音が鳴り止んだのは、竜之介の姿がすっかり変じてしまった時だった。

溝色《どぶいろ》のじっとりと湿った毛並みに、木でも嚙み砕けそうな長い牙《きば》、それを伝って滴《したた》り落ちた大量の涎《よだれ》は、墓石についた途端にしゅうっと音を立てて、それを溶かした。大きな耳はひくひくと動き、口元に生えた長い髭《ひげ》は、針金のように硬そうだった。

「化け鼠《ねずみ》……」

呟いたのは、目を見張った真葛だった。真葛の言う通り、竜之介の変じた姿は、大きく不気味な鼠の姿をしていた。真葛の三倍はある化け鼠の身体は、無数の小さな鼠が寄せ絵のように集まって出来ているらしい。身体中に蠢《うごめ》いている鼠を見た真葛は、一歩後退《あとずさ》って墓石にぶつかった。真葛がはじめて表した動揺に、化け鼠は優越の笑みを浮かべたが――。

「死鼠が寄り集まって化けただけか。ああ、どうりで臭い臭い。獣臭と死臭で戻しそうだ」

太一は馬鹿にしきった声音を出して、おえっと吐く振りをした。

「……臭いのはどちらだ！　散々我らを苦しめておいて……これまで散った同胞の分まで、命をもって償え――薄汚い人間どもめ‼」

化け鼠は目にも留まらぬ速さで、太一に向かって行った。しかし、太一はその場から動こうともせず、顔には笑みを浮かべていた。その余裕な様子に化け鼠はいきり立ち、大口を開け、鋭い牙で太一を嬲《なぶ》ろうとしたが――。

「ふふふ、のろま。やはり、溝を這いずり回っている方が似合いのようだな」

そう言った太一は、五つ先の墓に一足飛びで移動していた。笑っているものの、目は冬の夜空のような静けさに満ちていた。異変を察した化け鼠は、くるりと身を翻した。己が標的になったことを悟った真葛は、裾を捲《まく》り上げて走り出した。なかなか足が速かったが、もちろん化け鼠ほどではない。罠《わな》に掛かった相手を追い詰めるように、化け鼠は面白がって余裕で追いかけていった。どんどん距離が縮まっていくなか、まだ辛うじて意識が残っていた竜之介は心の中で叫んだ。

（早く……早く逃げろ!!）

このままでは、あと数歩で追いついてしまう――己の身を乗っ取った化け鼠がいかほどの力を有しているかは分からなかったが、非力な人間の少女が敵《かな》うようなものではないはずだ。真葛はまたしても、墓にどんとぶつかった。それは、あの無縁仏の墓石だった。化け鼠は一瞬だけ動きを止めたが、にたりと笑うとゆっくり真葛に近付いていった。もう逃げようがないことを真葛は察したのだろう。きゅっと唇を嚙んだ真葛は、そこでも尚《なお》泣きもせず、強い眼差しで化け鼠を正面から睨み据えた。

「……早く……早くあっちに連れ帰ってよ――うわん!!」

真葛の叫び声が上がった瞬間、しゅるりと妙な音を立てて風が吹いた。生温《なまぬる》く、嫌な風だった。墓上に座っていた太一はゆっくり地に降り、力が抜けたようにへたりと横になった。目を閉じて口を小さく開けたその様は、眠りについた子どもそのものである。その足元から出ていた長い影は、辿っていくと真葛の程近くまで伸びていた。影は真葛の手前、化け鼠の身を包み込むように巻きつくと、空中でくるくる、くるくると旋回した。

「ぬわあああぎゃああああふぎゃあああああああぎゅああぐぎゃあああ」

何十——否、百以上もの叫び声が重なりあった時、空にぴかっと何かが光った。くるくるくるくるくる、ぐるぐるぐるぐる、くるくる、ぐるり、くるっ——段々と回る回数が少なくなっていくと、それに合わせるように化け鼠の声も身体も小さくなっていった。そんな時、墓場に響き渡ったのは、件《くだん》の奇妙な叫び声だった——。

うわん

真葛は耳を塞ぎ、眉を顰めた。

（……真葛姉ちゃん）

むっと頬を膨らませた顔は、竜之介のよく知っている小生意気であどけない表情だった。薄れ行く意識の中、竜之介はにわかに懐かしい気持ちに駆られた。

——姉ちゃん。真葛姉ちゃん！　ねえ、俺の姉さんになってよ。

そう言ったのはいつの頃だったか。恐らく、幼い頃はいつでも言っていたのだ。

兄弟がいない竜之介は、ずっとそれを欲していた。特に竜之介は、親しい真葛に姉になって欲しかったのだ。しかし、真葛は「ありがとう」と笑うばかりで、何度言っても聞き入れてはくれなかった。だから、竜之介はそのうち言うのを止めたのだが、心の底ではいつだって真葛を真の姉だと思っていたのである。

——弟が出来たの。太一っていうのよ。

真葛がそう言って、竜之介に太一を紹介したのは、竜之介が本当の母のように慕っていた凜が死んで間もない時だった。見たこともないほど嬉しそうな笑みを浮かべた真葛を見た時、竜之介は悟ってしまった。

（どんなに仲がよくても、俺は赤の他人で、真葛姉ちゃんの弟にはなれないんだ……）

当たり前のことだったが、竜之介はひどく哀しかった。だから、竜之介は太一が生まれてから、桂木の家に段々と寄り付かなくなっていったのだ。太一は赤子の頃から人懐っこくて可愛い子どもだったが、その愛らしささえ竜之介には憎らしく思えた。

——お前はいいよな。生まれながらにして何でも持っているんだから。

最後に桂木家に行った時、竜之介はまだ三つの太一に嫉妬してそんな恨み言を述べた。太一は何も言わなかった。その代わり、真葛が竜之介の頬を打ったのである。

——あんたにこの子の何が分かるのよ！

——……そんなもん知るか。だって俺はここの家の者じゃない！　赤の他人じゃないか！

竜之介がそう返すと、憤慨《ふんがい》していた真葛は、途端に哀しげな表情を浮かべた。言ってはならぬことを言ってしまった——とそう思ったのは、真葛がこう言ってくれたからだ。

——確かに血は繋がっていないけれど、私はずっとあんたを弟のように思っていたのよ。

その時、竜之介は何も答えず、逃げるように走って家に帰ってしまった。それ以来、竜之介が桂木家を訪れることはなかった。

（ごめん……）

竜之介は口元を動かし、真葛と太一に伝えようとした。しかし、意識の足はすでに夢の中に突っ込んでいた状態で、うまく言うことは出来なかった。

「——ごめんね」

はっきりと聞こえた声は、落ちていく己の身体をしっかり受け止めてくれた真葛が言ったものだった。

（何で真葛姉ちゃんが謝るんだよ）

ふっと笑った竜之介は、そのまま意識をなくした。そのため、不気味な影がすっかり鼠たちを吸い込んでしまったところは、ついぞ目にすることがなかったのである。

＊＊＊

「……どうしてさっさと鼠を捕まえなかったのよ」

真葛は竜之介を抱きとめながら、後ろにいる大口を開けた不気味な影を睨んだ。

「鼠はこの餓鬼の奥底へと入り込んでいた。ほとんど同化していたのを、お前も見ただろう？　この餓鬼ごと殺してよかったのならば、もっと早く終わっていた」

雲が動き、真葛たちの頭上に月光が差し込むと、そこにいる影の全容が明らかになった。頭があり、首があり、腕や手があって、胸も胴も足もある――形だけでいうなら、人間とよく似ていた。だが、その内実はまるで人ではなかった。人間は水死すると、膨らんでぶよぶよになるが、その影はそれによく似ていた。違うのは、節々が妙に皺《しわ》だらけだということだろう。灰色がかった白色の身体には、ところどころに灰色の毛があったが、生えているというより、ほとんどを毟《むし》りとられてしまったかのように寂しいものだった。五本指の先には、先ほどの化け鼠のような長くて太い爪が生えている。

しかし、真葛が真っ先に驚いたのは、その顔だった。こちらも人間とほぼ同じで、眉以外は揃っている。だが、それでも奇異に見えるのだ。すべては、かっと見開かれ充血しきった目のせいだろう。眼球が飛び出しそうなほどひん剝《む》かれたその目は、何も映していないかのように空虚だった。

(死人の目――)

何度見ても慣れはせず、真葛はそう思った。真葛がごくりと息を吞んだのが分かったのか、影――うわんは大きな口を歪ませて呟いた。

「……やはり、喰らうか。いかにも不味《まず》そうだが、もしかすると美味かもしれぬ」

真葛ははっとして、身を硬くした。空からまっさかさまに落ちてくるように、うわんが竜之介の元へ近づいてきたのだ。うわんの目は、獲物を狙《ねら》うそれになっていた。黒いだけの、光のない目だ。竜之介の間近まで迫ってきたうわんは、大口を開けた。食わせはしまい――真葛は竜之介に覆いかぶさるようにしたが、

「――こっちだ」

笑い声が響くと同時に、うわんは空高く飛んで行き、頭上を舞っていた烏《からす》に似た、目からぴかっと光を発する妖を口の中に吸い込んだ。しゅるしゅるしゅるしゅるしゅ

る、と音を立てて、烏はうわんの中に呑み込まれていく。真葛は顔を空に向けて、呆然とその様子を眺めていた。

「うふふふ……うふふふ……うふふふ……」

うわんは笑い続けたまま、あの無縁仏の墓にすうっと入って行った。間もなくすると、墓石についていた傷が光り、今度は二本消えた。真葛は忌々《いまいま》しげに地面を拳で叩き、竜之介に顔を向けた。昔と変わらぬ幼い寝顔に、真葛は呟いた。

「今日一日起きたことはすべて夢よ。起きたら、すっかり忘れているわ」

真葛が妖たちを退治していたことも、己に憑いた鼠のせいで家中の皆が倒れてしまったことも——憑いていた化け鼠と一緒に、竜之介の中から抜け落ちていったはずだ。

これまで、竜之介と同じような状況の人間を助けたことが数度あったが、彼らは憑き物が取れると同時に、憑かれていたという記憶を失った。真葛にとっては大変都合のいいことだったが、今回ばかりは少し寂しいと思ってしまった。避けられるようになって数年経つが、真葛にとって竜之介は、今でも弟のような存在だったのだ。

「……お姉ちゃん？」

声に振り返ると、気を失っていた太一が目を覚ましたところだった。まだ半分夢の中にいるのか、夜の墓場で眠っていたことについてはさほど驚いてはいない様子だ。立ち上がってふらふらと近付いてきた太一は、真葛の傍らで眠る竜之介を見て首を傾げた。

「竜兄ちゃん、どうしたの？　大丈夫？」

「この子は昔から手の掛かる子だったから……それより、眠いでしょう？」

目をこすりながら、太一は「うん」と頷いた。朝からずっとうわんに心身を乗っ取られていたため、疲労がたまっているのだろう。身体の重心が定まらぬ様子で、危なっかしかった。しかし、そんな身でいながら、太一はこんなことを述べたのである。

「お姉ちゃん、顔色悪いね。おいら、おぶってあげようか？」

真葛はたまらず、太一を抱きしめた。太一はまだ小さいのに、他人を思いやる心を持っている。その身を侵されても、穏やかで優しげなままだった。

（……何でこんないい子がこんな目に遭うの？）

太一は何も悪いことなどしていない。父の青庵は、これまで身を粉《こ》にして人々の命を救ってきた善人である。真葛もまだまだ及ばないながらも、その手伝いをしてきた。亡き母凜は強く優しい女だった。家族揃って、道理にもとるようなことは決してしてはいない。真葛は胸を張ってそう言えた。だから、真葛は最近こう考えるようになっていた。

（この世は因果応報じゃないのよ）

仏門の説く通りであれば、こんな目に遭うはずがない。だから、真葛はもう気にしないと決めたのだ。「あちらに戻りたくない」という妖たちを、無理やり墓の下の世に連れ戻すことを――である。黙り込んでしまった真葛の腕の中で、太一は「星が綺麗だね」と言った。太一の差した指先を見ると、そこは確かに晴天の夜空が広がっていた。

「――あの夜とは正反対だな」

真葛はびくっとして太一から身を放したが、太一は不思議そうな顔をするばかりだった。

（太一なの……それとも、うわん？）

判断に迷ったものの、真葛は恐る恐る太一を抱きしめ直した。すると、小さな手がそれに応えてくれたので、今腕の中にいるのは紛れもなく弟なのだろう。

「太一、早く七つになってね……お姉ちゃん、頑張るから」

真葛は独り言のようにぽつりと言った。弟を妖と疑うことなく抱きしめられるようになるまで、あと十月《とつき》――それまでに、真葛はあと八百八十七匹の妖を捕まえなくてはならなかった。果てしなく遠い目標だったが、諦めるわけにはいかぬのだ。

「うん。おいらも頑張って、早く七つになるね」

そう言って、背をぽんぽんと叩いてきた太一に、真葛は口唇を嚙み締め頷いた。

夜の鶴

折口真喜子

眠りについてどれくらい経っただろうか、今度五つになるお梅《うめ》はふと目を覚ました。月明かりが顔を照らしていたようで、その眩《まぶ》しさに最初自分がどこにいるのかよく分からなかった。寝息に気付き、見ると同じ布団で大好きな母親が一緒に寝ている。お梅は安心すると、次に夜なのにこんなに明るいのが不思議に思えた。そっと布団を抜け出し、光が漏れてくる障子を開けて縁側に出た。

そこには真ん丸で黄金色《こがねいろ》に輝く、お梅が見たこともない大きな月が出ていた。

「うわぁ……」

お梅は思わず大きな声を出しそうになる口を、両手で押さえた。

「こんな大きくてきれいなお月さん、知ってんの、きっとうちだけや」

そう思うとうれしくて、縁側の端に身を乗り出すように座り、にこにこしながら月を見上げた。

お梅はどれくらい眺めていたか、しばらくすると音が聞こえた気がした。耳を澄ますと太鼓のような音だ。

ポン、ポン、ボインボイン……。

「何の音やろ……?」

そう思って月に目を戻すと、小さな点が見えた。見間違いかと思い、目を凝らして見ているとその点はだんだん大きくなってくる。そして点かと思っていたものは、やがて月の真ん中から出てくる長い線になった。お梅は呆気《あっけ》に取られて、口をぽかん、と開けながらそれを眺めていた。その線は一つ一つの塊《かたまり》だと分かり、さらに逆光の月明かりに浮かび上がった影は立ち上がった狸《たぬき》だと気がついた。

先頭の大きな狸は左右横に揺れながらボイン、ボイン、と楽しそうに腹鼓《はらつづみ》を打っている。それに続く二、三の小さめの狸達はその音に合わせて、くるりくるりと、とんぼをきっている。まだとんぼがきれない子狸達がその後に、ぴょんこぴょんこと跳ね、時に前後の者でぶつかって、そのまま喧嘩もしながら続いてくる。お梅は両手でしっかり口を塞《ふさ》ぎながらもくすくす笑い、

「これがきっとおじいちゃんが話してくれた、狸の腹鼓やな」

と、思った。きっと朝になったらお母ちゃんやおじいちゃんらに話そう、と心に決めた。

お咲《さき》は眠りの中で無意識に探った布団に、お梅が居ないのに気がついて目を覚ました。驚いて跳ね起き布団をめくるが、やはりいない。見ると障子が開けたままになっている。どきどきと鳴る胸を押さえ、そっと開いた障子から覗くと、青い月明かりに照らされながら縁側でお梅が寝息をたてていた。

「……もう、この子は……」

小突いて起こしてやろうかと思いながら近づくと、お梅はにこにこと笑い、ふふっと笑い声も漏らしている。そんなお梅を見て力が抜けてしまい、思わずお咲もつられて笑った。そしてお梅の頭を撫でながら、しばらくその寝顔を眺めた。そしてそっとお梅を抱きかかえると寝床に戻って行った。

暦ではすでに春、草木の芽もあとは弾けるのを待つばかり、といった風情でいよいよふくらみも増している。しかし京の町を吹き抜ける風はまだまだ冷たく、底冷えのする日が続いている。いつもなら昼でも張り付くように火鉢の番をしている蕪《ぶ》村《そん》だったが、その日は几董《きとう》と出かけ、小さな料理屋の二階にいた。障子は閉めていたが、店の下を凧《たこ》揚《あ》げに向かうらしい、子供らのにぎやかな声が聞こえてきた。几董が少し障子を開けて下を覗いた。

「はぁ、元気なもんや」

感心したように几董が言うと、蕪村も覗き込んだ。数人の子供達が息を弾ませ、じゃれ合いながら走って行く様子が見えた。

「ふふ、まるで犬っころや。まぁ似たようなもんやな」

蕪村は笑って子供達を見送ると、

「うう、さぶい。閉めるで」

と言って、ぴしゃりと障子を閉めた。そうして火鉢に覆いかぶさるようにして火に手をかざした。

「そういや伏見《ふしみ》の霍英《かくえい》さん、子供が亡くならはって……」

思い出したように几董がそう言うと、蕪村も少し悲しそうな顔になった。

「ああ、霍英さん……。えらい可愛がってはったしな。……気落ちしてはるやろなぁ」

「……聞いた話じゃ、一向宗だとかでえらい信心深いらしいですわ。なんや死んだ子供のために、毎日朝晩読経《どきよう》してはるとか」

「そうか……」

二人とも少し暗い気分になったとき、料理屋の下女が襖《ふすま》の向こうで声をかけてきた。

「失礼いたします、湯豆腐お持ちしました」

そして襖を開け、湯気のたつ鍋を持って入ってきた。

「お待ちどおさま」

そう言ってにっこり笑った女は二十四、五くらいか。細い体と、てきぱきとした動きが賢そうに見え、蕪村らとも何度か顔を合わせている。

「おかみさんが風邪で寝込んでしもうて。すんまへん、うちが代わりにお持ちしました」

「そうか。あんたも大変やな」

蕪村がそう言うと、下女は少し笑って首を振った。

「うちは丈夫だけが取柄やし……」

言いながら二人の前にある火鉢に鍋を置いていく。

「それが一番や。……あ、すまんけどな、筆と紙貸してくれるか」

蕪村は下女の様子を見ながら頼んだ。

「へぇ、お持ちします」

蕪村の事を見知っている下女は、にっこり笑ってそう言うと下がって行った。

「どないしました？」

几董が聞くと、蕪村は目を閉じて考えながら言った。

「霍英さんに手紙を書こか、思ってな……」

蕪村は霍英の様子を想像していた。寒く薄暗い中、愛しい我が子を亡くした悲しみを読経に変え、吐く息も白く、一心不乱に仏に向かっている。泣くのを堪《こら》える霍英に代わるように、ろうそくが涙のような雫《しずく》をたらす。その灯りに照らし出された霍英の姿が見えるようだった。しばらく考え込んだ蕪村はぶつぶつと呟《つぶや》き始め、そのうちはっきりと声に出し始めた。

「……ろうそくの……、ろうそくの涙氷るや夜の鶴、やな」

静かに蕪村は言った。几董は少し考えて、

「夜の鶴とは……。焼け野の雉子《きぎす》　夜の鶴、の鶴ですやろか」

と、ことわざを思い出しながら尋ねた。

「せや。夜の鶴とは子を思う切なる情のたとえや。漢詩にある。白居易《はくきょい》の五弦弾。巣にこもって夜鳴く鶴の声は、子を思って冷え冷えと響くんやと……」

蕪村が言うと、几董はゆっくり嚙みしめながら呟いた。

「ろうそくの　涙氷るや　夜の鶴……」

そう言ってふと見るといつから居たのか、先ほどの下女が少しだけ開いた襖の陰に座っているのに気がついた。

「あ、お咲さん、入ってもええですよ」

几董が声を掛けた。しかし、お咲はなかなか入って来ない。

「えろうすんまへん……」

お咲はやっとそれだけ言うと、溢れ出てくる涙を止められずに困っているようだった。口を真一文字に嚙みしめ、顔を真っ赤にしながら涙をこらえようと必死だった。その様子を見た蕪村は、お咲の側《そば》までいくと襖を開けて、

「さ、ええから中入り。……せやったな、あんたも子供亡くしたばっかりやったな

ぁ……」

そう言ってお咲の背中をさすった。さらにどっと溢れ出る涙をお咲は止めることをやめた。そのまま袖で顔を覆うと座ったまま俯《うつぶ》し、声を殺して震えながら泣きだした。

秋の頃だっただろうか、蕪村と几董がこの店を使ったときに、忙しそうに立ち回る店の女主人に声を掛けた。

「えらい忙しそうやな。手伝いはおらんのかいな」

蕪村がそう尋ねると、女主人は、

「へぇ、それがお咲の子供が亡くなってしもて。今実家に戻ってるんですわ」

と、動かしていた手を止めて言った。

「お咲さん、子供いてたんですか」

几董は驚いて言った。話好きの女主人は、これ幸いと休もうと思ったのか、几董と蕪村の前に来ると座り込んで話し出した。

「へぇ。それが噂ですけど、前働いていたのがけっこうな店で、どうもその店のボンの手が付いたっちゅう……。まぁそのボンには前から大店《おおだな》の娘と親同士で約束があったのにそないなことになって、それで店追い出されたんと違うか、ってことですわ。せやないと、あんなよう気のきく子、店を出される訳がありませんわ」

女主人は声を落として、手をひらひらさせながら言った。

「あの子も苦労しとるんやな」

蕪村がそう言うと、女主人は笑いながら口に手をあて、

「それがあっけらかんとしたもんで、生まれた子が女やったさかい、前の旦那が取り返しに来ることもないやろ、言うて」

そう言うと今度は悲しそうな顔になった。

「せやから一緒に暮らせるようになるんを、それだけを頼りに働いていたようやったんですけど……」

そう言うと少し涙ぐんだ。

「で、その子は病気で亡くなったんか？」

蕪村が尋ねると女主人は顔を上げ、その時を思い出すように話した。

「へぇ。でもまたそれが不思議なもんで……。その日、店が落ち着いて皆で休んでいるときでしたわ。お咲がぼうっ、と突っ立って店の入り口見てるもんやから、どないした、って聞いたんですわ。そしたらお咲がそのままうちのとこ来て、実家に帰らせてくれ、言うんですわ」

「ほう」

蕪村は興味深そうに身を乗り出した。女主人ものってきて続けた。

「必死、いうよりなんやうわの空みたいな感じで言うから初め冗談かと思ったんですけど、帰らせてくれ、って目見開いたまま言うんです。なんや少し怖くなって……。どないしたんや聞いてもわからん、虫の知らせいうんかとにかく帰らんといかん、って言って。なんでもなかったらすぐ戻ってくる、言うもんやから帰らせたんですわ。お咲の実家は半日ほどかかるんですけど、着の身着のまま帰って。次の日使いの者から手紙が届いて、子供が危篤やからこのまましばらく休ませてくれ、ってありました。そしてその二日後ですわ、亡くなったんが」

「虫の知らせ……。時々聞くけどな」

几董が感心したように言った。女主人もうなずきながら、

「よう言いますな。まぁ、人と金と欲にまみれた商売しているうちなんか、そんなん聞こえたことないですけど。まぁ、あの時帰らせたからよかったようなものの、危うく一生の恨みを買うとこでしたわ」

そう言ってまた手をひらひらさせて笑った。

そんな話をこの店の女主人と話していただけに、蕪村と几董はお咲の様子が理解できていた。二人は湯豆腐をつまみながら、お咲の様子を見ないように気遣ってい

た。お咲はようやく涙を押さえ込むと、

「えらいお見苦しいとこを……。すんません」

そう言って頭を下げたあと、顔を上げ涙でくしゃくしゃになった顔で、にっこり笑ってみせた。

「……わしの飲みさしで悪いけど、お茶でも飲み」

そう言って蕪村が自分の湯のみを差し出すと、

「とんでもない、もう大丈夫ですさかい……」

お咲はそう言って断ったが、蕪村は湯のみをお咲に握らせて言った。

「いや、おかみさんに話を聞いてな。なんやあんた虫の知らせを聞いたみたいやったから……。少し話を聞かせてほしいんや」

お咲は驚いて笑い、

「そんなたいした話でもないんですけど……」

と、困った様子だった。

「小さい頃からなんか不思議なもん見たり、聞いたりしてたんか？」

蕪村は尋ねた。

「いえいえ、そんなことは……。ただ、木とか草とか、風に揺れている様子とか風の様子だとかで手前勝手に、ああ、今この木は喜んでいるとか、この枯野は悲しんでいるとかが、分かる気がしてました。そのせいか、うちのカンっちゅうのか、よう当たるみたいなんです」

　そう言うとお茶を一気に飲み干し、話し出した。

　お咲は都から少し離れた郊外で草木や色々な生き物に囲まれて暮らしていた。お咲もそんな暮らしが大好きで、両親も一人娘のお咲を大切に育てた。だがそう裕福な家でもなく、十三で大店に奉公に出された。気のきく性格のおかげで、店でもうまくやっていた。

　だが十八の頃、日ごとに腹がふくらんでくることを隠しきれず、実家に戻された。初めは両親も驚いたが年老いた寂しい暮らしがにぎやかになると、子供好きの二人は喜んでくれた。梅の咲くころに生まれた子供は、お梅と名付けられた。口止めや手切れ金のつもりなのか、店から渡された大金でしばらくは暮らせたが、今後を考えて、乳離れをする頃にお梅を両親に預け、働きに出た。小さな店なので元々通いでもいいと言われていた仕事だったが、店に住み込み、年に一度の藪入《やぶい》りにしか戻らず、必死で働いた。ただ、実家に帰ったときは自分を忘れないよう、ずっとお梅の世話をし、普段でも何か行事ごとに荷物と手紙を送っていた。

「あの子もうちに似たんか、草木や犬猫なんかが好きなようで……。狸の親子が家の近所に出たときは、しばらくこっそり食べ物をやっていたようです」

お咲は思い出したように微笑《ほほえ》みながら言った。

「ああ、狸はようなつくらしいな」

蕪村もそう言って笑った。

「うちのお父ちゃんから狸囃子《ばやし》のことを聞いたらしくて、満月の日にそれを見た、言うて。うちが夢を見たんと違うか、いうても見た、言い張ってましたわ」

「本当かも分からんで」

蕪村がそう言うと、お咲も思い当たる節があるようで、

「そう、ですね……。あの実家に戻る日のことですけど、今思えば不思議な感じでした」

お咲は続けた。


仕事が落ち着いてお八つにでもしようか、となった時のことだった。お咲は開け放たれた店の入り口から、風の塊が一気に入り込んできたのを見た。他の店の者は気がつかなかったのか、気にも留めない様子だったが、お咲は風の塊が大きく暖簾《のれん》を押し上げ、ふわっと店の中に広がるのを感じていた。嫌な感じはしなかったのだが、自分の知っている何かが来た、と思った。そして何かを知らせに来たのだ、と

無意識に感じ取った。すると、胸に不安が広がっていく。

「お咲、どないした。ぼうっ、と突っ立って。ほら、お前もお八つをお上がり」

おかみに声を掛けられ、お咲は我に返ったが、その不安は拭《ぬぐ》い去れなかった。ただ、おかみを見ると、自然と言葉が衝《つ》いて出た。

「おかみさん、……すんませんけど、帰らせて下さい」

突然のお咲の言葉に、おかみは笑った。

「なんやお咲。びっくりするわ。どないしてん」

それでもお咲は表情を変えず、不安が大きくなっていくのを抑えられなかった。

「すんません、ほんまに。でも、うち帰りたいんです……。なんや虫の知らせ、いうんか……。今それ感じて。……お願いします」

目を見開いたまま何かを感じているのか、目の前のおかみの顔を見ているのに見ていないようなお咲の様子に、おかみは少し恐怖を覚えた。

「わ、分かったわ……。帰り。……あんた大丈夫か？」

おかみがそう言うと、お咲はとたんに我に返った様子で、ぽろぽろ涙をこぼし始めた。

「ほんまにすんません。……帰ってなんもなかったらすぐ帰ってきますよって……。おおきに」

それだけ言うと、急いで自分の部屋に戻り、前掛けだけ外すと小金を貯めていた財布を帯にねじ込み、そのまま店を飛び出した。

実家へ戻る最中、不安がなくなることはなかった。京の町を抜ける頃には日が傾き、辺りに家がなくなる頃にはすっかり夜もふけていた。お咲はそれでも恐怖は感じなかった。ただ、胸に広がる不安だけは消えることがない。後から後から込み上げて来て、嫌な予感がよぎっては、打ち消していた。ただ、足は止まることなく、前へ前へと勝手に進んでいく。周りの草木の影もざわめき、お咲に早く、早く、と手招きをしているように感じた。

やがて、もう何時《なんどき》かで夜が明けるといった頃、お咲はようやく実家の近くにたどり着いた。そんな時間にもかかわらず、家からは灯りが漏れていた。お咲は戸にすがりつき、必死で叩いた。

「お母ちゃん、お父ちゃん！　うちや、咲や。中に入れて！」

お咲が叫ぶと、父親が驚いた様子で戸を開けた。

「お咲、どないした……！　びっくりするやないか」

お咲は構わず中に押し入ると、家へ上がった。奥まで行くと、母親が驚いた様子でお咲を見上げている。その傍らには布団に寝かされたお梅が、息も絶え絶えに真っ赤な顔で寝ていた。

「お梅！　お梅！　お母ちゃんやで！」

お咲はお梅に取り付いて揺さぶった。

「お咲、揺らしたらあかん！　今やっと少し落ち着いたところや！」

母親はお咲をお梅から引きはがした。

「お前、なんでここに？　誰か知らせに行ったんか？　でも誰にも頼んでないし、今朝医者に診てもろうたとこやし……」

「そんなんどうでもええわ！　お梅はどうしてん！」

お咲が母親に詰め寄ると、後ろから父親が答えた。

「昨夜から高い熱が出てな。いっこうに下がる様子がないもんで、朝から医者を呼んだんやけど……。薬貰って飲ませて……この二、三日が山やと。今夜熱下がらんかったらお前に知らせようか、言うてたとこや」

お咲はそれを聞いて、涙が溢れ出た。そしてお梅を抱きしめると、

「お父ちゃん、お母ちゃん……。後はうちが看病するさかい、寝ててええよ。朝になって、うちがきつうなったら代わってな」

そう静かに言った。両親は黙ってその場を離れた。

お梅は小さく、苦しそうに息をしていた。お咲は優しくお梅を撫でながら、

「お梅、お母ちゃんやで……。ようがんばったな、待っててくれたんやな……」

そう話しかけた。すると、お梅が薄っすらと目を開けた。そして、

「あ、お母ちゃんや……」

と、小さな声で言った。お咲は泣き笑いになりながら、何度も頷いた。そしてお梅を撫でながら、

「そうやで、お母ちゃんや。お母ちゃんはお梅になんかあったら分かるんやで」

そう言って笑い、お梅の手を握った。お梅はうれしそうに、うふふ、と笑うとそのまま目を閉じた。しばらくしてお梅が寝息をたて始め、握っていた手の力が抜けると、お咲は布団の中にお梅の手を戻した。そのままお梅の顔を眺めていたが、思いついたように立ち上がり、そっと障子を開けて縁側に出ると、だいぶ西へと傾いている月を眺めた。そして、神とも仏ともよく分からないが、月に向かって手を合わせた。

「神さんか仏さんか、お月さんか、風か、草木かよう分かりませんけど……。皆や。ありがとうございます。本当に、ありがとうございます……。ここに来させてくれて、ほんまにありがとうございます」

そうお礼を言うと、やっとお咲の心から不安がなくなった。ただ、今はこの場にいることが何よりもうれしかった。

その後店に手紙を書き、人に届けるよう頼むと、お咲はほとんど寝ずに看病をし

た。初めはお梅が死んだらどうしよう、という考えが浮かんでくると恐ろしくなって泣きそうになったが、すぐにまだ死ぬと決まっていないのに死んだときのことばかりを考えるなんて病気と闘っているお梅に対して失礼や、と考えることができた。そうすると気持ちが奮い立ち、また一生懸命お梅を看病することができた。だが、それからお梅はほとんど目を開けることはなくなった。時々うわ言のように、

「お母ちゃん、お母ちゃん……」

と言うので、お咲はすぐに、

「なんや、お梅。ここいてるで」

と、優しく答え、頭を撫でる。すると安心してまた眠りにつく。

そんな繰り返しの中、お梅の息はどんどん小さくなっていった。また医者にも診せたが、薬をくれ、やはりここ二、三日が山ですと繰り返すだけだった。病状は変わらないままやがて夜になり、自分がこのまま寝てしまって、朝お梅が死んでしまっていたらどうしよう、と思った。だが疲れ果てていたお咲は、お梅の手を握りしめたまま眠ってしまった。朝、目が覚めてあわててお梅を見たが、昨夜と変わらず小さな息をしていた。お咲はほっとして、お梅に、

「おはよう、お梅」

と言って、朝の挨拶《あいさつ》ができることがうれしかった。すると、お梅が久しぶりに目

を開け、小さく、

「お外……」

と言うのが聞こえた。うれしくなったお咲は、掛け布団に包んでお梅を抱き上げた。

「お外行きたいんやな。ええで、お散歩しよ」

そう言って、庭を歩いた。目覚めたばかりの空はまだ色浅く、昇り始めた朝日は木々の間から眩しく差し込み、その日差しが二人の頬に優しくあたる。

「今日はええ天気になるで。お梅、気持ちええなぁ」

お咲はお梅に声を掛けながら歩いた。お梅は笑っているように見えた。

そして雲一つなく、抜けるような真っ青な空が広がる気持ちのよい小春日和のその日の昼に、お梅は亡くなった。

蕪村と几董はただ黙っていた。二人とも本当に大切な人が亡くなる経験をしている。お咲の気持ちが痛いほどわかった。几董は何か喋《しゃべ》ると涙が出そうになるので、黙っていた。蕪村は静かに、

「ちゃんと看取《みと》れてよかったな……」

と言うと、お咲は頷いて言った。

「あの子は優しいから……。うちが暗くならんようにあんな気持ちのええ、明るい晴れた昼間に逝《い》ったんですわ」

「せやな。……でも、その後も大変やったやろ」

蕪村が言うと、お咲は思い出すように言った。

「初七日は死んだ魂が、死んだことようわからんでさまよう、言いますやろ？　もう家のあちこちでお梅の気配を感じて……。でもおらんのです。おらんのを確かめるのが辛くて……。その度に、うわーっ、て叫びたくなって困りました……」

蕪村も几董もただ頷いていた。

「さっき夜の鶴、ですか、聞こえてしもたんですけど……。うちは子を想って鳴ける鶴がうらやましいですわ……」

お咲がそう言うと、几董も、

「そうやな……」

と、うなずいた。

「よう伝説とかでありますやろ？　子を亡くした母親があまりの悲しみにそのまま岩になって、夜になったら泣くとか。うちは通夜《つや》やら葬式やらやって、普通に一日は終わっていくだけで……。なんでうちはこんなに悲しいのに岩になってしまわんのやろ、岩になった人がうらやましゅうて。そのうち悲しみが薄れていく、いうのも嫌や、思いました」

　お咲は今まで誰にも胸の内を話していなかったのか、言葉が溢れてきて止まらない様子だった。

「あの子が生きていた昨日と死んでしまった今日ではこんなに違うんや、って途方に暮れました。帰ったらお梅がおる、っちゅう昨日までの自分がなんて贅沢やったんやろう、って。お梅に会えなくなって、うちがさびしい、やないんです。あの子が生きていてくれるんなら、うちは会わんでも構わんのです。あの子が、もうこの世からおらんようになった、いうのが辛くて悲しいんです」

　お咲が一息にそう言うと、蕪村も深くうなずいて言った。

「わかるわ……」

　そしてお咲の湯のみに茶をついでやった。お咲は黙って頭を下げると、

「でも三日目くらいになると、ようついていかれへんようになって……。うちはまだ立ち止まって泣いていたいのに、周りはどんどん進んでいくんです。お日さんもどんどん傾いて行きよるんです。それでなんか嫌になって、朝起きられへんようになってしもて……」

　お咲はお茶をゆっくりと飲み、話を続けた。

お咲はその日の朝、眠りから覚めたが、虚《うつ》ろな目で天井を見ていた。体がだるくて起き上がりたくなかった。お咲は少し気分が悪いので寝ていたい、と言うと同じように気落ちしている父親も母親も、責めることもなく、そのまま寝ておけ、と言ってくれた。ぼんやりと色々なことを考え、時々泣いたりしているうちに夜になった。母親に言われて無理やり粥《かゆ》を腹に入れると、また眠りについた。

次の日も朝が来て、やはり同じように一日が過ぎていった。父親と母親は寺へ法事のあれこれのためにでかけており、お咲は一人だった。日が落ちる頃静まりかえった中、きゅーん、と微《かす》かに声が聞こえた。お咲は何の声だろうと耳を澄ませていると、また確かにきゅーん、と声が聞こえた。庭先から聞こえる。お咲は重い体を起こし、ふらつきながら障子を少し開けると、薄暗い中に小さな影が動いている。そっと縁側から降りると、影の動きが止まり、こちらを窺《うかが》っている。お咲はその場に屈み込み、目を凝らしてみると、そのうちぼんやりと狸の姿が見えた。

「……へぇ、狸か……。なんやお梅が食べるもん、やっているとか言っとったな……」

お咲が呟くと、狸は慣れた様子で辺りを嗅ぎまわり、お咲を見上げた。

「……すまんな、もうお梅はおらんねん……」

お咲が呟くと狸は歩き出し、立ち止まると振り返った。お咲が様子を見ていたが、狸は立ち止まったまま先を見てはお咲を振り返る。

「なんや、ついて来い言うてるんやろか……」

お咲は少し笑いながら立ち上がり、狸の方へ歩いて行った。するとまた狸は歩き出す。少し先を歩いては立ち止まり、促すようにお咲を振り返っている。

「どこ連れて行くねんな……」

お咲は笑いながら狸の後をついて行った。家の裏手に回りこむと、数本の真木《まき》の木と明るく開けた場所に観音竹の茂みがある。そこまで狸が行くと、茂みの中から子狸が三匹飛び出してきた。

「はは、子沢山やな……」

お咲が少し離れた所にしゃがみ込むと、子狸が寄ってきた。注意深くフンフンと匂いを嗅ぎ、きゅーきゅーと鳴き出した。

「え……、うち何も持ってないで……」

お咲は子狸達の鼻先を触り、

「わかった。ちょっと待っててな」

そう言うと急いで家に戻り、何か食べ物を探したが、お咲のために作ってくれた粥が水分を吸って膨らんだものしかなかった。それをお椀に一杯入れ、またいそいそと子狸達のもとへ戻った。

「これでかんにんやで。仲良く食べや……」

そう言って茂みの近くに粥を出すと、子狸は食べ始めた。お咲は少し離れた場所でしゃがみ込んでそれを眺めていた。

親狸は粥を嗅いでいたが、そのうち食べている子狸の横に座り、お咲の方を見つめた。

「ふふ、かわいい子らやな……」

お咲は親狸に言い、子狸らをぼんやりと眺めていた。

すっかり日は落ちたが、今夜はそんなに寒さを感じなかった。辺りの空気は暖かささえ感じ、そよぐ風は優しかった。その風は観音竹の葉を揺らすので、掌《てのひら》のような葉の一枚一枚がカラカラ……と音をたてて揺れる。親狸が甘えたように、きゅーん、と鳴いた。お咲はおもわず、

「ああ……」

と声を漏らし、理解した。また、風が教えてくれた。お梅はここにいる。この風の中に、観音竹の揺れる葉に、親狸や子狸に。少なくともここにいる全てのものはお梅を知っている。そしてそれをお咲は感じることができる。

「……おおきに……」

お咲は少しだけ泣いた。そして初七日を終わらせると、四十九日を待たずに店に

戻った。黙々と、悲しみを振り払うように働いた。


お咲が話し終えると、蕪村が口を開いた。

「そんなことがあったんなら、お梅が狸囃子を見た、って話はほんまやわ」

「そうですね。きっと見てますわ。いつも食べ物を貰っていたお礼でしょう」

几董も賛成だった。

「そうかもわかりませんなぁ」

お咲も言って笑った。その時、下の階からお咲を呼ぶ声が聞こえた。

「はぁい！　えらい話し込んでしもて……。ほな、おじゃましました」

お咲はそう言って頭を下げると、立ち上がった。

「お咲さん、話、おおきに」

蕪村が礼を言うと、お咲は頭を振り、にっこり笑って出て行った。几董はその様子を見て、

「もう大丈夫みたいですね」

と言った。

「せやな。でもまだきっと必死に、前のめりに、転びそうになりながらも日々の生活について行っているんやろ。せやから時々は転ぶかもしれんが、急《せ》かしたらいか

ん。あの子ならきっと自分ですぐ起き上がれる。そしたら、そのうち普通に歩けるようになるわ」

そう蕪村が言うのを聞いて、几董は思い巡らせ、尋ねた。

「先代が亡くなったときと同じ感じですか？」

蕪村は若い頃の気持ちを思い出すように話した。

「ああ、そうやなぁ。わしが二十六、七の時か、同じ感じやったなぁ……。わしのお師匠が亡くなったとき、必死で後片付けやら仕事をしたんやけど、なんやうまくいかんくてな」

「……そうですか」

「その後すぐ東北へ旅に出たんやけど……、わしは逃げ出したのかもわからん。もうお師匠がいなくなってしまった場所にいたくなかった、いうか……。でも旅の間はお遍路さんの同行二人やないけど、ずっとお師匠さんといる気がしたな。ああ、この景色を見てなんて言うやろ、なんて句を読むやろ、っていつも考えて。そしたらお咲さんみたいに納得できたわ。師匠は死によって消えて無くなってない、ここにいる、せやからわしは生きなあかん、って思えたわ」

蕪村はそう話すと借りた筆を取り、霍英のために手紙を書き始めた。そして先ほど作った句を書き付けた。その後も二人はまた長い間話していた。

その日の仕事が終わり、お咲は倒れ込むように布団に入った。亡くなってから、不思議とお梅の夢は見ない。お咲は横になるとすぐ眠りについた。

どれくらいの時間が過ぎただろうか。ふと目を覚ますと、お咲の顔を月の光が照らしていることに気がついた。一瞬自分がどこにいるのかわからなかったが、隣に寝ているお梅の寝息と小さな手を握っている感触に安心し、また目を閉じた。

目を閉じて、お咲はぎくり、とした。思い出したのだ。お梅は亡くなった。でも微かに聞こえるこの小さな寝息と手の中にある小さな手のぬくもりと感触は……？

お咲の胸が高鳴り、震えた。確かめたい気もしたが、確かめられなかった。目を開けて確かめようとしたとたん、この感触は消えて無くなることはなんとなく分かっていた。お咲は目を閉じたまま、泣いた。必死にこの感触が消えてしまわないよう願った。そしてその感触を感じたまま、また眠りについた。

逃げ水

宮部みゆき

「叔父《おじ》さんたら、まだ続けるおつもりなんですか？」

今日から師走《しわす》という、忙《せわ》しなくもあり、その忙しなさに妙に気分が浮き立つような朝のことである。

おちかにとっては、親元を離れて初めて迎える年の瀬だ。実家の旅籠《はたご》とこの三島《みしま》屋《や》とでは商いがまるで異なるし、江戸市中の繁多なお店《たな》とあれば、この日の内に始末しておかねばならぬ事柄も、正月の支度にも、街道筋の宿場にはない決まり事があるかもしれない。習い覚えることがたくさんありそうだと、あらためて襷《たすき》を締め直すような気分で朝餉《あさげ》をとっているところへ、叔父の伊兵衛《いへえ》がいきなり言ったのだ。今日は八ツ（午後二時）に、「黒白《こくびやく》の間《ま》」にお客様をひと組お招きしてあるよ、と。

「まだとは何だね、まだとは」

膳《ぜん》の上のものを飯粒のひとつも残さずきれいに平らげて、悠然と茶を飲んでいた伊兵衛は、さも心外だというふうに眉《まゆ》を吊《つ》り上げる。

「続けるに決まっているじゃないか。いったいいつ、私が言いましたかね。おちか、変わり百物語はもうやめだよ、などと」

だって——と、おちかは少しくちびるを尖《とが》らせた。

「この二月《ふたつき》でおまえが聞き取ったお話は、たったの五つだよ。それも、おまえ本人の話まで勘定に入れてだ。百まで、あといくつ足りないとお思いだね」

「足りないと言っては、鬼が笑いそうな数だわねえ」

叔母《おば》のお民《たみ》も、鬼より先に自分が笑い出しながら口を添える。

「このくらいの引き算ならば、新太《しんた》だって間違うまいよ。あと九十五だね、おちか」

新太というのはこのお店の丁稚《でっち》である。今年の春の出替わりで奉公にあがってきた新参者で、歳は十一。まだまだ頑是《がんぜ》無い子供だが、お民とおしまの仕込みがよろしく、新どん、新どんと皆に追い使われながらよく働いている。ただ、どうにも読み書き算盤《そろばん》の覚えがよくない。だからこんな折にも引き合いに出されるのである。

「あたしはてっきり、ひと段落ついたものだとばかり思っていました」

伊兵衛が言ったとおり、おちかはこの不思議話の聞き集めのなかで、自分のことも語った。聞き手は女中のおしまで、場所は来客たちと同じ「黒白の間」だった。

それによって、おちかのなかではひとつの区切りがついた。伊兵衛もそれは承知している。

「おまえの気持ちが落ち着いたのは、もちろん、めでたいことだ。しかしねえ」

お民と顔を見合わせて、

「灯庵《とうあん》さんが、この件にはえらく入れ込んでいるんだよ。それもまあ、こちらからの頼みように力が入っていたからなんだけれども」

灯庵は三島屋出入りの口入屋だ。神田明神下《みょうじんした》に店を持つ坊主頭の老人で、脂ぎった蝦蟇《がま》のようなご面相の持ち主である。ただ人を見る目は確かだし、顔も広い。

「灯庵さんの店では、うちを訪ねてくるお客が順番待ちをしているそうだ。こっちから持ち込んだ話なんだから、せめてそのお客さんたちだけでもお迎えしないとね。私もバツが悪いじゃないか」

江戸中の不思議話を集めたいから募ってくれ——という伊兵衛からの依頼を受けて、灯庵老人は、瓦版屋《かわらばんや》や岡っ引きの手下の小者たちにまで触れ回った。おかげで三島屋には、いっとき、そういう人びとが入れ替わり立ち替わり現れて、奉公人たちが目を剝《む》く仕儀となった。忠義一途《いちず》の番頭の八十助《やそすけ》などは、いったいうちのお店に何が起こっているのかと、青ざめていた。

「珍しいお稽古《けいこ》事ぐらいに思って、もうしばらく続けてみておくれよ、おちか」

最初のうちは夫の思いつきに剣呑《けんのん》な顔をしていたお民も、今ではそんなことを言う。

「おまえはどうやら、聞き上手らしいよ。それに、お客様を迎えるとなれば、お洒落《しゃれ》のし甲斐《がい》もあるじゃないか」

伊兵衛とお民には息子が二人いるが、今は二人とも他人様《ひと》の釜《かま》の飯を食うために三島屋を離れている。心寂しいお民には、おちかは恰好《かっこう》の娘がわりなのだ。

「お客様の数だけ、新しい着物をこしらえたっていい。楽しみだねえ」

すっかりその気になってしまっている。これでは、逆らっても仕方がない。

気持ちに区切りがついたからといって、女中働きまでやめたわけではなく、お飾りの居候《いそうろう》お嬢様になる気はまったくないおちかだ。午過《ひるす》ぎまではおしまと二人、忙しく過ごした。三島屋では主人夫婦が先に立って働いている。さらにお民は、家の仕切りと袋物の仕立てのふたつの仕事をこなしているから、食事時以外は無駄話をする暇もない。

「おちかさん、もう着替えないと間に合いませんよ」

八ツの鐘を聞いて、おしまが我に返ったようになっておちかを急《せ》かした。やっと昼ご飯の片付けが済んだところである。三島屋は通いの職人たちまで合わせて十人の世帯だが、日に三度その口を賄うだけでもかなりの手間だ。

おちかは急いで自分にあてがわれた六畳間の座敷に戻り、箪笥《たんす》を開けた。女中から主人の姪《めい》になるのだから、前掛けと襷を外すくらいではおっつかない。着物と帯と、半襟もとっかえて、結綿《ゆいわた》の髷《まげ》には、紅珊瑚《べにさんご》の簪《かんざし》を足す。

このごろときどき、この髷を、町場の裕福な商家の娘たちのあいだで流行《はや》っている唐人髷《とうじんまげ》に変えてはどうかと、お民が勧めるようになった。唐人髷は、おとなしい桃割《ももわれ》や結綿と違い、髷の前が開いて鹿《か》の子《こ》がはっきりと見える華やかな髪型である。自然と鹿の子の色や柄や材質にも競って凝るようになる。無論、女中にふさわしい髪型ではなく、お民もわかっていて謎をかけているのである。女中奉公をやめて、本当にうちのお嬢さんになっておしまいよ、と。黒白の間に来るお客の数だけ着物をこしらえようなどという考えも、根は同じだ。

叔父も叔母も、三島屋をここまで興すあいだには苦労が多かったろう。貧乏もしたろう。今だってけっして贅沢《ぜいたく》な暮らしぶりではない。無駄遣いというものは、伊兵衛にもお民にも無縁の言葉だ。

それでもおちかには贅沢をさせたい、着飾らせてやりたいと思うのは、叔父と叔母の思いやり、優しさ故だ。おちかに、若い娘らしい明るさを取り戻してほしいと願ってくれているのである。

有り難い。嬉《うれ》しい。叔父と叔母の気持ちは充分に心に染みる。でも、胸の奥で手を合わせるような気持ちで、おちかは思う。

――あたしには、まだまだそんなことは許されない。

この支度も、あくまでもお客様に失礼があってはならないからだ。

黒白の間へと急いで廊下を戻ると、ちょうどそこから出てきて唐紙を閉めたばかりのおしまと出くわした。

「あ、お嬢さん」

この女中は、おちかが来客用に着替えると呼び方を変える。

「お客様、もうお見えなんですね」

「はい、お通ししたところなんですけど」

おしまは声をひそめて前かがみになった。

「今日のお方は変わってますよ」

おしまがいくつであるのか、おちかは正確なところを知らない。おちかより二十は上だろうと見当をつけるばかりだ。背が高く、ふっくらとはしているが、女にしてはかなりいかつい顔立ちなので、若いときから老けて見られたと、本人が笑って言っていたことがある。

「変わってるって……」

珍しい方なのと問うと、おしまはかぶりを振る。

「見かけはよくいるお店者《たなもの》です。歳からして、どこかの番頭さんでしょうけれど」

丁稚を連れているという。

「お供なんでしょう」

「お供なら、一緒に座敷にあげたりしませんよ。外で待たせておくか、あとで迎えに来させたりするものです。うちの新どんだって、そうでしょう?」

おしまの言うとおりである。そういえば伊兵衛も、今日はお客様を二人お招きしていると言っていた。

「なかで、番頭さんと丁稚《でっち》さんが並んで座っているんですか」

「ええ。それに何だかその様子が」

番頭の方が丁稚を憚《はばか》っているように見える、というのである。

「こう、横目で見たりしましてね。丁稚さんの方はきょとんとしてるだけですけど」

あれはまだ野育ちのままですよと、訝《いぶか》るのと同時に、おしまは興味を引かれているようだ。

「もしかすると何かの趣向かもしれませんね。お話にかかわりがあるのかも」と、おちかは言った。「ともかく、お会いしてみないことにはわかりません」

はい、とおしまは下がって道を空けた。

「お嬢さん、とってもおきれいですよ。だけど今日の語り手があの丁稚さんだったら、猫に小判ですねえ」

よく言うものだ。おちかがつい笑い、おしまの肩口を指で押すと、おしまも忍び笑いを返した。

廊下から畳二枚分の次の間に入って、おちかは唐紙の前に正座すると、

「失礼をいたします」

なかに子供がいると聞いたから、覚えず、柔らかい声音《こわね》になった。いつもは主人

伊兵衛の名代《みょうだい》ということで、この黒白の間には、できるだけ毅然《きぜん》として入るように心がけているおちかである。

「どうぞ」

応じたのは嗄《しわが》れた男の声であった。

おちかは唐紙を開けた。黒白の間は南向きで、雪見障子の外には庭がある。今は閉じられている障子に、師走《しわす》の午後の陽射しがやんわりと差しかけていた。

床の間を背に、二人の客はいた。おちかと同じようにきっちりと膝《ひざ》を揃えて正座している。それぞれの傍らに有田焼の手あぶりが据えてあって、炭が赤く熾《お》きている。

おしまの言うとおり、見るからにお店者らしい二人であった。古参の番頭と丁稚である。他の組み合わせは、ちょっと思い浮かばない。老人と孫というのでは、あまりにも芸がなさすぎるだろうし。

「三島屋伊兵衛の名代、ちかと申します。主人《あるじ》の姪にあたる者でございます」

おちかは手をついて深く頭を下げた。

古参の番頭ふうの男は房五郎《ふさごろう》と名乗った。そして隣の子供に挨拶《あいさつ》を促してから、

「これは手前どもの丁稚の染松《そめまつ》と申します」

当の染松は、促されたくらいでは通じない。

「これ、ご挨拶をせんか」

小声で叱られて、やっとぺこりとした。

その仕草に憎さげなふうはなかった。おしまの鑑定通り、まだ行儀を知らないのだろう。対丈《ついたけ》の縞《しま》の着物に小僧髷を結ってはいるものの、よそいきだから前垂れは外しており、それでなおさら山出しのまんまに見える。ほっぺたに泥がくっついていてもおかしくないほどだ。

おちかは彼に微笑みを返した。と、子供の目がまん丸になった。誰かに笑いかけられるなど、初めてのことであるかのようだ。

染松とは、丁稚の小僧さんにしては小粋《こいき》な名前である。

ある程度の構えの商家の主人は、代々同じ名前を襲名してゆく決まりがある。この三島屋でも、今は武者修行に出ている総領息子の伊一郎《いいちろう》が跡を継いだあかつきには、二代目伊兵衛を名乗るはずだ。

それとは別に、お店によっては、何かしらの験《げん》を担ぐなどの理由があって、奉公人にも特定の名を付けることがある。染松の場合もそうかもしれない。

ちょうどいい、それを話の端《はな》にしようと思ったとき、

「三島屋さん」

房五郎がおちかに向き直った。嗄れた声とは裏腹に、その目には思いがけない力があった。羽織姿も馴染《なじ》んでいる。

「灯庵から、こちら様のやり方と申しますか、この百物語の決まり事についてのお話は伺って参りました」

「ありがとうございます」

「ですから、お話の聞き手がお嬢さんだということは存じております。今の三島屋さんに、こんな粋狂に、いちいちご主人が出張ってこられる暇があるはずはございませんからな。まったく、ご繁盛で何よりでございますよ」

言い方に、ちくりと棘《とげ》があった。

「ただ、手前どものお店や主人《あるじ》の名前などは申し上げられません。伏せたままでもよろしゅうございますな」

「一向にかまいません。どうぞ、お好きなようになさってくださいませ」

おちかはもう一度頭を下げてみせた。

「ただ、お話を語っていただく上では、あれこれと伏せたままではご不便かもしれません。障りのないよう、この場限りのお名前を付けていただいても結構でございます」

三島屋がこの黒白の間でお客様からお伺いしたいのは、皆様がどこのどなた様であるかということではなく、お話の中身の方でございます。これまでも何度か前口上として言ってきたことだから、おちかはすらすらと口にした。嫌みなつもりは毛頭ない。

なのに房五郎は、何か気に障ったかのように、苦々しい口つきになっている。

「灯庵の請け合うことだから信用して参りましたが」

お嬢さん――と、急に気色《けしき》ばむ。

「真実本当、嘘いつわりなく、あなたが何とかしてくださるんでしょうな？」

これには、おちかの方がきょとんとする番だった。

「は？」

「いえ、ですから、あなたが万事解決してくださるんでしょう？　私はそのように聞いて参ったのですよ」

解決とは何事だ。

「わたくしが、何を解決するんでございましょうか」

房五郎はみるみる焦《じ》れた。「はぐらかしちゃいけません。これでも私は忙しい身体ですし、金井屋《かないや》は」

言ってしまって、あっと口を止めた。

おちかはにっこりした。「このお話に出てくるお店は、金井屋さんという屋号にいたしますんですね。承知いたしました」

房五郎は苦り切る。染松は依然、目を丸くしたまま二人を見比べている。いたって邪気がない。

「その金井屋さんの、あなた様は」

「番頭でございますよ」

朱塗りの算盤《そろばん》を預かっておりますと、苦い顔のまま、そこだけちょっとばかり反っくり返って言った。

房五郎にとっては自明のことなのだろうが、おちかには〈朱塗りの算盤〉は聞き慣れない言葉だった。立派な算盤という意味合いで、つまりはお店《たな》の金の出入りを握っている大番頭の地位を示す符丁なのだろうと見当をつけるくらいである。

袋物屋や小間物屋のあいだでは、この言い方はしない。実家の営んでいる旅籠《はたご》業でもそうだ。だから金井屋は、それ以外の業種なのだろう。

おちかには、黒白の間で聞き役を務めるだけではなく、聞いた話をあとで伊兵衛に伝えるという役目もある。今日はそのとき、叔父《おじ》さんに訊《き》いてみよう。

房五郎がえらく押し出しのいい番頭だということも、金井屋の業種とかかわりがあるのかもしれない。うちの番頭の八十助さんもしっかり者で、三島屋の要石《かなめいし》だけれど、こんな貫禄《かんろく》は持ち合わせていないもの。

「ともかく私は、お店のために、一縷《いちる》の望みをかけるつもりで、こちらをお訪ねする順番を待っていたのですよ。ですからお頼み申します」

房五郎の言葉に、いよいよおちかは当惑した。灯庵では、何と言ってこの変わり百物語を売り込んでいるのだろう。

「金井屋さん」と、おちかはさらに座り直した。「どうやら、お話に掛け違いがあるようでございます」

「何ですと？」

「わたくしどもでは、確かに不思議話を聞き集めております。でもそれは、本当に聞くだけ、お話を拝聴するだけのことでございます。何か困難をほどいたり、謎を解いたりするわけではございません。もしも灯庵さんが、金井屋さんにそのように言ったということであるならば、それは間違いでございます」

既に気色ばんでいた房五郎は、はっきりと怒気を浮かべた。「それでは話が違う！」

「ですから、お話が掛け違っていると申し上げております」

おちかは丁寧に、やんわりと言った。一方的に湯気をたてている房五郎は、それでさらに目を吊っり上げ、

「これじゃあ、まるで騙《かた》りというものだ」

吐き捨てた、そのときである。

染松が下を向いて、ぷっと笑った。

やはり邪気はなく、ただもう子供が素で面白がっているだけの、くすぐったそうな笑いだった。驚きが先に立たなかったならば、おちかもつられてふき出してしまったかもしれない。

「こ、この」

しかし房五郎は真っ赤になった。

「何を笑うか、この大莫迦者《ばかもの》が！　だいたい、みんなおまえが悪いんじゃないか」

今にも染松の襟首をつかみ、振り上げた手で叩《たた》こうとする。狼藉《ろうぜき》に、手あぶりがひっくり返りそうだ。

おちかは止めに入った。とっさのことなので、遠慮がなかったかもしれない。房五郎と染松のあいだに割り込んで、背中に染松をかばう恰好《かっこう》になった。

「おやめください、番頭さん」

世間では、年若い奉公人を年長者が打擲《ちょうちゃく》するなど珍しいことではない。それが躾《しつけ》だという風潮もある。が、三島屋では御法度《ごはっと》だ。伊兵衛もお民も、何より体罰を嫌う。そんなことをしなければ奉公人を躾《しつ》けられぬのなら、それはまず使う側に不明があるのだと考えている。

「他所《よそ》ではともかく、この三島屋の内でそんなことをされては困ります！」

おちかの制止にも、怒りのあまりわなわなとしている房五郎は、勢いが止まらな

い。染松を叩き損ねた手を持て余して、

「ああ、まったく！」

どうするかと思えば、己の額を強く叩いた。ぎょっとするようないい音が響いた。

「いったいどうして、こんなみっともない羽目になったもんだろう」

漏れ出た声は、胸を潰《つぶ》されかけているかのような苦しみにかすれていた。

気がつけば、背後の染松がおちかの帯にしがみついている。そしてその恰好のまま、小さく言った。

「堪忍しておくれよ、番頭さん」

おいらも、わざとやってるわけじゃないんだから。

おちかはゆっくりと首をよじり、肩越しに背中の子供の顔を見た。

染松は大きな目をしていた。口が半開きのままなので、すきっ歯が丸見えだ。同じ年頃の新太と比べて、小さくて色の悪い歯がとびとびに並んでいる。山出しのこの子の、金井屋へ来る前の貧しい暮らしが、あいだから透けて見えるようである。

「今、何て言ったのかしら」

問いかけに、染松は目を伏せた。怯《おび》えるよりも、急に恥ずかしくなったのか、おちかの帯から手を離して小さくなった。

「もしかして、今日のお話の主《ぬし》は、こちらの小僧さんの方ではございませんか」

おちかは房五郎に向き直った。押し出しのいい番頭は、顔の色を赤から青黒くして、こちらも恥じ入っているようだった。

「申し訳ございません。とんだ粗相をいたしまして」

おちかの胸はまだどきどきしていたが、それを顔には出さないコツを、少しばかりは身につけている。

「わたくしにお詫《わ》びいただくことはございません。それに、ここで起こったこと、ここで語られる事柄は、けっして外に出ることはございません。ご安心くださいませ」

手あぶりの位置を直して、おちかも二人の対面に戻った。先ほどまでより、心持ち染松の側に寄って座った。染松がまだ縮こまっていたからだ。

「それより、お茶はいかがでございましょう。女中を呼んでもようございますか」

着物の襟を整えながら、房五郎は無言でうなずいた。額に冷や汗が浮いている。

「お菓子もありますからね」

染松に微笑んで、おちかは手を打っておしまを呼んだ。この座敷では、客に茶菓を出す頃合が難しい。どういう形であれ、客の話の腰を折ることになるし、黒白の間の閉じた雰囲気を乱してしまう心配もあるからだ。そのあたり、おちかも心得ているし、おしまにも通じている。

やがて茶菓の盆を捧《ささ》げて黒白の間に入ってきたおしまは、芝居がかったようにしゃなりしゃなりと給仕をした。そっとおちかに目配せしてきたところを見ると、珍しい取り合わせの客に興味と不安があって、廊下で聞き耳をたてていたらしい。

――いけすかない爺《じじい》でございますね。

いい大人のくせにいきなり怒気を露《あら》わにし、子供を叩こうとした房五郎が気に入らないのだ。おちかも目顔で宥《なだ》め返した。

おちかのそばには、客の手あぶりよりもひとまわり大きな火鉢が置いてある。おしまはそこに五徳を据え、鉄瓶を載せて、またしゃなりしゃなりと下がった。一礼して唐紙を閉めるとき、目を凝らすようにして染松をじっと見て、それがまた大年《おおどし》増《ま》女中のはんなりした立ち居振る舞いに見入っていた子供の目とぴったり合ってしまい、互いにまばたきをして急いでうつむいたのが可笑《おか》しい。どっちもどっちの、いたずら小僧のようだ。

「さ、召し上がれ」おちかは染松に菓子を勧めた。「ここではあなたもお客様ですから、遠慮しなくていいんですよ」

塗りの小皿にちんまりと載せてあるのは、三島屋がよく使っている近所の菓子屋の饅頭《まんじゅう》である。

「もう旬は過ぎたけれど、このお菓子屋さんではまだ栗饅頭をつくっているの。食べてごらんなさい。真ん中に大きな栗が入っているから」

染松は唾《つば》を呑《の》みそうな顔をした。すぐにも手を出したそうなのに、横目で房五郎の顔を窺《うかが》う。当の番頭は、すっかり白っちゃけてしまった顔を懐紙《かいし》で拭《ぬぐ》っていた。

おちかは察した。この房五郎という人も、日ごろからこんな癇癪《かんしゃく》持ちではないのだろう。こうして取り乱すには、何だか知らないがよほど困《こう》じる事情があるに違いない。

そしてそれは、どうやら、栗饅頭を前に手をもじもじさせている山出しの丁稚《でっち》小僧のせいであるらしい。年季の入った大番頭であるからこそ、それが面憎《つらにく》く、歯がゆく、つい頭に血がのぼってしまうということなのではあるまいか。

「確かに灯庵では」

親の仇《かたき》にでも会ったかのように湯飲み茶碗《ぢゃわん》を睨《にら》み据えていた房五郎が、顔を上げてひとつ息をつくと、言った。

「こちら様で謎をほどいてくれるというようなことは申しておらなんだかもしれません。それは私の早のみこみだったのかもしれん。灯庵はただ、こちらで話をしてみれば、何かの糸口になるかもしれないと申しただけだったと思えます」

意固地に弁解する口つきながら、落ち着きを取り戻しているようだ。

「ただ三島屋さんは、堀江町《ほりえちょう》の越後屋《えちごや》さんと懇意にしておられますな？」

堀江町の越後屋は草履《ぞうり》問屋である。三島屋ではこの店と組み、意匠に富んだ草履の鼻緒を売り出し始めたところで、これがまた評判になっている。

おちかがはいとうなずくと、

「越後屋さんには、永く病みついていた人がいたでしょう。お内儀《かみ》の従妹《いとこ》だか義理の妹だか、親戚《しんせき》筋の」

「はい、存じております」

おたかという女《ひと》である。この変わり百物語の二番目の語り手で、語ったことによってさらに不可思議のなかに深く囚《とら》われ、五番目の話でそこから抜け出すことができた。二番目と五番目の話はいわば続きものになっており、おちかは五番目の話の方で、おたかと共に、話の核心と言える場所まで身体を持って行った。

妙な表現ではあるが、そうとしか言い様がない。足を運んで行ったのではないからだ。いっとき、この世の外で、まだあの世ではない場所へ赴いた。そしておたかと一緒に戻ってきた。そういう体験をしたのだった。

「その人が近ごろきれいに本復《ほんぷく》なすった」

「はい」

「それが三島屋さんのおかげだと、私は噂に聞いていたのですよ。だから——」

だから早のみこみをしてしまったのだと言いたいのだろう。

おちかとしては、越後屋のおたかのことがそんな噂になっているとは驚きだった。

「よくご存じでいらっしゃいますが、越後屋さんのことは、それほど広く噂されているのでございましょうか」

逆上が冷め、肩を落としている房五郎だが、ふと持ち直す感じになった。

「世間様に広く知られているわけではございません。もちろん、越後屋さんが言いふらしているのでもありません。むしろ伏せておられるようだ。ただ私どもの商いでは、ほかで知られていないことを知るのが肝要で……。ですから、噂という言い方では違いますか」

何と言えばいいだろうと自問自答している。世間に知られていないことを知るために、間者《かんじゃ》を使っているかのように聞き取れないでもない。金井屋は何を商っているのだろう。

「ともあれ、そういう前段があるもので、つい前のめりになってしまったのでございます。お許しください」

気がつくと、いつの間にか栗饅頭を頬張って、染松がまたきょとんとしている。

「美味《おい》しいでしょう?」

おちかが問うと、ほっぺたを饅頭でふくらましたまますなずいた。あわてて手で口を押さえるのが可愛らしい。

「よくわかりました」

おちかはにこやかに応じてから、真顔になった。

「それにしても、金井屋さんではたいそうお困りのご様子でございますね。こちらの小僧さんが、お店《たな》のなかで、何か障りを起こしているということでしょうか」

悪さをしていると言いかけたのを、寸前で変えて尋ねた。さっきの染松の〈わざとやってるわけじゃない〉という言葉は、軽いものではないと思ったからだ。

「ええ、障りも障り、大障りです」

落ちていた房五郎の肩が、お店の大黒柱らしい張りを取り戻してきた。染松を見る目にも険が戻る。

「しかし、信じていただけますかな?」

探るような表情に、おちかは口を結んで真顔でいることで応《こた》えた。

「突飛で、面妖《めんよう》でございますよ」

房五郎は、なおもおちかを試すように念を押す。間が空いた。すると、

「おいらが」と、染松が口を開いた。

「おまえは黙っていなさい」

頭ごなしに言われても、今度は縮みあがらずに、染松はおちかの方に目を向けた。助けを求める眼差《まなざ》しだ。

おちかは彼にうなずいて、

「あなたのお話も、あとでちゃんと聞きますからね」と言ってやった。

「こいつは嘘しか申しません」

房五郎はとことん染松が憎いらしい。いっぺん逆上して冷めたことで、かえって枷《かせ》が外れたのだろう。

「作り話と、己に都合のいい出まかせばかりを言う小童《こわっぱ》でございますよ」

「でも、こうしてお連れになりましたでしょう」

房五郎はひるまない。「これを三島屋さんに連れてくることが、私の話の何よりの裏付けになると思ったからでございますよ。そうでないと信じてもらえないほどのおかしな話なのです。ええ、目で見てもらいませんとな」

と言われても、染松はただの子供にしか見えない。

「何が目に見えますのでしょうか」

水が――と、房五郎は重々しく言った。

「水が、逃げるのでございます」

おちかも面妖な話には慣れてきている。房五郎が気張っているほどには、重たく受け取れない。

「どこから逃げますか」と、間の抜けた受け答えになった。

房五郎は真剣そのものだった。声にまた怒気が混じる。「井戸からも水瓶《みずがめ》からも花活《い》けからも、家中のありとあらゆる場所から逃げてしまいます」

この染松がいる家のなかでは、という。

「こやつが近づくと、その井戸から、その水瓶からは、また水が逃げます。逃げて、からからになってしまうのです」

忌々《いまいま》しそうに吐き捨てる房五郎に、おちかは最初に思いついたことを、ついついのどかに言ってしまった。

「それは不便でございますわねえ」

染松がぐいと下を向いた。笑いを堪《こら》えたのだと、おちかにはわかった。

房五郎がまた鬼のような顔になった。

「笑い事ではございませんよ！　ひと晩でもこやつを家に置いてご覧なさい。どれほど難儀か、三島屋さんにも身に染みておわかりになるでしょう」

こういうとき、真っ向からけんけん言われれば言われるほど可笑《おか》しくなるのが人の情である。おちかも笑いを堪えきれなくなったので、その笑みは染松に向けることにした。

「あなた、そんな手妻《てづま》みたいないたずらをしているの？」

染松はぶんぶんとかぶりを振る。ちゃんとお答えしないかと、房五郎が叱る。

「いえ、かまいません。そんなにお叱りになったら、しゃべりにくくなってしまいますよ」

怒りん坊の番頭をいなしておいて、おちかはひと膝、染松に近寄った。

「いたずらじゃないのね？」

染松はうんとうなずいた。

「何か仕掛けはあるの？　本当に手妻じゃないのかしら。手妻は知っているでしょう？　見世物小屋には行ったことがあるかしら」

染松も少し、おちかの方に身を寄せた。

「水芸は、見たことがあります」

「そう。どこで見たの」

「大川のたもとの、掛小屋がいっぱいあるところ」

「両国広小路《りょうごくひろこうじ》だわね。あなたはまだ、江戸の町のことはよく知らないのね」

「江戸に来て、やっと半月です」房五郎は一人で怒っている。「何と永い半月だったことか！」

勝手に湯気をたてさせておこう。

「水芸には、誰が連れていってくれたの」

「富半《とみはん》さん。水芸人の水も逃げるかどうか、見てみようって」

おちかは目を瞠《みは》った。「逃げた？」

「逃げました」

染松はちょっぴり得意げである。

「富半さんもびっくりして、おまえはやっぱり本物のお旱《ひでり》さんだって」

富半は人の名前だろうと見当がつくが、〈お旱さん〉となると別格だ。

「お旱さんて、何のこと？」

「神様」と、染松はあっさり答えた。「おいらにくっついてる」

さすがに驚いた。この子は神を宿しているというのか。

「どこかの土地神様でしょうか」

おちかは房五郎を見返って尋ねた。番頭は口をへの字にしている。

「これの村の山の神だそうです」

祟《たた》り神ですよ、と言い切る。「旱と水涸《みずが》れをもたらす悪神です。だから厳重に封じられているのを、こやつが外に出してしまいおった。そして取り憑《つ》かれたのです」

とんでもない小童だ、そのとんでもないお荷物を金井屋におっつけて寄越した戸《と》辺《べ》様も戸辺様だと、また新しい人の名前が出てきた。

水は暮らしに欠かせないものだし、せっかく井戸から汲《く》んできた水が、汲んだそばからどこかへ消えてしまうのでは、炊事にも手を洗うにも喉《のど》を湿すにも不便きわまりない。しかも大元の井戸まで涸れるとあっては、人の生き死ににもかかわる大事だ。

話のとおりであるのなら、房五郎のいる金井屋は、この半月、さぞひどい目に遭ってきたことだろう。だから怒るのはわかるが、祟り神に憑かれたなどという度はずれた話は、もう少しゆっくり語ってもらわねば困る。

「染松さん、いいえ、染どん」

「はい」すきっ歯に栗の名残をくっつけて、染松はいたって素直にうなずく。

「あたしがしばらく番頭さんとお話をするあいだ、うちの台所で待っていてくれる？　廊下へ出て、左の突き当たりよ。さっきの女中さんがいると思うから、何ぞ御用があったらお手伝いしますって、言ってみてちょうだい」

「おねえさんにそう言いつかったって、言っていいですか」

おちかの「うん」にかぶせて、

「お嬢さんとお呼びせんか！」

染松は聞いていない。「さっきのおばさんに言えばいいんですね」

「あの人はおしまさん。おばさんなんて呼んだら怖いわよ」

染松は子供らしくころころ笑って、身軽に立ち上がった。

「うちには新どんという小僧さんがいるの。あなたと同じくらいの歳だから、その子が何か手伝ってって言ったら、仲良くしてあげてね」

「はい、わかりました」

言って、唐紙に手をかけ、くるりと振り返る。「おねえ——お嬢さん」

「なあに」

「その鉄瓶」

おちかのそばの火鉢の上を指す。

「もうちっと、避《よ》けといたがいいです」

湯が沸きすぎないよう、おしまが火鉢の炭には灰をかけていった。それでも鉄瓶の注ぎ口の先からは淡い湯気が出ている。

「水、逃げるから、危ないです」

拙《つたな》い言い様だが、真摯《しんし》だった。

「あと、そこの花の飾ってあるとこも」

床の間に活けてある小菊へと指を移す。

「きっともう空《から》だから」

容《い》れ物が小さいと、早いから。

山出しの子の生真面目な目に、おちかはうなずいた。そして染松が座敷から出るとすぐに、身を返して火鉢の鉄瓶の取っ手を持ち上げてみた。

あっと思った。

軽い。底の方に少し残っているだけだ。茶を入れ替えるための湯だから、おしまいは鉄瓶をいっぱいにして置いていったはずである。沸いていたとしても、ここまで減ってしまうほどの時は経っていないのに。

急いで床の間の瀬戸物の花活けに近づいた。こちらは少ないどころではない。すっかり空だった。小菊を挿した剣山が剝《む》き出しになっている。

「ほら、申し上げたとおりでしょう」

房五郎がいささか意地悪に言う。口元は笑いに歪《ゆが》んでいる。

「今にご覧なさい。台所でも騒ぎが起こりますよ」

おちかは水気のない花活けの底を指でさすり、房五郎の顔を見た。それからまた花活けに目を落とし、さらに房五郎を見た。

「私のせいじゃない。あの小童《こわっぱ》です」

ひるむところが大人げない。

「驚きました」おちかはふうっと息を吐いた。「本当にびっくりです」

「あれを連れてきた甲斐《かい》がございました」

「この小菊はわたくしが活けたんです。昼食《ちゅうじき》のあとに」

「ですから染松の仕業なのですよ」

「よほど水あげのいい菊なのかしら」

「そんなことあるわけないでしょう！」

わかっている。房五郎がさも憎さげに笑うものだから、こっちも混ぜっ返してやっただけだ。

とりあえず花活けを元のように置《い》いて、おちかは切り出した。

「あの子はどこから来たのですか。いいえ、村の名前は結構でございます」

「上州《じょうしゅう》北の、山のなかでございますよ」

山、山、山ばっかりの土地だという。

「田畑は少ないが、松や杉の産地でございましてな。杉は建家に使われますし、松は庭木としても価値があります。形がいいのですな」

その地の庄屋《しょうや》に、金橋《かなはし》という家がある。

「神君家康公の関東入りのころから続く旧家でございます。これが金井屋の祖でございまして」

仕切っている土地の産物が樹木であるから、金橋家は昔から材木問屋とつながりが深かった。それで分家のひとつが江戸へ出て、今の商いを興すことにつながったという。明暦《めいれき》の大火がきっかけだったというから、こちらも旧《ふる》い。

「しかし金井屋は材木商では」

「ございませんのですね。金橋家も仮名です。詮索《せんさく》はいたしません」

房五郎はこほんと空咳《からぜき》をした。

「染松はその金橋家の奉公人の子です」

七人兄弟姉妹《きょうだい》の末っ子で、

「父親は廐《うまや》番の下働き、母親は女中でございます。両親《ふたおや》共に、まあ馬よりは賢いかというぐらいの者でございますが」

ずいぶんな言い様である。

山村の庄屋とはいえ、自前の廐《うまや》を持っているのなら、金橋家は相当な身上《しんしょう》だろう。

「子供たちもみんな、金橋家に仕えるのでしょうか」

「樵《きこり》や炭焼きになる者もあり、小作人として働く者もおります。もちろん、それでも金橋家に従う者であることに変わりはございません」

金橋家に食わせていただく身分だと、房五郎は言い足した。

「なのに、染どんだけは江戸に出てきた？」

「ですからそれが戸辺様のお指図で」

戸辺様とは山奉行配下の与力の一人だという。山奉行というのは山林を管轄する役所で、樹木が産物である土地ならば、その権限はかなり強かろう。庄屋に対して睨《にら》みがきくのも当然だ。

おちかは山村の暮らしを知らないが、宿場町で生まれ育ったので、縁のない土地のことでも、耳で聞き知っている事柄はある。川崎《かわさき》は東海道でも指折りの大きな宿場だから、国中から大勢の人びとが通りかかる。彼らが〈丸千《まるせん》〉に泊まり、宿のなかでてんでに世間話をしているのを聞きかじっているだけでも、おそらく一生訪れることがないであろう遠い郷《さと》のしきたりや風俗や産物について、それなりに知ることになるのだ。

「染どんを江戸に連れてきた富半さんという方は」

「金橋家の家人でございます。山頭《やまがしら》と申しましてな。山林で働く者たちを束ねる役目を務めるのですよ」

「では大切な役職ですね」

そんな富半が、染松一人のために仕事をおいて江戸へ出てきたわけである。山奉行の与力は指図に出張ってくるわ、大事な家人はお供についてくるわで、染どんは金橋家の御曹司《おんぞうし》よりも厚い扱いを受けたようである。

「そりゃあなた、あいつめは、行くところ行くところに水が逃げるという災いを呼ぶのですから、大事《おおごと》になって当たり前でございますよ」

江戸の商家のお嬢さんには見当もつきますまいがと、またぞろ憎さげな口つきになる。

「山がちの土地で水が涸《か》れるというのは、それはもう怖《おそ》ろしい災厄なのでございます。井戸が涸れたなら水売りを呼べばいいなんていうものではございません」

江戸市中でも、井戸から水が汲《く》めなくなったら大変である。現に房五郎だって、金井屋がそれで困っているからこそ、順番待ちまでしてここに来たのだろう。

まあ、言い返しても詮無いことだ。おちかは聞き流しておいて、問い返した。

「そんなに涸れましたか」

「それはもう」

大仰に目を剝《む》く房五郎だが、彼とてその場にいたわけではないはずだ。富半からの又聞きに決まっている。

「屋敷の井戸は涸れる、用水は涸れる、染松が薪拾《まきひろ》いに山に入れば、あれがうろついたあたりの湧き水が涸れる」

「ずっと涸れたままだったのでしょうか」

「数日は戻らなかったそうです。染松を土蔵に押し込めて、けっして水に近寄らないように見張っていても、すぐには戻らなかったということでした」

染松が憑《つ》かれてしまったという〈お旱さん〉は土地神だから、生え抜きの土地では力が強い。江戸ではさすがに同じようにはいかないということかと、おちかは考えた。

それにもうひとつ、江戸では他の土地と、水については事情が異なる。

「江戸の井戸は水道でございますから、いかなお早さんでも、根っから涸らしてしまうのは無理なのかもしれませんね」

そうなのである。江戸は水利の悪い土地柄で、だからこそお上《かみ》は早くから水道という設備をこしらえた。おちかの暮らすこの神田三島町も、神田上水から引いた水道の水を井戸で受けて使っている。

そんな江戸市中でも、この十年ばかりで掘抜井戸が増えたそうだ。但しずいぶんと深く掘らねばならないし、手間も金もかかる。掘って水が出たはいいが海水混じりで、飲用には適さないということもある。

水道の水で産湯をつかったというのは江戸っ子の自慢話の種だが、一面、それは強がりとやせ我慢でもある。根っから江戸の者ではないおちかにはそう思える。

房五郎の意固地に歪んだ眉《まゆ》の谷間が、初めて緩みかけた。

——おや、このお嬢さんは存外わかりがいいようだ。

「左様《さよう》でございます。ですから戸辺様も、染松は江戸へ遣《や》るべしというお沙汰《さた》をなさったんでございます」

で、その受け入れ先に金井屋が選ばれたというわけなのである。

「とんだ貧乏くじでございますよ」

房五郎は怒るのをやめてげんなりしている。少し、気の毒な眺めだ。

「最初に話を聞いたときには、私どもも半信半疑でございました。田舎の者は迷信深《ぶこ》うございますからな。たまたま何かの拍子に水涸れが続いたのを、一途《いちず》にこの小僧の仕業だと思い込んでいるだけだろうとも思いましたし」

あにはからんや、金井屋でも立派に水は逃げ出した。

「水瓶《みずがめ》や鉄瓶や花活けの水は本当に逃げる——涸れてしまうのでしょうが、水道の水や湧き水は、涸れるというよりは逸《そ》れるのではないでしょうか。染どんが近づくと、いっとき、流れが変わってしまうということですね」と、おちかは言った。

山の湧き水だって、涸らしてしまう相手としては、神田上水よりも手強《てごわ》そうだ。

「さあ、理屈はわかりません」

ただの抗弁ではなく、房五郎には本当にそんなことはどうでもよさそうだ。

「とにかく、戸辺様が江戸の水道をご存じだったが厄《わざわい》で、金井屋はあの疫病神めを背負い込んだんでございます」

ぜひとも何とかしていただかないとと、また気張る。

「わたくしどもで何とかできるとは思えませんが、とりあえず、しばらくのあいだ染どんを、この三島屋でお預かりするというのはいかがでしょうか」

おちかの申し出に、房五郎は素直に驚いた顔をした。

「なんと、お嬢さんあんた、進んで疫病神を引き受けようというんですか」

あなたの一存で決めていいことではないだろうと、疑い深そうに言い足した。

「わたくしは主人伊兵衛の名代でございます。わたくしがそうしようと決めたことは、そのまま伊兵衛の意志と思っていただいて結構でございます」

おちかとしても、ふいと思いついたことである。何の見通しがあるわけでもない。ただ、

「三島屋でも水道の井戸から水が逃げるかどうか確かめてみたいものですし」

房五郎の染松に対する態度や、先ほどの激昂《げきこう》ぶりから察するに、あの子は金井屋のなかで、手ひどい扱いを受けていると思われる。水に近づかないよう、ひと間に押し込められているぐらいならまだしも、ああして怒鳴られたり叩《たた》かれたりすることもしばしばなのではないか。

染松は房五郎の大人げない勘気に思わずふき出してしまうほど根性のある子供なのに、叩かれそうになったときには本気で怖がっていた。あれは、脅されているだけでなく、本当に叩かれたり殴られたりしたことがあるからだろうと、おちかは思う。ならば、話を聞いただけで見捨ててしまっては、こちらの後腹《あとばら》が病もうというものだ。

「そういうことでしたら、金井屋では一向に差し支えございませんが」

なにしろ丁稚《でっち》としてはまるで役に立たない者だ、という。

「この半月、仕事を教えるも、躾《しつ》けるもございませんでしたからな。行儀も知りません。山猿のまんまでございますよ」

「それなら、山から郷へ迷い出てきた子猿をいっぴき飼うようなつもりでおりましょう」

にこやかに、おちかはそう言ってみせた。


房五郎を送り出し、おちかが奥へ戻ってみると、勝手口のところに当の染松が座り込んでいた。しゃがんだまま両手でほっぺたを押さえて、いかにも手持ちぶさたの様子である。

「染どん、ちょっとこっちにいらっしゃい」

声をかけると、染松は立ち上がった。傍らに箒《ほうき》とちりとりが立てかけてある。見れば、勝手口の外のあたりはきれいに掃き清めてあった。

「掃除をしてくれたのね。ありがとう」

と、染松のすぐ後ろから、ひょいと新太が顔を覗《のぞ》かせた。

「あら、二人でいたの」

もう仲良しになったのと言いかけるところへ、新太が染松を押しのけるようにしてまっしぐらに飛んできた。土間の上がり口にいるおちかの裾《すそ》に、そのまましがみついてきそうな勢いである。

「おじょ、おじょ、お嬢さん！」

おちかはかがみこんで新太を受け止めてやった。三島屋の丁稚どんは色を失い、目がおろおろと泳いでいる。

「あ、あいつ、とんでもないやつです」

後ろ手に染松に指を突きつけて、

「物干し場の柱にとまった雀を、石をぶっつけて落としちまったんですよ！」

染松はむくれたような顔をして、ぷいと背中を向けた。お勝手の外は裏庭で、物干し場になっており、そこにはよく雀が飛んでくる。おしまとおちかが、菜っ葉の切れっ端などをやるからである。

「雀も石みたいに落っこちて、ぴくぴくいって死んじまいました」

新太は今にも泣き出しそうだ。彼は雀たちが来るのを楽しみにしていて、春になったら雛《ひな》が見られるだろうかと話していたこともある。

「そう、それは可哀相なことをしたわね。だけど泣かないの。男の子でしょう」

お店の方へ出てお手伝いしてきなさいと、おちかは新太を上がらせた。入れ替わりに履き物をつっかけて、染松へと歩み寄る。が、その前に、くるりと向きを変えて台所の水瓶の蓋《ふた》をとってみた。

この台所には水瓶が三つある。右のひとつが飲用で、真ん中のひとつが煮炊き用、左のひとつが食材などを洗うためのものだ。順繰りに蓋を開けていって、おちかはそのたびにふうと息を吐いた。

三つとも、水がほとんど消えていた。

飲用と煮炊き用の瓶の底には、水の濁りと汚れを取り除くための小砂利が入れてある。朝、いっぱいに汲《く》んで、昼食のあとにまた汲み足して、使った分を補っておくのがこの家のならいだから、今は八分方以上の水が残っているはずのところだ。なのに、ふたつの瓶では小砂利が見えている。三つ目の瓶では、おちかが袖《そで》をまくって手を差し入れると、手首まで濡《ぬ》らさずに、つるりとした底に触れることができた。

おちかが蓋を閉めて振り返ると、染松がこちらを見ていた。そして急いで背を向けた。今度はおちかの目から逃げるような素振りであった。

「お旱さんは、喉《のど》が渇いているのかしら」

だからこんなに水を飲んじまうのかしらねと、独り言のように言ってみた。

「井戸の方はどうかしらね。染どん、あたしと一緒に見に行ってちょうだい。井戸がまだ無事なら、二人で水汲みをしましょう」

おちかはすいすいと歩《ある》って勝手口の敷居をまたいだ。染松は動かない。

「どうしたの？　手伝って」

「お嬢さん、そんな恰好《かっこう》で水汲みなんかするの」

なるほど、おちかは来客用におめかしをしている。

「着物が濡れたら乾かせばいいでしょう。汚れるわけじゃなし」

袂《たもと》を帯の端に挟み込みながら、おちかは笑って言い返した。染松は口を尖《とが》らせて下を向くと、文句を言う口調で短く尋ねた。

「番頭さんは？」

「金井屋さんならお帰りになりました。あんたは今日から、三島屋の奉公人です」

素直な驚きが、染松の顔に浮かんだ。

「おいらを置いてくれるの？」

「うん」

「どうして？」

おちかは逆に問い返した。「金井屋に帰りたい？」

染松の口がさらに尖った。今度は不平不満のせいではなく、さらに驚いたからのようである。

「何でそんなこと訊《き》くのさ」

「そうねえ、訊いたってしょうがないことだったね。金井屋さんではもうあんたを置けないって言っておられたから」

染松がどんな顔をするだろうと、おちかはちょっと目を凝らした。彼は何度もまばたきをして、口の端をへの字に下げた。

「あのお店にいないと、おいら、富半さんに叱られる」

「勝手なことをするって？」

おちかの問いは、見当外れのものだったらしい。染松は小声でこう続けたのだ。

「けっして村に帰っちゃならねえって言われてきたんだで」

里の話になったからだろう、染松の言葉にお国訛《なま》りが出た。

「うちでも、あんたをお里に送り返したりなんかしませんよ。それなら、富半さんの言いつけに背いたことにはなりません。他所《よそ》のお店に移ったというだけよ」

あんたお掃除が上手ねと、おちかは言った。

「丁寧に掃いてあるじゃないの。誰かにやり方を教わったの？」

姉ちゃんにと、染松は答えた。まだ下を向いたまま、拗《す》ねたように鼻息を荒くしている。

「いいお姉ちゃんね。さあ、まず箒とちりとりを片付けなさい。それと、雀はどこにいるのかしら」

「さっきの新太ってやつがどっかへ持ってった」

お墓を作ってやるっていって。

「雀は米を荒らすんだよ。あいつら目ざといから、一羽が食いもんに有り付くと、すぐ群で寄ってくるんだ。だから、めっけたら落としておかないとまずいんだで」

悪さでしたのではないと、一丁前に抗弁しているのである。

おちかはにっこりしてうなずいた。「あんたのお里ではそうなんだね」

だけど江戸の町では、そこまで雀を目の仇《かたき》にはしないのだと教えてやった。むしろ愛《め》でたりする。

「だから次からは、雀を見ても落としちゃいけません。それから、今の話をあとで新どんにもしてあげて、ごめんねって言うんですよ」

染松は下を向いたまま黙っていたが、

「こういうことを、郷に入《い》っては郷に従えというんです。わかったね？」

おちかがつと声を厳しくすると、蚊のなくような声ではいと言った。

おちかは水汲み用の手桶《ておけ》を提げ、彼を従えて井戸端へ向かった。井戸は隣の針問屋住吉屋《すみよしや》との共同井戸である。

水道の水は、上水から地べたの下の石樋《いしどい》や木樋を通り、枡《ます》で枝分かれして竹筒の呼樋《よびどい》から個々の井戸へと振り分けられている。埃除《ほこりよ》けの屋根を戴《いただ》いた大きな桶のような井戸のなかを覗き込むとき、おちかは思わず息を止めてしまった。これがすっかり涸《か》れていたら、うちだけでなくお隣にも大迷惑をかけることになる。

幸い、井戸には水が漲《みなぎ》っていた。呼樋からもちょろちょろと新しい水が流れ込んでいる。

思わず、安堵《あんど》の息を吐いた。

「みんな井戸だ、井戸だって言うけど」

染松がまた不満顔をしている。

「こんなの井戸じゃねえ。ただの溜《た》め桶じゃねえだか」

掘抜井戸ばかり見てきたこの子には、確かに江戸の井戸は間尺《ましゃく》に合わない代物だろう。

「そうね。でも水の有り難みはどこでも同じなのよ」

水道の仕組みを教えてやりながら、二人で手桶に水を汲む。井戸とお勝手を行ったり来たりして、師走《しわす》の寒風のなか、三つの水瓶《みずがめ》が満ちるころにはおちかの手はかじかんでいた。

染松は、さして寒そうにも見えない。鼻の頭が赤らんでいるだけだ。

――それに、この子は大した力持ちだ。

水汲みを苦にする様子がまったくない。

台所でひと息ついて、おちかは言った。

「今はまだ無事だけど、こうしてあんたが近づいたから、これから、あの井戸の水も逃げてしまうのかしら」

何の含むところもなく訊いたつもりだったが、染松は責められたと思ったらしい。

「おいら、わざとやってるんじゃねえ」

「うん、それはわかった」

だけど、どうかしら。おちかは小首をかしげてみせる。

「あんたにくっついているお旱さんは、神様なんでしょう。だったら、人の願いを聞き届けてくださることだってありそうなものよ。あんたがお願いしたら、水を涸らすことをやめてくださらないかしらね?」

これまで、彼の村でも金井屋でも、こういうことを口にした者はいなかったと見える。染松はたいそう驚いた。

「お願いするって?」

「拝むのよ。相手は神様なんだもの」

やってみましょうと、おちかは染松をまた黒白の間に連れていった。

「さ、座って。今度は床の間の方を向いて座るんですよ」

床の間には件《くだん》の花活《い》けのほかに、竹林の七賢人を描いた墨絵の軸が掛けてある。

「これを拝むのか？」

染松は不思議そうに軸を見る。

「それは叔父《おじ》さんが見よう見まねで描いた絵ですからね。いくら七賢人でも、御利《ごり》益《やく》のほどは怪しいわね」

伊兵衛は道楽っ気の乏しい人で、囲碁にはまり込むまでは、人に誘われて始めても長続きしたためしがなかったそうである。墨絵もそのひとつで、だからこの軸は貴重といえば貴重だが、それだけのものだ。

「お早さんはあんたのなかにおられるんだから、ここ」と、おちかは心の臓の上に掌《てのひら》をあてた。「あんたの真心があるところに向かってお願いするんですよ」

こちらも見よう見まねで、しかし伊兵衛の墨絵描きよりはよほど気を入れたふうに、染松は目をつぶり両手を合わせた。

ややあって、彼がぱっちり目を開けたので、おちかは尋ねた。「願いは届いた？お早さんは何かおっしゃったかしら」

途端に、染松は口をとんがらかす。

「そんな顔ばっかりしてると、そういう顔になってしまいますよ」

不満そうというより、不得要領の染松は、その顔のまま口だけぴゅっと引っ込めた。

「あんた、面白い子ね」

笑うおちかをつくづくと見て、染松は拳骨《げんこつ》で鼻の下をごしごしこすった。

「お嬢さん、変わってらぁ」

「うん、ちょっと変わってるかもしれない」

黒白の間で聞いた話と、自分で語った話を、あたしは背中にしょってるから。

「おいらの言うこと、信じるだか？」

「信じるよ」

水がないままの花活けの小菊に目をやって、おちかは深くうなずいてみせた。

「お旱さんは、何《なん》にも言わなかったよ」

だけどおいら、頼んでみたから。

「水がなくなると、みんな困るからな。おいらもそれくらいはわかるだ。けど村では、おいら、本気でお旱さんに頼んでみたことなかった。お旱さんは怒ってるのに、みんなそれに気がつかなくて、ずっとお旱さんを粗末にしてきたんだから、バチがあたったんだって思っただ」

意外な話が飛び出してきた。

「お旱さんはお怒りだったの？」

「うん。永いこと閉じこめられて、ほったらかしにされてたからな」

旱と水涸れをもたらす悪神だから厳重に封じられていたと、房五郎は話していた。

「怖い神様で、大事にお祀《まつ》りされていたんじゃないの？」

「ほこらはあったよ。そんで、腐って傾《かし》いじゃったような鳥居が立ってた。お供え物もなくってさ、荒れ放題だっただ」

こうして、染松は語り始めた。

上州北のこの村の名は小野木《このぎ》という。

そもそもは村だけでなく、山また山の土地ぜんたいを示す名で、旧《ふる》くは庚之木と書いた。鉄を鍛える火を燃やすための木を意味するという。それならどんな木でもいいわけで、要は、伐《き》って燃やすぐらいしか役に立たない雑木の山ということだ。

染松がすらすらとこう語り、指先で宙《そら》に漢字も書いてみせたので、おちかは大いに驚いた。

「誰に教わったの？」

「お旱さん」と、染松は答えた。「おいらは手習いをしたことないし、お寺さんの講にも行ったことがないから、何も知らなかった。みんなお旱さんに教わったんだで」

ここで、おちかはつい早合点をした。ならば、荒れ放題だったという〈お旱さん〉の祠《ほこら》にも禰宜《ねぎ》はいたのだ、と。

「その禰宜さんは、どんな人?」

染松はきょとんとした。「ねぎって何だ?」

「神主さんよ。神様をお祀りする役目をする人ですよ」

「お旱さんのとこには、人なんかいねえってばよ」

焦《じ》れたような返答に、おちかも己の思い込みを悟った。え? と思った。

「じゃ、あんたは〈お旱さん〉に――神様にじきじきに、いろんなことを教わったと言ってるのね」

染松はあっさりとうなずく。何とまあ。

「もしかしたら、あんたは〈お旱さん〉と、今あたしとこうしてるのと同じように、おしゃべりすることができるのかしら」

染松が神に憑《つ》かれ、神を身に宿しているというのは、もう少し何というか、一方的なもののように思っていた。だからさっきも、胸元に向かって拝めなんて言ったのだ。

「……できるよ」

小声で応じて、染松は口をへの字にした。

「それだと、なんか悪いか。おかしいか。お旱さんは、いつもおいらと一緒にいるだ。今だっているよ。お嬢さんの話を聞いてる」

「わかった。もう邪魔しないわ。ごめんなさいね。お旱さんにもお詫《わ》びします」

「やっぱり、お嬢さんなんかにはわかんね」

意固地な目つきで、染松は自分の膝頭《ひざがしら》を睨《ね》めつけている。そして、聞こえよがしにぶつぶつと怒った。

「富半さんの言ったとおりだで。小野木の話は、小野木の者《もん》にしかわからん。他所《よそ》者《もん》に言ったたって、笑われるか叱られるか、どっちかだって」

「でも番頭さんは信じてたじゃない？　金井屋さんは他所者じゃないわけね」

混ぜっ返しは裏目に出た。染松はさらにぶんむくれの顔である。

仕方がない。攻め口を変えよう。

「あんたの本当の名前は何ていうの」

むくれたまま、「平太《へいた》」と短く答えた。

「そう。金井屋さんには、丁稚《でっち》どんを染松と呼ぶならいがあるのかしらね。うちじゃ、そんな面倒《めんどう》なことはしないけど」

では平太さんと、おちかは座り直して頭を下げた。「どうぞお願いいたします。お話を続けてくださいな」

平太は上目遣いでおちかを見ている。おちかはにこりとしてみせた。

「あんたがお旱さんに会ったのは、いつのこと？」

ここはおちかの笑顔が勝った。渋々ながら、平太は折れた。

「まだうんと暑いころ。えっと」

げしの日、という。夏至だ。

「庄屋《しょうや》さんとこで、おとうが世話してた馬がたいばにやられたんだ」

小野木では、夏の盛りに、〈たいば〉にやられる馬が出るんだ。

「材木をしょわせて歩いてると、急にいななないて、後脚で立ってくるくる回って、荷を振り落として駆け出しちまう。放っておくと一里も走って、息が切れて死んじまう」

おちかはつくづく、もとが旅籠《はたご》育ちでよかったと思った。たいばは知らないが、似たような話なら、〈丸千〉の泊まり客から聞いた覚えがある。

「それ、馬に悪さをするあやかしでしょう？　あたしは〈馬魔《ぎば》〉って聞いたけれど」

平太の顔がぱっと明るくなった。

「知ってるか？」

「うん。見たことはないけどね」

馬子に恐れられる魔性のものである。これに襲われたら、馬子はすぐさま馬の耳を切って血を流し、馬を正気づかせてやらないといけないという。

「小野木でもそうするよ。馬は耳を切るといちばん痛がるからな」

江戸にも出るんだなあと、平太は感嘆する。機嫌も直った。おちかは笑った。

「江戸では聞かない話だね。あたしも実家《さと》の旅籠でお客さんから聞いたのよ」

「お嬢さん、このうちの子じゃねえだか」

「そうよ。川崎の旅籠の娘なの。ここには居候してるだけよ」

平太はあらためてしげしげとおちかを見回した。

「ヘンだなあ」

「変でしょう。それで、たいばが出てどうしたの？」

平太はちょっとあわてた。目が泳ぐ。話の筋を見失ってしまったらしい。馬を引き合いに出しては気の毒だが、この子の話を聞き出すには、こっちが手綱をとっているのが肝心だと、おちかは思った。

「お父さんが世話していた馬がたいばにやられて、大変だったのね？」

「う、うん。そンでな」

やられた馬は、背に荷を負ったまま猛然と走り出し、馬子を振り切り、山道へと駆け入って姿を消してしまった。

「たいばにやられた馬の骸《むくろ》からは、またたいばが湧くから、何が何でもめっけないといけないいんだ」

山頭の富半の手配で、村の男たちが総出で探すことになった。

「おいらも呼ばれて、山に入ったんだ」

馬を求めての山狩りである。

「子供なのにあんたも呼ばれたのは、それだけ頼りにされてたんだね」

「おいら、おとうにも内緒で、ときどき富半さんにくっついて山に入ってたから」

山頭の富半は、平太にとって重要な人物であるようだ。おちかは心に留めた。

「だからそのときも富半さんと一緒だったんだけども――」

山狩りを始めて一刻《いっとき》ばかりが過ぎたころ、ふと我に返って、平太はみんなからはぐれてしまったことに気がついた。

どっと、冷たい汗が噴き出した。

真昼のことだから、ただはぐれただけなら、平太もあわてはしない。驚いたのは、今まで独りではもちろん、富半に連れられても足を踏み込んだことのない、見覚えのない場所にいたからである。

――いったい、おいらはどこをどう歩いてきたんだ？

見回せば、雑木林の下藪《したやぶ》のなかを細々と続く獣道《けものみち》である。

山道を、重たい材木を運んで歩く小野木の馬たちは、筵《むしろ》で編んだ沓《くつ》に似たものを履く。またこのごろの小野木は晴天続きで、地面はからからに固く乾いていた。だから蹄《ひづめ》の跡がつきにくく、足跡は手がかりにならない。富半には、飼馬は藪を嫌うから、どんな細いところでも急な斜面でも、道に沿って探すようにと言われていた。その教えからは逸《そ》れていない。なのに、何で独りになってしまったのだろう。

お〜いと呼んでみても、雑木林の彼方《かなた》から応《こた》える声はなかった。甲高い鳥の声が鳴き交わしているだけである。

逃げたのははやという名の、平太が仔馬《こうま》のころから世話していた馬で、平太によく懐いていた。喧嘩《けんか》ばかりしている兄弟姉妹たちよりも、よほど仲がいい。はやがたいばにやられたと聞いたときには、平太は泣きベソをかいたほどである。

大人たちは荷の心配ばかりしていたが、平太にははやの身の方が案じられた。たいばにやられて奔走し、助かった馬はないというけれど、万にひとつの僥倖《ぎょうこう》ということもある。はやは頑丈な馬だ。奔走しているうちにたいばが抜けて、どこかで正気に返り、心細い想いをしているかもしれない。

だから平太ははやの名を呼びながら、しゃにむに山に分け入ってきたのである。前後を見ることも忘れていた。

両手を筒にして口元にあて、今度は長々とはやを呼んでみた。

埃《ほこり》っぽい夏の藪はしんとしている。

ともかく、もう少し見晴らしのいいところへ出よう。藪払いの手鎌を握り直して、平太は獣道をたどり始めた。ゆるゆるとした登り坂で、左右から立ち木の枝が張り出しているけれど、視界を遮るほどではなし、頭上には青空がくっきりと開けているのも頼もしい。進んでゆくうちに、冷や汗も山歩きの汗に変わった。

獣道はやがて、下草に隠れがちになってきた。道の片側が大きく崩れ、崖《がけ》になっているところも現れた。傾斜もきつくなるばかりだ。このまま行ってはかえってまずいか、引き返した方がいいか。馬だってこんな道を登れないだろうと思い始めたころ、
ぶるん！

鼻息を聞いて、平太は跳ねるように足を止めた。

「はやか？」

はやや〜いと、大声で呼んだ。

応えるように、ぶるぶるぶるんと馬がいななく。確かに聞こえる！

「はや、はやだな！」

そのころにはもう、歩くというよりはよじ登るようで、平太は両手足を使って進まねばならなくなっていた。それでも勇み立って登っていった。

ようよう登りきり、汗に濡《ぬ》れた顔を上げると、出し抜けに藪が消えた。痩《や》せた古木が立ち並び、その奥に道が開けている。どことも見当さえつかないこの山のてっ

ぺんに出たらしい。

木立の陰から、はやの鹿毛《かげ》が覗《のぞ》いている。

「はや！」

ひと声呼んで駆け出すと、はやも平太の声を認めたらしい。首を振り尾っぽを振って、足を踏み替えている。

「はや、はや、めっけたぞ！」

足元は地べたから砂利に変わっていた。大ぶりのざくざくした砂利に足をとられそうになりながらも、平太はまっしぐらにはやのそばへと駆け寄った。馬も平太に跳ね寄ってきた。

「おめ、何でこんなところまで」

首の手綱をとって、平太は初めて気がついた。ここ、何だ？

——鳥居がある。

もとは白木だったのだろうが、雨水が滲《し》みて腐り、泥のような色に変じた古い鳥居だ。一人では立っていられない怪我人のように、大きく右に傾《かし》いでいる。深緑色の苔《こけ》がそこここにこびりつき、御幣のように垂れ下がっていた。

鳥居の先には、半ば崩れたような祠《ほこら》があった。岩をくり貫《ぬ》き、そのなかに小さな社《やしろ》を据えてある。目を凝らせば、燭台《しょくだい》や三方《さんぽう》のようなものが転がっているのが見える。

こんなところに神社があるのか。平太はまったく知らなかった。このうらぶれようからして、村の大人たちだって知らないんじゃないのか。知っていたら、もう少し手入れぐらいしそうなものだ。

はやは落ち着いていておとなしく、平太の顔に鼻面をこすりつけてくる。たいばはすっかり抜けたらしい。首をさすってやると、嬉《うれ》しそうにしっぽを揺らす。

身体のどこにも怪我はない。脚も痛めていないようだ。たいばを追い払うには、馬の身体から血を流させねばならないというのだが、はやは無傷だ。

「おまえ、よく無事だったな」

首を抱き、顔をくっつけるようにして声をかけると、はやの柔和な目がまばたきをした。鼻息が温かい。いつものはや、誰よりも平太に懐いているはやである。

背中の荷はどうしたかと、やっと思いついた。見れば、鳥居の脇に背負子《しょいこ》ごとそっくり落ちていた。荷綱もそのままだ。江戸へ送るはずだった上等の材木が、どすんと転がっている。

ということは、はやはここへ登ってくるまでは荷を負っていたのだ。誰かがたいばを退け、はやを宥《なだ》めて荷をおろしてくれたのだろうか。

けど、誰が。

「――ここの神様かぁ?」

まさかと思いながらも、思わず声に出して問いかけてみた。

「そうだよ。オラだよ」

どこからか、女の子の声がそう応じた。

「女の子?」

話に聞き入っていたおちかが思わず口を挟むと、語ることに没頭していた平太も、その声で我に返ったようになった。

「うん。背丈も歳も、おいらと同じくらいに見えた」

薄暗い祠を背にして、ぽつんとしゃがみこんでいた。いつ現れたのか、どこから出てきたのかわからない。見返ったらそこにいたのだという。

「おでこと耳の上で髪を真っ直ぐに切ってて、その髪が真っ黒で、汗もかいてなくってさ。ほっぺたにさらさらってかかって。それをこうやって」

と、平太はぷいと首を横に振って、

「はらいのけながら、おいらの方を見てた。どんぐりみたいなでっかい眼だったで」

つまり可愛らしかったのだろう。平太の口調も微笑ましい。

「薄っぺらい白い着物で、帯も白いんだ。裁ち っ放しの晒《さら》しみたいな帯だ。着物はぶかぶかで、袖《そで》も丈も長いんんだ。だぶだぶに余ってるんだ」

女の子の脚は着物に隠されて、見えなかった。それでもずいぶんと華奢《きやしや》で、痩《や》せこけていることは見てとれた。

着物ばかりではなく、女の子の肌の色も抜けるように白かった。

一年中泥をなすったように煤《すす》けていて、この季節ならさらになめし革のように日焼けしているのが村の子供たちだ。だから平太はとっさに、これはよほどの偉い家の子供に違いないと思った。

「おめ、お供はいねえだか」

問いかけると、女の子は涼しげに髪を風になびかせたまま、さも不服そうに口を尖《とが》らせる。

「いるもんか。オラはずうっと独りだ」

「したって……」

こんな場所に住んでいるわけはない。

「いったい、どっから来たんだよ」

困る平太を尻目《しりめ》に、女の子は、愛らしく尖った顎《あご》の先をはやの方にしゃくってみせると、

「おまえの馬か?」と訊《き》いた。

「庄屋《しようや》さんの馬だ」

「金橋の馬か」

女の子は憎々しげに吐き捨てた。

「そんだら、たいばを追っ払ってやらなけりゃよかった。金橋の馬なんか、みんな死んでしまえばいいんだ」

困惑を通り越して、平太は腰を抜かしそうになった。庄屋さんを呼び捨てにして、しかもあしざまに罵《ののし》る。本当にこの子は何ものなのだ。

「おめ、戸辺様の子なのか？」

平太にとっては、庄屋さんより偉いのは、小野木を管轄している与力の戸辺様だ。さらに上には山奉行がおり、いちばんてっぺんには殿様がいるが、城下は遠く、平太はまだ連れて行ってもらったことさえないから、どちらも思い浮かばなかった。

「戸辺？」

日陰にいるにもかかわらず、このとき、女の子の眼が底光りした。

「戸辺なんぞ、知らん。今の代官は誰だ。まだ佐伯《さえき》の家か。右衛門介《えもんのすけ》の首は、まだとれていないのか」

ますます平太にはわからない。これは、あとあとよく話を擦《す》り合わせていって知れることとなのだが、この地でもかつては代官制度を用いていたことがあった。ところがこれが弊害が多い。気質獰猛《どうもう》で貪欲《どんよく》な者が、土地の権力を一手に握る代官の任にあたると、山と村民を私《わたくし》して権勢を誇るようになり、また搾取に窮した村民たちの一揆《いっき》を招くこともあり、御家のためにならぬということで、山奉行直轄の今の制度に改められたのは、ざっと百年は前のことである。そのあいだには、国替えによる藩主の交代や、政変もあった。

無論、やっと十一歳の平太が知る由もない。女の子がそんな昔の話を口にしているとは夢にも思わないから、ただ戸辺様を呼び捨てにして憚《はばか》らない態度から、もっとうんと偉い家の子供なのだろうと思い込むばかりだった。

大変なことになってきた。この子はおかしなことを言い並べているが、要は山に迷い込んだのだろうと、平太は思った。

「はやを助けてくれたのは、おめなんだよな？」

女の子は鼻先をつんと上に向けて、

「だったら何だ」

「そんなら、はやに乗んな。おいらが庄屋さんとこへ連れてってやる」

金橋家に連れ帰れば、女の子の素性も家も知れるだろう。偉い人の偉い子供のことなんだから、庄屋さんなら知ってるはずだ。

するとと女の子は、初めて怯《おび》えた顔をした。ちょっと身をすくめたようになる。

「金橋は嫌いだ」

眼はさっきと同じように怒っている。

「それにオラは、ここから離れられない」

これがあるから——と、斜《はす》な目つきで後ろの祠を見やった。

「これって」

平太にはさっぱりだ。崩れかけたような祠と、腐った鳥居と、お供えも花の一本もない古い社。こんなところに住む者がいるものか。

「ここがおめの家だってのか」

「違う」女の子は苛立《いらだ》ち始めた。「オラも好きでこんなとこにいねえ。けど、金橋のせいでここから出られねえんだ」

この子は庄屋さんの捨て子だろうかと、平太はまたあさっての方向へ考えを巡らせた。いかんせん知恵も経験も足りない。思うのは目先のことばっかりだ。

「けど、おいらは庄屋さんにはやの無事を知らせて、急いでとって返してこねえと、荷が置き去りになるし」

平太の力では、はやに材木を負わせることはできないのだ。

「おまえ、金橋の家人なのか」

「おとうは庄屋さんの厩番《うまや》だぁ」

おいらは馬子だと、平太はちょっぴり大きめに言った。本当は、まだ独りで馬を引くことを許されていない。

「ふうん」

女の子は平太を上から下まで検分し直して、眼を細め、地べたに落ちている材木の束を見た。

「そうか。そんならちょうどいい。金橋の荷なら、オラがもらう」

へ？と平太は眼をしばたたいた。

「これは庄屋さんがお奉行様に納める材木だ。江戸へ送るんだよ」

「金橋の荷なら、オラのもんだ。金橋からの供え物だ。もらってやる」

思いがけずひび割れたような声をあげて、女の子は短く笑った。そのときだけ、にわかに老婆のように見えた。

平太は背中がぞわりとした。

「よし、馬は返してやる」

そのかわり――と、女の子はするりと立ち上がった。と思ったら、平太が息をひとつする間もなかったのに、すぐ傍らにぴたりと寄り添っていた。

ぎょっとして、平太は目を剝《む》いた。いつ動いた？

女の子は白い着物の長い袖から手を出して、平太の汗と土に汚れた二の腕を、むんずとつかんだ。さして力があるとも思われないのに、平太は身動きできなくなった。腰は引けているのに、その場から動けない。

女の子は平太に顔を寄せ、瞳《ひとみ》の底を覗《のぞ》き込むようにして、囁《ささや》きかけた。

「オラのことを、金橋にしゃべっちゃいけないよ。馬は迷ってるのを見つけた、荷は馬がどっかで振り落としちまってた。言っていいのは、それだけだ」

こんなに近くでしゃべっているのに、女の子の呼気は、平太の頬にかからない。平太の腕をつかんでいる手にも、まるで温《ぬく》もりがない。

「それで、おまえはまたここに来るんだ。金橋にも村の連中にも内緒で、おまえ独りで来るんだ。いいな？」

オラはおまえを気に入ったと、女の子はにやりとした。

「山に負けずに、ここへ登ってこられただけでも豪毅《ごうき》なもんだ。よっぽどこの馬が可愛いんだろう。おまえはいい馬子だ。褒美に、この馬は二度とたいばにやられないように守ってやる」

だからおまえも、オラの言うとおりにするんだよ――

「あんまり待たせるな。二、三日のうちに、きっとまた登ってくるんだよ」

あやすように甘くそう囁くと、急に目尻を吊《つ》り上げて、空いた手を伸ばし、ぴたりとはやを指さした。

「約束を破ったら、この馬の生き肝をとるぞ。おまえの目玉をとったっていいんだ。オラは、いっぺん触ったもんになら、どんなことでもできるんだからな。おまえも馬も、どこにいたって逃げられねえぞ」

魅入られたようになって、平太はただ呆然《ぼうぜん》とうなずいた。

「おまえ、何て名前だ」

「へ、平太」

「そうか。なら平太、行け」

くちびるをすぼめて、女の子は平太の耳にふうっと息を吹き込んだ。途端に平太はくらくらとして、その場にしゃがみこんでしまった。

気がつくと、女の子の姿は消えていた。傍らでは、はやがのんびりと首を垂れている。平太は笑う膝《ひざ》を宥《なだ》めて何とか立ち上がり、はやの手綱をとった。

それから、どうやって山を下りたのか覚えていない。村まで行き着かないうちに、山番たちを連れた富半に行き会った。

「おいら、富半さんの顔を見た途端にぶっ倒れちまったんだって。富半さんは、おいらをおぶって連れて帰ってくれたんだ」

村に帰っても、まる一日、平太は昏々《こんこん》と眠った。目覚めると、起き上がれないほど腹ぺこになっていた。

「富半さんにもおとうにも、どうやってはやをめっけたのか、いろいろ訊《き》かれた」

平太はすっかり頭が霞《かす》んで、最初のうちはろくに話もできなかった。飯を食わせてもらってだんだん正気づくと、はやのことを思い出したが、山の祠《ほこら》で会った女の子の姿と声も蘇《よみがえ》ってきた。

もちろん、怖《おそ》ろしい約束のことも。

「だからおいら、女の子に言われたとおりのことしかしゃべらなかった」

事情を知らぬ富半たちには、不審な作り話には思われなかったろう。はやも平太も運がよかったということで、一件落着となった。

平太一人、恐怖を抱え込む羽目になった。

「さぞ怖かったでしょう。可哀相に」

おちかは、平太の産毛の光るほっぺたがひくひく引き攣《つ》っているのを見て、言わずにはいられなかった。

「――うん」

平太はうなずき、自分でもほっぺたが気になるのだろう。拳《こぶし》でぐいっとこすった。

「けど、何かちょっと……女の子のこと、面白かっただ」

おちかは微笑んだ。この年頃でも、男というのはそういうものか。

「それに、はやの恩人だしな」

「そうだね。でも、約束通りにまた独りで山に入るのは、すぐには難しかったでしょう。お父さんや富半さんたちの目を盗まないとならなかったんじゃないの？」

「そんなことはねえだ。みんな、おいらのことなんかそんなに心配しねえ」

村の大人たちは忙しい。

「けどおいら、やっぱり不思議だったから、富半さんに訊いてみたんだ」

富半さんは、村にお代官様がいたことを知ってるか。そのお代官様に、佐伯右衛門介というお人はいたか。

「富半さん、何だって？」

「えらいびっくりしてた」

――平太おまえ、何でそんなことを知ってる？　お代官様がいたのは、俺なんぞも生まれる前のことだぞ。

おちかはちょっと身を乗り出して、平太の方へ顔を近づけた。

「何て言って言い訳したの？」

「山道でひっくり返ったとき、そういう夢を見たって」

山の神様がおいらに夢を見せてくれたのかな、と言ったという。

「偉いねえ。よく考えついたね！」

褒められて、平太はとっさに嬉《うれ》しそうな顔をしたが、すぐ男の子らしい強がりを取り戻した。

「山じゃ、いろんな珍しいことがあるだ。不思議なことはたいてい、山の神様のせいなんだ。お嬢さんは山の子じゃねえから、知らねえだけだよ」

これは一本とられた。

「富半さんは、お代官様の名前までは知らねえって。庄屋さんとこの古い文書《もんじょ》を見れば書いてあるかもしれねえって言った」

「金橋家は、それぐらい旧い家柄なんだね」

「うん。富半さんもそう言ってたよ。でね、教えてくれただ」

——このあたりの山はな、昔は粗末な雑木林ばっかりぼうぼうしてるだけの、使いどころのない山だったんだ。それを、土地を切り開いて肥やしたり、杉や松を植えたり、苦労に苦労を重ねて今みたいな銘木の産地に仕立て上げたのは、庄屋さんのご先祖なんだぞ。

なるほど、それで房五郎の話と平仄《ひょうそく》が合ってくる。金橋家が、為政者が替わっても代々小野木で権勢を保ち続けてこられたのは、そういう功があったからなのだ。

平太は、にわか仕込みの知識を頭に、再び山の祠《ほこら》に登った。はやの事件から、三日後のことであった。

「おいら、道がわからなくなってるんじゃねえかって心配だったんだけど」

富半たちとはぐれたあたりまでさしかかると、まるで糸に引かれるように、自然と足が進んだという。

その日も空はよく晴れて暑かった。南風が木々の葉を騒々しく鳴らしていた。平太が傾いた鳥居をくぐり、祠の方へと歩み寄ってゆくと、

「来たか」

後ろから声がした。振り返ると白い着物の女の子が立っていた。また、唐突に現れたのだった。

「約束を守ったな。感心、感心」

「おめが、はやの生き肝を抜くなんて脅かすからだ」

平太は強気で言い返した。本当を言うと、また女の子に会えてほっとしたし、ちょっぴり嬉しくもあったのだ。富半への言い訳だけでなく、平太自身、あれはみんな夢だったのではないかと思うときもあったからである。

女の子の髪は今日も涼しく風に揺れて、瞳《ひとみ》はぱっちりと明るかった。

「脅かしじゃねえ。本当にできる」

こっちゃ来いと、女の子は平太の腕をつかんだ。そして平太の胸、心の臓の上に掌《てのひら》をあてた。

突然の仕草に平太が固まっていると、

「うん、余計なことはしゃべってねえな」

女の子は満足げに笑った。

「何だよ」

「おまえに触れれば、おまえの心がわかる。嘘をついてれば、それもすっかりわかる」

平太から離れると、女の子は祠に近づいていった。そのとき平太は、初めて女の子が歩くのを見たわけだが、それがどうにも、普通に〈歩く〉動作とは違って見えた。

女の子の脚は見えない。着物の下の、その動きがわかるだけだ。

右、左と、足を交互に運んでいるように見えない。はっきり言うなら、足が二本あるように見えないのだ。さりとて、一本足でけんけんしているのとは、ぜんぜん違う。

――うねうね。

なめくじなんぞが這《は》うみたいにして進んでいるように見えた。女の子の華奢《きゃしゃ》な肩も、ちんまりした形のいい頭も、それにつられて左右に揺れるのだ。

またぞろ、平太の背中をぞわりが駆けのぼった。

女の子は平太に背を向け、着物の袖《そで》をまくり上げると、祠の奥に手を突っ込んだ。

「おい、何してるだ。そんなところを荒らしちゃ駄目だで」

平気のへいざで、女の子は祠から何かを取り出した。小さな拳にぎゅっと握りしめているのは、どうやら古びたお札《ふだ》の束のようである。

「平太、そら」

女の子はそれを平太に突き出した。

「これを持ってけ。こっそり隠しておくんだぞ。そいで、金橋の家の竈《かまど》で焼いて、灰にするんだ。その灰を、オラに持ってきておくれ」

平太は手を出さなかった。ことさらに両手を背中に回し、ぶんぶんとかぶりを振った。

「何だ、オラの言うことをきかないか」

はやの生き肝を抜くぞ、と脅かす。

「嫌だ」

「どうして嫌なんだ。はやが可愛くないか。おまえの目玉も惜しくねえのか」

「それはこの祠の神様のお札だろ」

触っちゃいけねえ。持ち出して焼いてしまうなんて、もってのほかだ。平太は女の子を睨《にら》み据えた。

「オラがいいと言ってる」

女の子は動じない。平太の怒りと恐怖の我慢が切れた。

「おめ、何ものなんだ？　どんな偉い家の子供でも、山の神様に逆らっちゃ、バチがあたるぞ！」

　腹の底に力を溜め、精一杯声を励まし、強く出たつもりだった。なのに、お札を握った拳を突き出したまま、女の子は可笑《おか》しそうに声をたてて笑い出した。今度は、三日前のあの老婆のような声ではなかった。軽やかに愛らしい、見かけ通りの少女の笑い声である。

　また脅されるよりも効き目があった。平太は拍子抜けして、息も抜けてしまった。

「心配するな。だからオラがその神様だ。この祠は金橋がオラのために設《しつら》えた祠だ」

　鳥居も、社も、みんなそうだ。

「おめが、神様？」

「そうだよ。いちばん最初に言ったろ？」

　確かにそうだった。三日前、はやを助けてくれたのはここの神様かという平太の戯《ざ》れ言《ごと》に、この女の子はこう返事をして現れたのだ。そうだよ、オラだよ、と。

　あのときは、そんなのは耳を通り過ぎてしまっていた。だって、誰が本気にするものか。真に受けられるはずがない。

　平太の口をついて出た問いかけは、

「何ていう神様なんだよ」

気づいてみれば、今の今までこの女の子の名前を訊《き》いていなかった。

「そうだなあ」

女の子は眩《まぶ》しげな、懐かしそうな目つきになった。

「今の小野木の者どもは、オラを何て呼ぶんだろう」

オラのことを覚えてる者は少ないかと、独り言のように呟《つぶや》く。

「おまえも金橋の家人なら、あの家で聞いたことはないか」

お早さん、と。

「さもなきゃ〈白子様《しろこ》〉だ。どっちか、聞き覚えはねえか」

どちらも、平太には初耳だった。

「知らね」

女の子は行儀悪くも舌打ちをした。

「チッ。金橋の恩知らずめが」

毒づく口調とは裏腹に、お札を握った女の子の腕が、にわかに力を失ってだらりと垂れた。小さな顔もうつむいた。それはいかにも無念そうで、痛々しく悲しげにも見えた。

平太の胸は騒いだ。

「そんな顔するなよ……」

何としても慰めてやらねばならないと思えてしまう。これを男気というのか。

「平太」

女の子はうつむいたまま平太を呼んだ。

「小野木の子は、お旱さんの謂《い》われを教わらないか。白子様の昔話を聞かないか」

「どっちも聞いたことねえ」

見れば、女の子の目頭にはうっすらと涙が滲《にじ》んでいるのだった。平太はますます狼狽《ろうばい》して、手をつかねるばかりである。

「な、泣くなって」

女の子の目から涙がぽとりと落ちた。

「オラはここから出たい。もう、こんなところに独りで閉じこめられてるのはたくさんだ」

「どうすれば出られるんだ？」平太は思わず前のめりになる。

女の子はすかさず件《くだん》のお札の束を平太の鼻先に突きつけた。

「これを焼いて灰にして、オラにくれ。そしたら、オラはここから離れられる。おまえなら、金橋の竈に近づけるだろう？」

勢いに呑《の》まれて（と同時に女の子の涙にも溺《おぼ》れて）、平太はお札を受け取ってしまった。

途端に、女の子の顔に笑みが戻った。

「それでいい。さあ、とっとと金橋に帰るんだ。けっして、オラの言いつけに背くんじゃないよ」

さあ、困った。

おいらは庄屋《しょうや》さんの馬子だなどと、見栄《みえ》を張ったのがいけない。廏番《うまや》の子供であるだけの平太など、金橋家の竈に近づくどころか、勝手口から出入りすることさえ難しいのだ。

金橋家の台所には、一日じゅう誰かしらが立ち働いている。平太なんかがうろちょろしていたら、盗み食いを狙っているのだろうと、疑われるに決まっている。女中たちに叱られたり追い払われるだけならまだしも、とっ捕まえられて絞られて、しかもそのお咎《とが》めがおとうの方にまで下りかかったら、取り返しのつかないことになってしまう。

古いお札を懐《ふところ》深く突っ込んで、連日、平太は独りで思い悩むことになった。今度ばかりは富半にも何も言えない。

無駄に日が過ぎてゆくうちに、平太の焦りと恐怖は募っていった。灯《ひ》ともし頃になると、今日こそはやの生き肝が抜かれてしまうのではないかと怖《おそ》ろしくなる。夜になれば薄べったい夜着の下で、己の目玉がくり抜かれてしまう夢を見る。朝が来て目が覚めると、今度は飛び上がるように起き出して、金橋家の廏に走ってゆく。はやの無事を確かめるまでは、生きた心地もしない。

——お早さんだか、白子さんだかよう。

心のなかで、必死に呼びかけた。

——短気をおこさないでおくれよ。おいら、約束を守ろうとしてるんだから。ホントに守ろうとしてるんだから。

そのときの想いを語る平太の顔には、切羽詰まった表情が蘇《よみがえ》っている。間近で見守るおちかには、その健気《けなげ》さが微笑ましかった。けれど、迂闊《うかつ》に笑ってはいけないと目元口元を引き締めていた。

「ひとつ訊いていい？」

目をしばたたきながら、平太はおちかを見た。

「どっか他所《よそ》の、たとえばあんたのうちの竈でお札を焼いて灰にして持って行こうとは思わなかった？」

「ごまかすのか？」

「うん、そうね」

平太の目がまん丸になった。「お嬢さん、なんてこと言うだ！　約束は、破っちゃならねえだ。いっぺん約束したら、守らなくちゃいけないいんだよ」

つまり、そんな手を使うことなど思いもしなかったのだろう。

「あんた、偉い」と、おちかは言った。

お早さんはお見通しだから騙《だま》せないとか、そんなことをして露見《ばれ》たら怖いとか、そういう言い分ではなかった。

約束は守らなくちゃいけない。いい言葉ではないか。

「な、何だよ」

平太が照れてひるんだので、おちかも遠慮なく笑顔になれた。

「信義を重んじる立派な男だって、感心してるんですよ。だからまたむくれないでね」

「お嬢さんは、ヘンだ」

ヘンで結構。

「鼻の下をごしごしこするんじゃありませんよ。皮が剝《む》けちゃう。で、結局あんたはどうしたの？ どんな手を使って金橋様の竈《かまど》に近づいたの？」

工夫も策略もなかった。ただ、平太にツキが回ってきたのだ。お札を持ち帰って十日後のことである。

「庄屋さんのうちで、夏風邪が出たで。庄屋さんも奥さんも、倅《せがれ》さんたちまでばたばた寝込んじまって」

当然、屋敷の内は上を下への大騒ぎになった。家人も女中たちも忙しく、病人の看護のために、台所では昼夜に変わりなく湯を沸かし続ける。

「おいら、おとうに言ったんだ。大変なときだから、おいらも何かお手伝いしますって。富半さんにも言ったんだ」

病人が増え、長引けば看護する大人たちも疲れてくる。何かと手が足りなくなる。非常時だから、うるさいことも言っていられない。こうして、平太は首尾良く竈の火の番に有り付くことができたのだった。

「ソンでも、お札の灰を持って祠《ほこら》に行かれるまで、半月もかかっちまった」

今度もまた糸に引かれるようにして山を登り、大いに冷や汗をかいた。

三度《みたび》まみえるあの女の子は、平太の目には、彼が祠に登り着くほんの少し前まで、今の今まで、

——泣いてたのか？

しゃがんで、ベソをかいていたように見えた。目も、鼻の頭も赤かった。

平太を見ると、着物の長い袖《そで》を跳ね上げるようにして立ち上がった。そして、また例の独特な身をくねらせるような動き方をして近寄ってきた。

「どんだけ待たすんだ！」

いきなりほっぺたを叩《たた》かれた。それでも平太は嬉《うれ》しかったし、女の子の泣き顔を

見て、鼻先がつんとした。

ああ、約束を守れてよかった。

「これ」

腰からぶらさげた、古手拭《ふるてぬぐ》いで作った粗末な巾着《きんちゃく》を差し出した。お札を焼いた灰が、いっぱいに詰め込んである。

女の子は平太の手から巾着をひったくった。口紐《くちひも》を引きちぎらんばかりに強く引っ張って開けると、手を突っ込んで灰をつかみとる。

「確かに金橋の竈で焼いたな？」

「うん。おいら――」

経緯《ゆくたて》を語ろうとする平太には目もくれず、女の子は手のなかの灰を自分の顔になすりつけ始めた。お札を焼いた灰は真っ白で、ふわふわと軽く、灰というより羽根のようだった。だが女の子の額やほっぺたになすりつけられると、それはみるみるうちに真っ黒に変わっていった。

「おめ……何してんだ」

女の子は聞いていない。夢中になって、首筋や肩にも灰をなすりつけ始める。さらに着物を脱ごうとするので、平太の冷や汗がいっぺんに吹き飛んだ。

「何ぼやっとしくさる。手伝え！」

女の子は帯を解き、着物を脱いで赤裸《あかはだか》になった。

「オラの背中に灰を塗れ！」

そう言って後ろを向いてくれたので、まだよかった。またぞろ目が回りそうだ。

ずっと着物の下に隠されていた女の子の脚は、二本揃っていた。

「けど、足首のところで縛ってあったんだ。やっぱり白い紐で、ぎゅうっとひとつに括《くく》られてたんだ」

だからあんな動き方をしていたんだと、くらくらしながら、平太は納得した。

「さあ、これでいい！」

身体じゅう、くまなく灰を塗りたくって真っ黒になった女の子が、高らかに叫んだそのときである。

祠から風が吹き出してきた。

子供なりに山に慣れている平太にも、経験したことのない出し抜けの突風だった。思わず身をかがめ、手で顔をかばった。

平太の後ろで、音をたてて鳥居が崩れた。祠の奥から社が転がり出てきて、地面に落ちて木《こ》っ端微塵《ぱみじん》になったかと思うと、突風にさらわれて舞い上がった。古びた三方も転がっていって見えなくなった。さらに驚いたのは、先日以来、同じ場所に置き去りになっていたあの荷の材木までが、荷綱が緩みがたついて、生きもののようにてんで勝手に転がり出してしまったことだ。まるでこの風に手や指があり、意志があってそうしているかのようだった。

砂利や小石が舞い上がって飛び交い、平太は目を開けていることができなくなった。かがんでいるだけでは足元から風に持って行かれそうで、地べたに突っ伏して背中を丸めた。何かが飛び去りざまに肩口をかすめていった。

やがて――

出し抜けの突風は、出し抜けに止んだ。砂利がひとつぶ、平太の首の後ろにこんと当たって、あたりが静かになった。

おそるおそる頭を持ち上げ、身を起こしてみる。

女の子の姿は消えていた。

祠は崩れ、岩壁がひび割れ、元の形を失っていた。鳥居ももう、跡形もない。

夏の空は青く、雲の切れっ端が、見上げる平太の鼻の頭に触れそうなところに浮かんでいる。

首筋に、背後からするりと腕が回された。そして女の子の声が耳元で聞こえた。

「さ、オラを村まで連れて行け」

姿は見えない。だが平太に触れる手が、胴が、脚がわかる。女の子は平太におぶさってきたのだ。

「しばらく、おまえの身体を借りることにする。そのかわり、おまえに面白いことをさせてやる」

さ、立ちや。女の子に促され、平太はよろよろと立ち上がった。背中の女の子には、重さというものが一切なかった。しかし感触ははっきりとある。

「お早さんの山走りだ。しっかり顔を上げて、目を開いているんだぞ」

人の身にはできんことだ！

次の瞬間、平太は走り出していた。走って走って、登ってきた道を駆け下りてゆく。いっぱいに鞭《むち》をくらったはやよりも速い。それでいて道からは逸《そ》れず、行く手を遮る木立の枝は素早くかわし、獣道の瘤《こぶ》にも崖《がけ》の縁にも足をとられることはない。

走っている。走っているはずだ。だが脚が動いている感じがしない。足の裏にも、地面が触れない。それにこの速さは、ほとんど飛んでいるかのようだ。いや、それよりもむしろ、

――滑ってる？

平太は巨《おお》きく滑らかでつるりとした何かに変わり、身体ごとまっしぐらに山の斜面を滑り下りてゆくようなのだ。

背中で、女の子が笑っている。楽しげに軽やかに、歌うように笑っている。そして大声で叫ぶのだった。

「そら、これが山走りだ！　お旱さんが山を下りるぞ！」

いつしか、平太も一緒になって笑い、歌い、叫んでいた。お旱さんが山を下りるぞ、お旱さんが山を下りるぞ！

風を受け、風に乗り、平太の頭のなかは真っ白になって、すうっと気が遠くなった。

――ああ、喉《のど》が渇いた。

水が欲しい、水が飲みたい。

目を覚ますと、家の寝床のなかにいた。枕元でおかあが青白い顔をしていた。

灰を提げて山に登ってから、まる一日が過ぎていた。そして金橋家と小野木の村では、水が逃げるという騒動が始まっていた。

伊兵衛の描いた竹林の七賢人を背に、平太はぼうっと、魂が抜け出てしまったみたいになっている。

語ったことで体験が蘇《よみがえ》り、陶然としているのだ。酔っぱらっているのだ。おちかは間近に子供の瞳《ひとみ》を覗《のぞ》き込んで、それが震えているのを見た。怯《おび》えているせいではない。また走っているのだ。平太の頭と心は、また山走りをしているのだ。

人の身にはできぬ速さで山を駆け下りる。歌いながら笑いながら、滑るように。

「大丈夫？」

そっと腕を叩いてやると、平太の瞼《まぶた》がゆっくりと下がり、それがまばたきに変わって、顔に生気が戻った。

「あれ？　おいら……」

おちかは平太に白湯《さゆ》を出してやった。

「思い出すだけで、また心をとられてしまうような出来事だったんだね」

平太は恥ずかしそうに首を縮めた。湯飲みを持とうとする手つきがおぼつかない。

「あんたが山から帰って寝込むのは、それで二度目のことでしょう。お父さんもお母さんも、さぞ心配したでしょうね」

「うん。でも」

平太が目を覚まし、無事なようであるならば、両親も深くは気に病まなかった。暑気あたりか腹へりだろう。やたらとそこらをほっつき歩くから悪いんだ。

もちろん、平太一人にかまけていられなかったということもある。

「水がなくなっちまうって、もう村じゅうが大騒ぎになってるって」

「あんた、すぐ打ち明けたの？　お旱さんのこと」

平太は目を伏せてかぶりを振った。

「お旱さんが、誰にも言うなって」

おいらのここで——と、掌でそっと胸を押さえる。

「ここじゃなくて、頭ンなかにいるような気がするときもあったけど」

「今も？」

「うん」

うなずいたけれど、ちょっぴり自信がなさそうな顔だ。

「江戸に出てきてからこっちは、お旱さん、しゃべらなくなっちまったから。小野木にいるときは、よくしゃべってたのに」

寂しげに目が翳《かげ》った。

「あのときは、うちで目を覚ましたら、おかあがそばからいなくなった途端に、おいらの胸の奥でしゃべり出したんだよ」

——一日で正気づいたか。おまえ、オラが見込んだだけのことはある。

「山走りをやると、大の男でも三日は起きられないんだって」

平太はもちろん、声の主である女の子を探した。夜着に絡まったままきょろきょろしていると、笑われた。

——しばらくおまえの身体を借りると言ったろう。おまえは依代《よりしろ》だ。

飯を食え。水を飲め。もっと元気をつけて、あっちこっち歩こう。おまえが歩くそばから、水が逃げる。

——小野木の水を、全部なくしてやる。オラが飲み干してやるんだ。

そうして平太はようやく、女の子が本当に神様であることを、〈お旱さん〉の謂《い》われを、小野木の土地との因縁を、深く知ることになったのだった。

「昔むか〜し、庄屋さんのご先祖様が小野木の山を拓《ひら》いてるころ」

植林に励む人びとを悩ませたのは、毎年春と秋にこのあたり一帯を襲う強い雨と、そのあとに起こる鉄砲水だった。

「とりわけ鉄砲水は怖かったんだって。お嬢さん、鉄砲水って何だかわかるだか？」

「川が溢《あふ》れることでしょう？」

おちかの返答に、平太は厳《いか》めしい顔でかぶりを振った。

「違うよ。ただ水が出るだけじゃねえだ」

長雨で川の水かさが増え、山の地盤が緩み、土砂が崩れたり、木々が倒れたりする。増水で太くなった川の流れは、それらの土砂や倒木を浚《さら》って押し流すが、

「川がうねってるところとか、谷地《やち》で狭まってるところなんかだと、押し流しきれなくなっちまうんだ」

するとと土砂や倒木がそこに溜《た》まり、川を堰《せ》き止める恰好《かっこう》になる。

「ずうっと堰き止めてるならいいだ。溜め池になるだけだから。けど、そういう堰

き止めは、ちゃんとした土手じゃねえ。泥と木が積み重なってたまたまそうなってるだけだから、山の上の方からどんどん雨水が流れてくると、いつかは堰き止めきれなくなっちまう」

そして一気に決壊して溢れ出し、ごうごうと山を駆け下って、村のある裾野《すその》まで流れ落ちてくる。これが鉄砲水だ。ただの大水ではなく、土砂や倒木も含んでいるからなおさら怖《おそ》ろしい。これにやられては、田畑も人家もひとたまりもない。

「鉄砲水はな、長雨や強い雨が止んで、空が晴れて、地べたなんかが乾いたころになってから起こるんだ。早瀬や川に沿って来ることが多いけど、まるっきり見当外れのところで起こることもある」

土砂崩れが起きて、そこに雨水が溜まれば、どこであろうと条件が揃ってしまうからだ。

「だけど、鉄砲水が来るまで少しでも間があるならば、先回りして何とか手を打つことはできないのかしら」

無理だよと、平太はかぶりを振った。

「人の手じゃ堰き止めをどうすることもできねえだ」

小さな堰き止めなら人手を集めて少しずつ水をかい出したり、流れを塞《ふさ》いでいる土砂や倒木を取り除いて始末することができる。だが、それにはまず場所がわからなくてはならないし、わかったとしても、大雨のあとの山に入って、そこまでするとたどり着けるかどうかが難しい。着いたとしても、足場が悪ければ危険なだけだ。

「それに、下手に堰き止めをいじって、かえって鉄砲水を呼んじまうことだってあるからさ」

小野木では、本当にそういう不幸な事例が起こっているのだという。

「難儀だね……」

思わず、おちかも腕組みをしてしまった。

「昔の小野木じゃ、せっかく植えた松とか杉を、何度も鉄砲水にやられたんだ。村も壊されて、人が大勢死んだって」

もともと小野木は水の豊富な山筋で、川は幾重にも枝分かれし、早瀬も湧き水も多い。なのに雑木の山のまま長いあいだ住み着く者がいなかったのは、鉄砲水の出やすいこの地形のせいだったという。

「いよいよ、これはもう山の神様にお願いするしかねえってことになっただ」

しかし、村にはまだ、小野木の地に詳しい者などいない。そう、このころ小野木はまだ〈庚之木〉であった。周辺に散在する村や、幾重にも重なった山の向こう、砂金のとれる土地に住み着いて鑪《たたら》を生計《たつき》としている山の民たちを頼り、ようよう、小野木の山には〈お白様《しろさま》〉と呼ばれるヌシ様がおられるらしいということを突き止めた。

「それでね、山の麓《ふもと》にお白様をお祀《まつ》りする立派な社を建てて、わざわざ城下から霊験あらたかだって評判の修験者《しゅげんじゃ》を頼んでさ」

「お白様の力で大雨が降らないようにしてくださいって、お願いしたのね」

違うよと、平太は拳《こぶし》でぽんとおちかを打つような真似をした。

「お嬢さん、やっぱりわかってねえだ。雨が降らなかったら、森も畑も枯れちまうだろが」

「だから、手頃な雨だけ降らしてくださいってお願いしたんでしょう？」

「雨に手頃があるもんかよ」

そうじゃなくて、鉄砲水が出なくなるようにお願いしたんだ、という。

「それ、難しくないかしら」

「造作ねえだ。堰き止めができたら、そこに溜まった水を、お白様にそっくり呑《の》んでもらえればいいんだもん」

あっと思った。確かに、理屈としては通っている。

「山のものは、もともとみんなお白様のもんだ。だから雨水だって呑んでもらえる。お白様の腹ンなかに帰るだけだからな」

真新しい社で、修験者が護摩《ごま》を焚《た》き祈念を捧《ささ》げて五日目の夜、月夜の山がにわかに騒いだ。

「お白様の、最初の山走りだ」

ヌシが山を下り、村の社に入ったのだ。人びとの願いが届いたのだ。

「お旱さん――このときはまだお白様だけど、みんながそりゃもう手厚く拝むんで、まあ、聞いてやってもいいかなって思ったんだってさ」

遊び仲間のことでも語るように、平太は言った。その目は明るく、頬は誇らしげに上気している。

「庄屋さんのご先祖さんとか、集まってた小野木の人たちみんなが見たんだ」

社の奥に座す、白い着物に白い帯、黒い切髪を散らした愛らしい女の子の姿を。

「ヌシ様は童子《わらし》のお姿だっていうんで、〈白子様〉って呼ぶようになったんだよ」

それ以来、小野木ではぴたりと鉄砲水が止んだ。どんな大雨が降り、大きな堰き止めができようと、溜まった水は一夜が明けないうちにきれいに干上がる。

山の開拓は進んだ。鉄砲水さえなければ、水脈の豊富な山は宝の山だ。十年、二十年、三十年と経つうちに、庚之木は小野木になった。村は栄えた。金橋家の財力も増した。村の守護である白子様の社は、いよいよ手厚く祀り上げられるようになった。

「白子様は、庄屋さんの家の神様にもなったんだよ」

金橋家の繁栄は白子様の守護あってのものだから、山の神、村の神だけではなく、家神、屋敷神としても尊ばれるようになったということだろう。

小野木の生み出す富が領主の目にも留まり、代官が置かれたのもこのころのことである。金橋家は庄屋として正式にこの地の差配を認められることになった。

万事、めでたい話である。

「なのに、何がいけなかったの？」

おちかの問いに、平太の瞳《ひとみ》からすっと光が消えた。おぼつかなげに指を動かし、

「お社を作って、えっと、五十七年経った年の秋のはじめに、な」

小野木一帯で大きな地震《じぶる》いが起こった。

「あたりの山の形や、川の流れが変わっちまうほどの地震いだったんだって」

銘木の森は手痛い打撃を受けた。また、人も大勢死んだ。金橋家の屋敷も、あろうことか白子様のお社までもが倒壊した。

小野木の人びとが狼狽《ろうばい》し、恐怖したのは言うまでもない。秋は長雨、大雨のある季節である。地震いに鉄砲水で追い打ちされては、村は壊滅だ。だが今は庄屋の屋敷まで倒れる有様《ありさま》である。お社も、瓦礫《がれき》を取り片付けるのが精一杯で、それさえ人手が足りなかった。

「このお社じゃ、白子様のお名前と着物にちなんで、真っ白な帷子《かたびら》をご神体にしてたんだけども」と、平太は言った。「お社が壊れちまったとき、帷子も匣《はこ》ごと潰《つぶ》されちまって、汚れて破れて」

それでも金橋家では何とかそれを取り出して、手元で祀ることにした。城下や他の村落に通じる道が地崩れで塞がれてしまい、このとき小野木はまったく孤立していたので、ご神体にあげる灯明《とうみょう》にも事欠くほどだったという。地震いで井戸水が濁り、汚れた帷子を浄《きよ》めることさえできない。

白子様がお怒りにならねばよいが——。

家屋を失った村人たちが、掘っ立て小屋に破れ筵《むしろ》を掛け、余震に怯《おび》えながら暮らすうちに、天候が傾き始めた。雨雲が寄せて来たのである。

大地震いから五日後、小野木の地に雨が降った。三日三晩降り続く長雨になり、人びとは崩れ落ちたままのお社を拝み、白子様の守護を願うしか術《すべ》を持たなかった。

しかし鉄砲水は出なかった。

やれ嬉《うれ》しや、お社が失くなっても白子様のご加護はある。村人たちは胸を撫《な》で下ろした。

日が経ち、曲がりなりにも付の復興が進むうちに、次の雨が来た。今度は一日であがったが、槍《やり》ぶすまのような大雨だった。

それでも鉄砲水は出なかった。

いや、実を言うと出なかったのではない。このころにはようよう道も復旧し、他の村落との往来もかなうようになっていたので、じきに噂が届いたのだ。

山ひとつ向こうで、鉄砲水があったと。

「小野木から越えてゆくには便の悪い方角で、急な尾根だから、植林もしてなかったところだったんだ」

小野木から見れば、あさっての場所ということである。

「昔は金掘《かねほ》りの人たちが入ってたこともあっただけど、とっくに掘り尽くしちまってな。いるのは獣と鳥ばっかりだった」

そのときの鉄砲水は、過去に小野木を襲ったものと比べれば、ずいぶんと規模の小さなものだったそうだ。それでも、村に直撃していたら、また被害が出ただろう。

「白子様が鉄砲水を逸《そ》らしてくだすったんだって、村じゃ、また拝んでさ」

拝んで拝んで、感謝した。その感謝が、次の年の春に、ようよう新しいお社を建てることにもつながった。もっとも、元のような立派なものにはとうてい及ばぬ仮社ではあったのだけれど、村人たちの想いがなければ、それさえかなわなかったろう。

さて、そこから先、話は気が長くなる。一年どころか、五年、十年、二十年をひと束に括《くく》っての話になる。

平太はなぜか、言いにくそうな口つきになった。

「小野木にはね、ずうっと鉄砲水が出なくなったんだよ、お嬢さん」

「それほどの年月、ずっと？」

「うん、ずっとね」

雨の多い土地柄に変わりはなかった。山続きの他所《よそ》の土地、他所の村では鉄砲水を見ている。ただ、小野木は被害に遭わなくなった。少しずつ、村は豊かさを取り戻していった。

「庄屋《しょうや》さんも代替わりして、新しい庄屋さんになってさ」

最初に誰が言い出したのかわからない。わかったとしても、それはその人ひとりの考えではなく、村の者たちみんな――切れる頭から拙《まず》い頭まで、みんなの頭と心のなかにぼんやりと浮かんできつつあったものを、たまたまその誰かが口に出したというだけのことだったろう。

あの地震いで、小野木を囲む山は形を変えた。地形が変わったのだ。

「だから鉄砲水が逸れるようになったんじゃねえかって」

実際、早瀬の流れや水脈にも変化が起きていた。地震いの前には豊富だった湧き水が何箇所か涸《か》れてしまったり、井戸が使えなくなったり、新しい井戸を掘るために、水見《みずみ》をしなければならなくなった。

「〈水見〉ってのはね、このへんを掘ったら井戸が作れそうだって、場所を探して見当をつけることだよ。小野木じゃ、地震いがある前には、そんなのいっぺんだってやったことなかったんだって。どこを掘っても水が出たからさ」

以前よりも、小野木は水に困る土地になった。しかし鉄砲水の恐怖からは解き放たれたのだ。

「それは白子様のご加護じゃないの？」

尋ねるおちかを、平太は下からそおっと窺《うかが》うような目つきで見た。

「おいらはね、そう思うよ」

だが、当時の小野木の大人たちはそう思わなかったのだ。

「白子様のお社はね、いろいろ他に費《つい》えがあったから、そのときもまだ、仮杜のまんまだったんだ」

地震いから二十九年が経っていた。

「いくらなんでもこのまんまはどうかって、庄屋さんとこにみんなで集まって相談して、そのときにね」

――もう、そこまでして白子様を仰ぐこともねえだろう。

とうとう、そんな言葉が飛び出した。

「白子様は、山のヌシだよ」

「うん、そうだよね」

「ヌシってのはね、本当は神様じゃねえんだって。ヌシは山の獣だから」

歳をとった獣だ。山でいちばん偉い獣だ。小野木ではそれを神様と仰いできた。願いを聞き届けてくれたから。

だが、元を糺《ただ》せば、それは神ではない。

白子様は確かに鉄砲水を防いでくれた。鉄砲水を起こしそうな堰《せ》き止めができると、そこに溜《た》まった水を呑《の》んでくれた。

裏を返せば、白子様がしてくれたのはそれだけのことだろう。

「だって地震いは防げなかっただ」

何となれば、地震いは山を治めている〈本当の神様〉の計らいだったからだ。

理屈は、付けるところに付く。

「このへんで、白子様には山に帰っていただこうってことになったんだよ」

おちかは思った。山賊に襲われる心配がなくなったので、用心棒が要らなくなったというのと同じじゃないか。

「お代官様からも、新しい社を建てるお許しは出なかったんだ」

村の社であっても、それを建てる費用を庄屋が負担するのであっても、代官の許可がなければ建てることはできない。

村の大人たちが付けた理屈に、小野木が生み出すようになった富を少しでも多く吸い上げたい代官の——ひいては領主の欲が上乗せされることになったのだ。

「ちょっと待って」と、おちかは指を一本立てた。「そのときのお代官様の名前、あたしに当てさせてくれない？」

佐伯右衛門介でしょう。

平太はバツが悪そうにうなずいた。「富半さんは、富半さんのお爺《じい》から、立派なお代官様だったって聞いたって」

「でも白子様のことは軽んじてたのね」

「身に染みて、鉄砲水が怖いってこと、わかんねかったんだよ」

それは代替わりした庄屋も同じだったのではないか。

「それじゃ、あんたが見つけた祠《ほこら》は、村のみんなが白子様に山に帰っていただくためにこしらえたものだったんだね」

「うん。これからはここが白子様のお住まいですよって」

山のヌシは納得したろうか。やれやれ、これでやっと面倒《めんどう》な用心棒稼業から解放されたと、喜んだろうか。

ひとたび神として村人に仰がれたことのある、幼い女の子の姿を借りたヌシは。

そうは問屋がおろさなかった。

「白子様、機嫌悪くしちまって」

平太の言い様を聞いていると、幼なじみの話でもしているかのようだ。

「だって、そんなの勝手だもんな」

けしからんとお怒りになったのだ。女の子だけに、拗《す》ねたのかもしれない。

「ご神体の帷子《かたびら》を祠に遷《うつ》すと、ほとんどすぐに、小野木じゃ水が涸れるようになっちまったんだって」

井戸が涸れる、湧き水が涸れる、灌漑《かんがい》用水が涸れる。

「白子様がみんな呑んじまうんだ」

家のなかの水瓶《みずがめ》まで空になる。

もっとも被害が甚だしかったのは庄屋の金橋家だった。白子様を屋敷神、家の神として祀《まつ》ったことのある家だから、白子様の怒りも激しかったのだ。茶碗《ちゃわん》の水もたちまち消えたというのだから凄《すさ》まじい。

平太は鼻からため息を吐《つ》く。

「ソンときにね、庄屋さんだけでも、あいすみませんでしたって謝って、また白子様を大事にすればよかったんだけど」

人は勝手な生きものだ。願いをきいて便宜をはかってくれるあいだは有り難がり、言うことをきいてくれなくなれば途端に忌み嫌う。

「所詮《しょせん》はケダモノだ、理《ことわり》が通じねえって」

三十年前には、昔、白子様に願いを聞き届けてもらうために呼んだ修験者を、今度は白子様を封じるために呼び寄せた。

「そのころだよ。白子様のこと、〈お旱さん〉て呼ぶように変わったのは」

白子様が次から次へと水を呑んでしまうので、小野木だけはあたかも旱に遭ったような景色になってしまったことから、誰からともなくそう呼ぶようになったのだ。

「さんが付いてるだけ、まだよかった」

混ぜっ返すつもりではなく、おちかはそう言った。平太はぷっと笑った。

「お旱さんは、〈様〉じゃねえのが軽々しいって怒ったんだ」

怒っても怒っても、お旱さんは修験者の力には勝てなかった。仮社は壊された。お旱さんは山の祠に封じられ、以来、永い年月をそこで過ごすことになったのである。

次第に、遠く忘れ去られながら。

これらはすべて、富半さえ生まれる以前の出来事である。平太がたまたまたどり着いた祠が、荒れ果てていたのも無理はない。

いつの間にか平太は、彼に宿っているお旱さんを慰めようとするかのように、小さな手で胸元を撫《な》でている。おちかもそれに倣い、胸に掌《てのひら》をあてて考えた。

お早さんが修験者に勝てなかったのはなぜだろう。霊力が弱かったのか。所詮はケダモノだったからか。人びとの信が離れたら、どれほど腹が煮えようと、すごすごと引き下がるしかなかったのだろうか。

「小野木は、今でも鉄砲水に遭わねえよ」

ぽつりと、平太は呟《つぶや》いた。

「村には立派なお社があるけど、そこの神様は、何か小難しい漢字ばっかり並べた名前の神様だ」

件《くだん》の修験者が、これこそ古《いにしえ》よりこの地の神であると託宣した神様だそうである。

「そんなところへ、あんたはこの夏、お早さんを連れて帰ってしまったんだね」

そして小野木では再び水が涸れ始め、人びとはやっと、はるか遠い昔に封じた小さな〈神〉のことを、驚愕《きょうがく》と狼狽《ろうばい》と共に思い出したわけである。

「だけど、ずいぶんよね」

おちかは思わず腕組みをした。

「今度という今度は、あいすみませんでしたって謝ればいいのに。これまでのご無礼をお許しくださいってね」

しかし、小野木の人びとが、金橋家が、山奉行与力の、おそらくは知恵者であろう戸辺様がしたことは、逆だった。お旱さんを邪《よこしま》と決めつけ、平太もろとも江戸へと厄介払いしたのである。

「おいらもね、庄屋さんたちに、祠を直してお供えをして、よくよく頼んでくださいって言ったんだよ」

頭から叱られただけだったそうだ。

「叱らなかったのは、富半さんだけだで」

富半は平太を可愛がってくれていたし、彼の爺様から、その昔この地に現れた白子様が、たいそう可愛らしい姿をしていたことを聞いて覚えていた。

「わっしらのヌシ様はヌシ様ながら子供なんだから、大人が大人らしくふるまって、事を分けてお願いせにゃいかんでしょうって、口添えしてくれたんだけど」

それも、甲斐《かい》はなかった。だからせめてもということで、富半は村を追われる平太についてきてくれたのだという。

「だけど、お旱さんもよくあんたと一緒に来たねえ」

山のヌシならば、土地を追われることにはもっと怒りそうなものだ。

「おいらにもわかんね。けど、お旱さんはずっとおいらと一緒にいるよ」

一向に、離れる様子はないという。

「江戸見物をしたかったのかもね」

平太は大真面目に考え込んだ。ごめんね、ふざけただけよとおちかが謝る前に、

「もっと、水がいっぱいあるところに行きたかったのかもしんねえ」

心の内側に問いかけるかのように、ちょっと首をかしげて言った。

「おいらも、もしもお旱さんがいなくって、独りで江戸に出されたら、寂しくってしょうがなかったし」

平太が〝独り〟ならば、そもそも江戸へと追いやられることはなかったのだから、言うことが混乱している。だが、おちかの胸に、今の言葉は温かく染みた。

「あんた、お旱さんと仲良しなんだね」

平太ははにかんだ。女の子と仲良くしているところを、大人にからかわれた男の子そのまんまの顔だった。

「今、お旱さんは何かおっしゃってる？」

お言葉があるなら伺いますと、おちかは平太の方に耳を寄せてみた。

「――水が欲しいって」

「わかった。ちょっと待っててね」

おちかは黒白の間を離れると、早足で台所へ向かった。水瓶を覗《のぞ》いてみる。水は満ちていた。ついで井戸端へ走った。ちょうどおしまがいた。青菜を笊《ざる》に積み上げて、水をかけて洗っているところだった。

「おしまさん、井戸は使えるよね？」

おしまはきょとんとした。いいのいいのと、おちかは笑った。

平太のお旱さんは、平太の願いをきいて我慢してくれているのだ。

さぞ喉《のど》が渇いたろう。おちかは両の袂《たもと》を帯に挟むと、手桶《ておけ》いっぱいに水を汲《く》んだ。

その夜。

夕餉《ゆうげ》の場で、おちかは叔父叔母《おじおば》に平太とお旱さんの話を語った。

平太は新太と飯を済ませ、今夜から新太と同じ座敷で寝《やす》むことになっている。おちかたちがまだ膳《ぜん》を囲んでいるうちに、湯屋から戻りましたと二人で顔を見せにきたが、その様子では、まだ互いに互いを用心深く横目で窺《うかが》っているようだった。

「ありゃあ、犬と犬が、お互いの臭いを嗅《か》ぎ合ってるのと同じだね」

さて次は嚙《か》みつき合うか吼《ほ》え合うかと、伊兵衛は人の悪い評し方をする。

「それにしたって、今度もまたずいぶんと辛《つら》いお話だねえ」

時折、箸《はし》を使うのも忘れておちかの話に聞き入っていたお民は、遠くの山を眺めるような目になっている。

「親元から引き離されて、遠くから江戸へ出てくるだけでも心細かったろうに、そんな大変なものを背負って……」

叔母は勝ち気な人だが、こと子供の話になると情にもろいところがある。

「なあに、心配ないさ。うちでしっかり面倒《めんどう》みてやろう」

三島屋では、夜になっても水が逃げることはなかった。お旱さんは我慢を続けてくれている。

おちかは、平太と新太のいる四畳半の座敷に、水瓶《みずがめ》をひとつ置くことにした。二人の丁稚《でっち》が最初に力を合わせて行った仕事は、その水瓶を台所から運ぶことだった。平太には、その水が少なくなってきたら、いつでも好きに井戸から汲んできて足していいと言ってある。それでも夜のうちには空《から》になってしまうだろうから、朝は真っ先に水汲みに行くんですよと。

事情を知らない新太には、薄気味悪くも、滑稽《こっけい》にも感じられる座敷の水瓶だろう。平太は進んでその理由《わけ》を語るだろうか。二人がうち解けるきっかけになるかもしれないことなので、おちかは敢《あ》えて、新太には何も話さずにおいた。

「ああやって無事に湯屋から戻ってきたところを見ると、お旱さんは湯は嫌いらしい」

伊兵衛は呑気《のんき》なことばかり言う。

「何なら、お店《たな》にも家のなかにも、あっちこっちに水瓶を据えておけば、お旱さんもご満悦になるんじゃなかろうかね」

「嫌ですよ、まるで雨漏りでもしてるみたいじゃありませんか」

それらの水瓶に、一日じゅう水を足して回らなければならないとなると、手間もかかる。

「あたしもそれは心配なんです」と、おちかは言った。「平太を引き取ってくださったことは本当に有り難いですけれど、あの子にとっては、うちはいい奉公先ではないと思うんです」

おちかの心には、平太の言葉が引っかかっているのだった。

――お旱さんは、もっと水がいっぱいあるところに行きたかったのかもしんねえ。

「お旱さんが平太に宿ったまま素直に江戸へやって来たのも、小野木の地が、昔のような水の豊かな土地ではなくなってしまったとわかったからじゃないかしら」

「水がたくさんあるところでないと、本当の力が出せないのかもしれないよねえ」と、お民もうなずく。「馬の生き肝を抜くだの、平太の目玉をくり貫《ぬ》くだの、そんな物騒な言葉もみんな脅しでね。小野木にいたときのお旱さんには、もうそんな力はなかったんじゃないのかねえ」

伊兵衛は顎《あご》の先を捻《ひね》りながら、「うむ」と応じた。「それはお民の言うとおりだろうな。お旱さんには、小野木の人たちにバチをあてることもできなかったわけだし」

　そしてつとおちかに目を向けると、

「どうしてだと思う？」と尋ねた。

　おちかより先に、お民が答えた。「ですから、お旱さんの力の源は水だから」

「それだけかねえ」

　おちかは、黒白の間でも考えたことを口にした。「小野木の人たちの信心が離れてしまったことが、いちばんいけなかったんじゃないでしょうか」

「信心か」と、伊兵衛は呟《つぶや》いた。

「村人たちに嫌われたこと？」お民は忙しく考えている。「背を向けられたこと」

　嫌われ、厭《いと》われることは、神様だって辛いだろう。

「そうかね。しかし、祟《たた》り神こそもっとも力の強い神様だというよ。小野木の人たちだって、平太と一緒に山を下りてきたお旱さんが片っ端から水を吞《の》んでしまうことには、大いに恐れたろうし」

　伊兵衛は何を言いたいのだろう。おちかはお民と顔を見合わせた。

「お旱さんは泣き虫だよねえ」と、伊兵衛は微笑みながら言った。「こんなところに独りで閉じこめられているのはもうたくさんだと泣くし、平太がお札の灰を持って三度目に山の祠《ほこら》に登ったときには、待ちくたびれてベソをかいていた」

小さな女の子の泣き顔は、大いに平太の心を揺さぶったのだった。

「私には、その三度目のときのお旱さんの泣きベソが、なんとも悲しく思えるんだ。ひょっとするとお旱さんは、平太が言いつけを忘れて、もう戻ってこないと思っていたんじゃなかろうか」

永いこと忘れ去られていたヌシ様は、今度もまた忘れられて、平太に置き去りにされたのだ、と。

「しかし平太は律儀者だった。ちゃんと約束を守った。だからお旱さんは、平太と一緒に〈山走り〉をすることができたんだ」

そうして小野木に帰ってきた。小野木でまた水を呑み込んでみせて、永い忘却からも帰還したのである。

「小野木の人たちも、お旱さんを思い出した……」と、おちかは言った。「ならばお旱さんは、力を取り戻すことができたはず。叔父さんはそうおっしゃりたいのね？」

「うむ。だがそうはならなかった。お旱さんは平太と一緒に、あっさりと小野木の地を追い出されてしまった」

いったい——と、伊兵衛は天井へ目を上げる。

「神様でも人でもさ、およそ心があるものならば、何がいちばん寂しいだろう」

それは、必要とされないということさ。

「三十年前、お早さんが修験者に負けたのは、そのせいだよ」

この夏も、小野木の人たちを驚かせ、困らせることはできたものの、それ以上のことはできなかったのも、そのせいだ。

「お早さんはもう、小野木では必要とされなくなっていた。三十年前も今も、それはまったく変わっていない。だからお早さんは、本当の力を取り戻せないんだよ」

「必要って――それこそが信心でしょうよ」と、お民が口を挟んだ。

「信心そのものではないね。だが、信心の素《もと》となるものだ」

伊兵衛の言わんとすることが、おちかにはぼんやりわかってきた。寂しいお早さん。そのお早さんの涙に打たれた平太。今もひっそりと、お早さんと一緒にいる平太。

必要とし、必要とされる。平太はそれを、あの子なりに、〈水がいっぱいあるところ〉という言い方で表したのかもしれない。

「今後の平太の身の振り方を考えてやるには、そこが肝心だという気がするよ」

まあ、当座はうちで躾《しつ》けてやろうと、またぞろ呑気な口調に戻って、伊兵衛は言う。

「とりあえずは、新太と気が合ってくれるといいんだが」

「男の子のことですからね、一度や二度は取っ組み合いの喧嘩《けんか》でもやればいいんですよ。それがいちばんの早道よ」

平太がもし、また雀を落とすようなことでもしでかしたら、今度は泣いてなんかいないで飛びかかって張り倒してやれと、新太を焚《た》きつけてみようか。

「うちでは、あの子は平太でいいんですよね。染松なんて、丁稚《でっち》にはおかしな呼び名ですよ」

ああ、それそれと伊兵衛は破顔した。「先代だか、今の代だか知らないが、金井屋さんの旦那《だんな》には、馴染《なじ》みの芸者でもいるんじゃないのかね。その名前を丁稚にくっつけて、うっかり呼んでも障りがないようにしている、とかね」

お民は笑っているが、おちかはちょっぴり呆《あき》れた。もしもそれが当たっていたなら、男というものは、しょうがない。

「叔父《おじ》さん、金井屋さんの商いは何だと思います？」

おちかは〈朱塗りの算盤《そろばん》〉の意味が気になるのだが、伊兵衛にもわからないという。

「金井屋さんのなかの符丁だろうね」

「房五郎という人は威張りん坊のようだから、格別な意味はないいんじゃないの。あんまり重く考えることはないよ」

お民は眉《まゆ》をひそめて言うのだった。この叔母《おば》は、子供にすぐ手をあげる男が大嫌いなのだ。

さて、その夜更けてのことである。

三島屋の人びとは、ただならぬ悲鳴に叩《たた》き起こされた。一度ならず二度、三度と叫んでいる。わあわあと叫ぶばかりで言葉がないが、新太の声に間違いない。

たちまち、主人夫婦とおちか、番頭の八十助、女中のおしまの五人は、狼狽《うろた》えているわ寝ぼけてはいるわで、狭い廊下で額をぶつけそうになったり押しっくらをしたり前になったり後になったりしながら、新太と平太の寝る四畳半へと駆けつけた。

「新太！」

真っ先に唐紙を開け放ったのは八十助だ。最初、勢いのよかったおしまは、一同が廊下で団子《だんご》のようになっているあいだにも新太の叫び声が続いたものだから、このときはほとんど腰が抜けかけていた。

おちかは二番手についた。

昔は納戸だった部屋で、窓のない四畳半には明かりも差し込まない。

「新太？　新太どうした？」

八十助が手探りで踏み込んでゆくと、

「番頭さぁん！」

新太が身体ごと飛びついてきたものだから、受け止めた八十助は仰向《あおむ》けにひっくり返ってしまった。おちかは八十助に足払いをくった恰好《かっこう》で前につんのめった。きゃっと言って倒れた目の先に、平太の顔があった。小さなお月様のように白い顔で、膝《ひざ》を抱き丸くなっている。

八十助に抱きついた新太は、それでもまだじたばたもがきながらわけのわからぬことを叫んでいる。しきりと後ろを指さしては、あれ、あれ、あれがあれがと泡を吹かんばかりだ。

おちかが据えた水瓶《みずがめ》である。

「水瓶がどうしたんだい？　新太、しっかりしなさい」

お民が新太を抱き取って、歯の根も合わずにがたがた震えているのを一喝した。

「おしま、新太を奥へ連れて行こう」

着替えさせてやりなさい、という。見れば新太はおもらしをしている。女たちはあわただしく新太をひったてて去った。

伊兵衛は、なぜか笑っている。堪《こら》えきれぬという顔つきだ。さすがのおちかも呆れたが、叔父が平太を見つめていることに気づいて目を返した。

平太はぬうっと下くちびるを突き出して、苦り切っていた。

「――何があったの？」

あいつがいけないいんだよと、平太はむっつり言った。いくらか、弁解の口調である。

「厠《かわや》まで行くのが面倒《めんどう》だとか言って」

水瓶のなかに小便しようとしくさって。

「せっかくお旱さんが気分よく納まってたのに、起こしちまったんだ。そうでなくたって、頭のてっぺんに小便たれられそうになったら、誰だって怒るだべ？」

だからお旱さんが悪いんじゃねえよ。

とうとう伊兵衛が笑い出した。腹を抱えている。そのうちに平太も尖《とが》り口のまま、えへへと笑い出した。

おちかは、そおっと水瓶を指さした。

「今も、いらっしゃるの？」

平太はかぶりを振った。

「もう出てきちまったよ。おいらと一緒にいる」

おちかは膝でずって行って、水瓶のなかを覗《のぞ》き込んでみた。やっと暗さに慣れた目に、底にわずかに残った水が見えた。

「お旱さんも大変な災難だった」

伊兵衛は笑いすぎて目に涙を浮かべ、何とか呼吸《いき》を整えた。

「ご機嫌を直して寝《やす》んでくださいと、おまえからよくお願いしておくれ」

うん――と平太は頭を下げる。

「ところで番頭さんはどうしたんだべ?」

八十助である。まだひっくり返ったままなのだ。

「腰が、腰が」と呻《うめ》いていた。


水瓶のなかから、ぬるりと女の子が出てきたという。

新太の目にしたお旱さんは、平太が語ったとおり、切髪に大きな瞳《ひとみ》の愛くるしい顔立ちをしていたらしい。

が、〈ぬるり〉というのがミソである。

「おへそから上は、おいらたちと同じだったんですけども」

足がなかった。

「なめくじとか蛇みたいに、こう、ぬるっとしてたんです。ゆで卵みたいに真っ白でちょっと透き通ってて、うねうねっと」

その半身をくねらせるようにして水瓶から出てくると、大きな目を怒らせて、

——こらぁ!

新太を叱りつけたそうである。

死ぬほど怖い想いをした新太には気の毒だが、一同はあらためて笑った。笑えなかったのは腰が痛い八十助だけだ。

お早さんの真のお姿は、どうやら蛇体であるらしい。山のヌシ様は巨《おお》きな蛇なのだ。平太が出会った祠《ほこら》では、ちゃんと足があって、ひとつに括《くく》られていたというが、それはお札によってそこに封じられていたことの印に過ぎなかったのだろう。

そういえば平太は、〈山走り〉のとき、走っているのではなく滑っているようだと話していたではないか。

あらためて、おちかは感じ入った。大きな真っ白い蛇が、背中に子供を乗せて、雑木をへし折り下草を薙《な》ぎながら、風を巻き起こして山から里へと下りてゆく——

「お詫《わ》びに、夜が明けたら真っ先にあの水瓶を隅から隅まできれいに磨きあげるんだぞ。それで、もう二度といたしませんと誓って、許していただきなさい」

やがて伊兵衛は、丁稚《でっち》小僧の頭をふたつ並べ、こっつんこをして言い聞かせた。

「おまえたち、これであいこだ。平太は新太に、雀を落としたことを謝る。新太は平太に、お早さんに無礼をはたらいたことを謝る。いいな？」

二人は気まずそうに、ごめんなさいを言い合った。

先ににやりとしたのは平太である。

新太はほっぺたを引き攣《つ》らせたままだ。すると平太が、新太の耳元に顔を寄せて何か囁《ささや》いた。新太の目がまん丸になった。

「ホントか？」

うんと、平太は真顔になってうなずいた。

次には、二人で顔を合わせて笑った。

翌朝、おちかが起き出してみると、二人の丁稚は助け合って水瓶を洗いあげ、水汲《く》みに励んでいた。

あとでおちかはこっそり新太を呼んで尋ねた。「昨夜《ゆうべ》、平どんはあんたに何て言ったの？　みんなには内緒にするから、教えてちょうだい」

平太は彼に、こう言ったという。

――おいらも、最初にお旱さんに睨《にら》みつけられたときは、小便ちびった。

おちかも夜中の伊兵衛のように笑い転げてしまった。

こうして平太は三島屋に溶け込んだ。野育ちだ、役に立たぬと金井屋の房五郎は悪罵《あくば》していたけれど、使ってみればそんなことはない。力は強いし、返事がいいし、よく働く。新太にかなわないのは、お行儀だけである。

運悪く腰を打って数日寝込んだ八十助を介抱したのも平太であった。この番頭は痩《や》せていて小柄なので、

「大丈夫か番頭さん？　厠なら、おいらがおぶって連れてってやるよ」

などと労《いたわ》られていた。

三日経ち、五日経ち、十日経った。半月が過ぎても、三島屋では一切、水が逃げることはなかった。お旱さんは平太が新しい奉公先に馴染《なじ》んだことを知り、喜んでいるのかもしれない。我慢を続けてくれている。四畳半の水瓶は日に何度も空《から》になるので、おちかは気をつけて満たすようにした。台所と廊下の隅にも、新しくお旱さん用の水瓶を据えた。

ちょっぴり残念なのは、あたしはまだお旱さんに会えないということね——

水を足すついでに覗き込んでみても、見えるのは水のきらめきだけである。

丁稚を一人加えた三島屋は、つつがなく新年を迎えた。

年始回りと来客の応対にあわただしい三が日が過ぎ、初売りも大繁盛で大忙し、明日が七草《ななくさ》という日のことである。

金井屋の房五郎が訪ねてきた。

「手前どもも年始客で賑《にぎ》わいましてな」

挨拶《あいさつ》も早々に、険のある口つきをする。

「三島屋さんには、元気のいい丁稚小僧が一人増えたと噂に聞きました」

黒白の間の床の間には、まだ松と千両を活《い》けてある。房五郎はその花器にもちらりと目を投げた。

「一方で、三島屋さんとそのご近所で、水が涸《か》れる、水が逃げるという噂は、さっぱり聞こえて参りません」

それが悔しい、という顔だ。

「どうやら、染松の厄介な性癖は抜けたようでございますね。三島屋さんで矯《た》めていただいたということならば、重々お礼はいたします」

染松を返していただきましょう。

「あれは手前どもの奉公人でございます」

お言葉ですがと、おちかはいずまいを正した。「昨年末に、あの子は三島屋でお預かりすることになったはずです」

「預けましたよ。あの性癖が手に負えぬからやむを得なかったのです」

治ったとなれば話は別です、という。

「手間賃なり染松の食《く》い扶持《ぶち》なり、三島屋さんの、かかりはお支払いいたします」

「お金のことを申し上げているのではございません」

せっかくこの家に馴染んで、新太という仲間もできたところなのだ。また引き離すのは酷ではないかと、おちかは頑張った。

「まあまあ、お嬢さん」

房五郎は急に、おちかの機嫌をとるような顔つきになった。

「卑しい馬子のために、私とあなたが言い合いをするのも大人げない。染松はもともと金橋家の雇われ者。親も子も、金橋家に尽くすことこそが身の程でございます」

　平太は卑しくなどない。

「金橋様がそうお望みなのですか」

「筋ですよ。筋目でございます」

　今度は教え諭すような言い方をする。

「まだ若いお嬢さんにはおわかりにならんでしょうが、金の貸し借りと奉公人のやりとりには、商人《あきんど》にとって大切な道理というものがございます。その道理をそっちのけに、いちいち奉公人の側に立っておられては、お嬢さん、そのうち彼奴《きやつ》めらに舐《な》められますよ」

　新年早々怒りたくなかったけれど、おちかはかっとなった。

「それならば、わたくしよりもよくよく商人の道理を心得ている叔父《おじ》に訊《き》いて参りましょう！」

　言い捨てて、後ろ手で唐紙を閉めて出た。あんまり廊下を踏み鳴らしたので、何事かとおしまが覗いたほどである。

　ところが、意外なことに伊兵衛は言った。

「じゃあ、平太を返しておやり」

「叔父さん！」

よしよし――と、こっちでも宥《なだ》められる。「確かに、成り行きからいったら、平太を金井屋さんに戻すのが筋目と言えば筋目だ。そんな鬼のような顔をするんじゃないよ、おちか。そういう顔になってしまったら困るだろう」

いつか平太に言ったことを、言い返されてしまった。

「あの子の身の振り方については、私も思案していると言っただろう？　これもその思案のうちだ。心配しなさんな」

伊兵衛は自信たっぷりなのである。

「金井屋さんには、こっちでの出来事など教えなくていい。平太には、いっぺん金井屋さんに挨拶に帰るだけだと、私が話そう」

「そんないい加減な」

「いい加減じゃないよ。見ていてご覧。あの子はすぐにも、うちに戻ってくるから」

平太には、今もお旱さんがついているのだから。

「叔父さん、何をお考えなんです」

おちかは怪しんだ。

「さあね。お旱さんのお考え次第だよ」

妙に楽しそうに、伊兵衛は懐手《ふところで》をした。

「私も房五郎という人にはちくと腹の煮えるところがあるけれど、仕置《しおき》のほどはお早さんにお任せしてみようじゃないか」

伊兵衛の命に、平太は逆らわなかった。本当に挨拶に帰るだけと信じたとは思われない。それでも素直に従った。

金井屋の房五郎に連れられてゆく後ろ姿は寂しげだった。あわただしく見送ったおちかは、とって返してやっぱり叔父さんに掛け合い直そうと思うのを堪《こら》えるのが辛《つら》かった。

新太は驚き、しょげかえった。短いあいだに、この二人はすっかり仲良くなっていたのだ。

「そのうち、おいらをちゃんとお早さんに会わせてくれるって言ってたのに」

半ベソをかき、七草粥《がゆ》もろくに口にしなかったほどである。

「平ちゃん、金井屋さんでまた苛《いじ》められやしないでしょうか、お嬢さん」

おしまも八十助も同じように案じている。律儀者の八十助は、これで新太が伊兵衛を恨みに思ったりしないよう、強いて説教などしていたけれど、おちかと二人になると、

「旦那《だんな》様も何をお考えなんでしょうな」

訝《いぶか》しそうに、癒《い》えた腰をさすっていた。

さて、二日後の朝のことである。

三島屋の表はすでに賑わい始めている。おちかとおしまが奥の掃除を終えてひと息ついているところに、新太が血相を変えて飛んできた。

「お、お嬢さん。熊が来ました！」

熊のような大男が、おちかに会いたいと、店先を訪ねてきたというのである。

とっさにピンとくるものがあって、おちかも表へと飛んで出た。〈熊〉には八十助が応対していて、きらびやかな三島屋の売りものに見とれてくださるはずの客たちが、この大男と小さな番頭の組み合わせを、呆れたように口を開けて見物している。

「もしや、金橋家の富半さんでしょうか」

当たりであった。印半纏《しるしばんてん》に股引《ももひき》、がっしりとした肩と首、毛深い腕にもじゃもじゃの眉毛《まゆげ》、なめし革のように日焼けした顔。

見上げるような大男は、ぺこりと頭を下げた。土の匂いが、ぷんとたつようだった。

「へい、わっしが富半でございます」

どれほど勧めても、富半は三島屋の座敷にあがろうとしなかった。そんな身分ではないというのである。

おちかは彼を勝手口から台所へ通して、そこで向き合うことにした。平太のことを心配しているおしまも、一緒にいる。

「平太のことでは、こちらの皆様にはえらくご心配をいただきましたそうで、ありがとうごぜえます」

富半の言葉にもやや訛《なま》りがあった。

「あいつは今、わっしの宿に待たせてあります」

深川黒江町《ふかがわくろえちょう》の商人宿だそうだ。あのあたりには材木商が多い。

「じゃ、平どんはまた金井屋さんから追い出されてるんですか？」

おしまが急ぐ。富半は申し訳なさそうに頭をかくと、

「そういう次第になりました。んでぇ、わっしが連れ帰ることになったんでごぜえますが、その前にこちら様にはお礼を申し上げるべきだと思い直しまして」

「平どんは無事なんですか？　また折檻《せっかん》されたんですか？　小野木へ帰ることは本人も承知してるんですか？」

おしまがさらに急ぐので、おちかは窘《たしな》めた。

「そんなにきゅうきゅうお尋ねしちゃいけませんよ。順に伺いましょう」

へい――と、富半は大きな身体でかしこまり、日焼けのせいで細かな皺《しわ》がたくさん寄った目元を緩ませ、おちかを見た。

「お嬢さんは、平太が言っていたとおりの方でごぜえますなあ」

この五日に、富半は小野木から出てきた。金井屋への年始挨拶《あいさつ》という名目で、主人に願い出て許されたのだ。無論、平太のことが気になったからである。

すると平太はいなかった。三島屋に預けられていたからである。その間の事情と、金井屋でもやっぱり水が逃げたことを、富半は番頭の房五郎から聞かされた。

「あのお方は、いい厄介払いになったというようなことをおっしゃいましてなあ」

しかし富半は違った。

「まさかあなたも、筋の筋目のとおっしゃるんじゃないでしょうね」

まだ勢いの落ちないおしまが突っ込むのに、富半は苦笑いで答える。

「そんな堅苦しい話じゃあござぜえません。わっしはただ、平太がこちらではご迷惑をおかけせずにおれるなら、もしかするとお旱さんがおとなしゅうなったのかもしれんと思いました。あるいは三島屋さんで、お旱さんをおとなしゅうさせる、何かの工夫をなすったのかもしれん、と」

三島屋でも水が逃げているならば、困るのは金井屋と一緒のはずである。ならばと富半は考えたのだ。

「番頭さんから、三島屋のお嬢さんは不思議なお話に慣れていて、その不思議を解いてみせるらしいとも聞かされておりましたから、なおさらでござぜえます」

だからそれは誤解だというのに、房五郎はまだそんなことを言っていたのだ。

「それに金橋の主人からも、江戸で平太の様子が落ち着いていたなら、いっぺん連れ戻してこいと言いつかってもおりました」

小野木の庄屋《しょうや》は、けっして奉公人に酷《むご》い人ではない。平太のことも哀れんでいた。〈水が逃げる〉という椿事《ちんじ》さえ収まったならば、親元に戻してやりたいという考えがあったのだ。

「あらまあ」おしまがくるりと目を動かした。「あたしはまた、庄屋さんというのはみんな、小作人や奉公人には鬼のような人だとばっかり思っていましたよ」

おちかは笑ったけれど、実は笑えない。何となく、そんなふうに思っていた。

ところが、富半がそれを房五郎に切り出してみると、朱塗りの算盤《そろばん》を預かるという番頭は、まったく違う受け取り方をした。金橋家の意向が〈平太を連れ戻せ〉ということにあるのならば、ただもう真っ直ぐにそうしなければならぬというふうに。

「それで番頭さんが、私が三島屋さんに行って平太を連れてくると」

融通がきかぬとは、こういうことを言う。

「わっしのような田舎者が掛け合っても駄目だとおっしゃいましてな」

――あんたじゃ、三島屋さんに言いくるめられるだけですよ。

房五郎という男は気が小さいのだ。平太に困らされているときは、三島屋に預けてしまって目先の難事が解決すると、ああ厄介払いできたと思う。なのに、金橋家からひとつ違うことを言われると、今度はそっちばかりに夢中になって、自分が預けた平太を、まるで三島屋に騙り盗《たかと》られたかのように思い始め、しゃにむに取り返そうとする。だからあんな居丈高な言い様にもなったのだろう。

お店者《たなもの》のこういう小心と、忠義の心は表裏ひとつだ。一概に悪いとばかりは決めつけられないが、しかし面倒《めんどう》な男だ。

「そうして一昨日《おとつい》、六日に平太を連れ帰られましてな」

平太はしょんぼりしていて、富半の顔を見ても、富半から「小野木に帰れるかもしれねえぞ」と言われても、喜ばなかったそうである。

しかも、平太が戻るとすぐに、金井屋では再び水が逃げ始めた。

お早さんはお怒りだ。金井屋と金橋家には、まだ怒っておられるのである。

「わっしもお止めしたんでござえますが」

富半は苦しそうに口を濁した。

「房五郎さんはまた怒って、平太を折檻なすったんですね？」

おちかの問いに、もじゃもじゃ眉毛を八の字に下げてうなずいた。

このときは、富半も金井屋に泊まっていた。すぐ平太を連れ出して他所《よそ》へ宿をとろうと思う余裕もなく、房五郎はさんざんに平太を叩《たた》き、叱りつけ、挙げ句に手足を縛って裏庭の物置に放り込んでしまった。

止める富半を、「おまえも金橋様と金井屋に仇《あだ》する気か！」と罵《ののし》ったという。

「わっしは夜、こっそり寝間を抜け出して、物置まで参りました」

物置の戸には大げさな錠前がかけられており、富半には開けてやることができなかった。声をかけると、平太の細い声が聞こえてきた。ああ、生きていると思うと、まずはひと安心した。

しかし平太は弱っていた。身体や心が弱っていたのではなく、困《こう》じ果てていたという方の意味である。

──どうしよう、富半さん。

お早さんはいよいよ激怒しておられる。

──このまんまじゃ、番頭さんが危ないよ。

おちかはおしまと目と目を見合わせた。おしまがつつとおちかに身を寄せる。

「危ないって、どう危ないんです」

富半にもそれはわからなかった。なにしろ相手は山のヌシ様である。霊力がある。

──お早さんはどこにいる？

──おいらから出ていっちまった。呼んでも返事がねえだ。

平太は平太で、もしもお早さんが番頭さんにひどいことをしたら、ここは江戸で、小野木の城下なんかよりもっと強い修験者がいるかもしれず、今度こそお早さんは退治されてしまうのじゃないかと、そっちを案じていた。

「で、どうなすったんです」おしまはおちかの肘《ひじ》につかまりながら急《せ》かす。

「どうもできませんわい。わっしは平太と二人、途方に暮れました」

そうこうしているうちに、金井屋の奥でわあっと人声がした。房五郎の声のように聞こえたが、すっとんきょうに裏返り、

「助けてくれ、助けてくれ！」

二度叫んだと思ったらぷっつり絶えた。

富半は雨戸を突き破らんばかりにして奥へ戻り、廊下を走った。先夜の三島屋と同じような騒ぎが、金井屋でも起こったわけである。

そして駆けつけた房五郎の寝間で、富半は見たのだった。

「ひと抱えはあるようなぶっとい胴の」

と、両手で大きさを示してみせて、

「丈は六尺に余る真っ白い巨《おお》きな蛇が、番頭さんを頭から呑《の》み込んでおったです」

蛇の口先から、房五郎の手が覗《のぞ》いていた。空をつかむような恰好《かっこう》で固まっている。凍りついて見守る金井屋の人びとの前で、大蛇は赤い舌をちらりと出すと、その手の先まで呑み込んでしまった。

——げぷ。

大蛇は満足げに吐息した。その、子供の拳固《げんこ》ほどありそうな目が爛々《らんらん》と光った。その光に打たれ、人びとはアッと仰《の》け反《ぞ》ったかと思うとみんな気を失ってしまった。

我に返ったときには、大蛇は消えていた。

「わっしら、朝まで生きた心地がしませせなんだ」

灯をともして大蛇を探そう、番頭を助けねばならぬとかけ声だけはあがるのだが、誰も立ち上がれない。

「富半さんも？」

おちかが尋ねると、大男はもじもじした。

「わっしは……」

「まるっきり動けないわけじゃなかったんでしょう」

富半は手練《てだ》れの山頭だ。山で起こること、山のヌシのことなら知識を持っている。金井屋にいる江戸者たちとは根性も違うだろう。畏《おそ》れ入ってしまって身動きできなかったはずはない。

「ああいうときは……騒いでも無駄だと思っておりましたんで」

うわあと、おしまが震えた。

朝になり、お天道様が照らしてくれると、金井屋の人びともようよう生気を取り戻し、動き出した。と、間もなく、今度は井戸端から女中の金切り声が聞こえてきた。

察するところのあった富半は、人びとをその場に押しとどめておいて、一人で井戸端へ走った。

すっかり涸《か》れた井戸の脇に、房五郎が倒れていた。

「お早さんが吐き出したんですなあ」

房五郎は血の気が抜け、身体が冷たくなっていたが、息はあった。しかし赤裸であった。下帯ひとつ身につけていなかった。

さらに。

「毛が、ですな」

「毛が？」と、おちかとおしまは声を揃える。「どうしたんです」

「すっかり消えておりました」

身体じゅうの毛という毛が消え失《う》せて、つるつるになっていた。髪も眉も髭《ひげ》も、すね毛さえ失くなっていたのである。

毛が——と、おしまが呆然《ぼうぜん》と呟《つぶや》いた。

「つるつるに？」

それから、まるで噴火でもするみたいにどっと笑い出した。反り返って笑い、身を揉《も》んで笑い、腹を抱えて笑う。

やっぱり笑ってしまったおちかも、これにはさすがに気が咎《とが》めた。おしまさんたら、と窘《たしな》めたが、それでもおしまの笑いは止まらない。

「す、すみませんねえ」

本人も笑い涙を流しながら謝っている。

「いやあ……わっしも腰を抜かしそうになりましたんで」

富半も控え目に笑っている。

「今、房五郎さんはどうなさっているんでしょうか」

「今朝方やっと正気づきまして、命には別状ありませんようです」

受け答えもはっきりしているし、手足も滑らかに動く。ただ、大蛇に呑まれた前後のことは、まったく覚えていなかった。

「じゃあ、その……毛が失くなってしまったことについても」

どうしたことかと惑乱しているという。まわりも説明に困っているらしい。

ようやく笑いやんでいたおしまが、ここでまたぷっと噴いた。

「目が覚めたら、つるつる」

「おしまさん、人が悪いですよ」

「はいはい、あいすみません」

富半は平太を連れて金井屋を出て、今の宿に落ち着いた。平太は手当が要るような怪我はしていないが、飯を食わせて休ませているそうだ。

そこまで聞けば、おちかにはもう、気になることはあとひとつだけしかない。

「お旱さんは？」

富半は、立派な大人が、実は嬉《うれ》しいのだけれどその嬉しさを外に表してはいけないことを承知しているときにする、とってつけたような大真面目な顔をした。

「戻ってきて、平太と一緒におりますだ」

「平どんがそう言ってるんですね？」

「へい。あいつは、一丁前にお旱さんを叱っておりますだ」

――あんなことしちゃ、駄目だべ。

「今度こそ退治されちまうで、と」

その様が目に浮かぶようで、今度は三人とものびのびと笑い合った。

富半は大きな手で大きな顔を拭《ぬぐ》うと、肩の荷をおろしたように、ひとつ息をついた。

「最初に小野木で騒動が始まったときは、わっしも肝が冷えました。お旱さんを宿したまんまじゃ、下手をすると平太は殺されてしまうかもしらんと思いましたで。けども、平太と江戸へ出てくることになって、ずっと一緒におりましたら、あれとお旱さんはすっかり仲良くなっていて、離れたらどっちも寂しいんだっちゅうことがわかりましてな」

そう気づくと、平太の身の振り方こそ心配ではあったけれど、くよくよ悩むことはなくなった。江戸は広い。小野木とは違う。何とかなるだろうと思ったのだ。

「だから、お二人で水芸を観に行ったりしたんですね」

富半は大いにあわてた。「平太め、そんなことまで申し上げましたかあ」

水芸人には申し訳ないけれど、おちかも一緒に見物してみたかった。

「けども、わっしがそんなふうに緩んでいたせいで、平太が折檻《せっかん》されることになって、可哀相なことをしました」

「金井屋さんが悪いんですよ」と、おしまは容赦ない。「ちゃんと平どんの話を聞いて、お旱さんにも丁寧にお願いすればよかったんです。うちじゃ、それでちっとも困ることはなかったんですから」

金井屋では、こうなった以上はもう本当に平太を置くことはできぬと言っている。だから富半は小野木に帰ろうとしているわけだが、

「その前に、平太がお世話になったこちら様に、ひと言お礼を申し上げたいと思いましたんで」

おちかは富半に、房五郎が平太を連れ帰ろうとしたとき、伊兵衛が口にした謎めいた言葉を説明した。

「するとこちらの旦那《だんな》様は、察しておられたんですなあ」

平太がまた金井屋で苛《いじ》められたなら、お旱さんが黙っていないということを。

「どうやら叔父《おじ》には、平太のこの先についても考えがあるようなんです」

おちかは膝《ひざ》を揃えて座り直した。

「いかがでしょうか、富半さん。今度こそ本当に、平太をこの三島屋に預けていただけませんか。庄屋《しょうや》の金橋様には、神田三島屋の主人伊兵衛という者が平太の請け人となってしっかり後見するということで、お許しをいただけませんか」

おしまが目を輝かせて身を乗り出した。

「平どんだって、江戸にいたいでしょう。このままお早さんを小野木に連れて帰ったって、元の木阿弥《もくあみ》になるだけですもんねえ」

富半は長く考えなかった。その目が和らいでいる。

「実は平太も、お許しいただけるなら、またこちら様で働きたいようでございます」

台所の水屋の陰で、かたりと物音がした。三人が振り返ると、新太が転んでいる。じっと隠れて盗み聞きしていて、立とうとしたら足が痺《しび》れたらしい。

「よかったね、新どん」

おしまが囃《はや》すように声をかけた。

「また平どんと喧嘩《けんか》できるわよ！」

新太は照れ笑いしながら逃げていった。

それから一刻《いっとき》もしないうちに、平太は三島屋に戻ってきた。富半はその足で小野木に向けて発《た》った。

鏡開きでは、平太と新太は競い合ってたらふくお汁粉を食べた。お旱さんの好みはわからないが、おちかは小さな椀《わん》のお汁粉を、四畳半の水瓶《みずがめ》のそばに供えてみた。翌朝見ると、それは空になっていた。甘いものが嫌いではないらしい。

小野木からは、すぐには報《しら》せがなかった。富半も姿を見せない。平太は三島屋で仕事を覚え、新太と一緒に忙しく、面白い日々を過ごした。新太はお旱さんにも勘弁してもらえたらしく、冷たい霙《みぞれ》が降った朝、件《くだん》の水瓶に向かい、

「今日はえらく冷えますから、ちょっと温《ぬく》めましょうか？」

話しかけているところを、おちかは見た。

そうこうしているうちに、ようやく、小野木から文が届いた。

厳しい冬にこそ、山頭の仕事は多いらしい。富半は小野木を離れられず、文を寄越したのである。そこには、庄屋金橋家が出した麗々しい許し状も同封されていた。平太を正式に三島屋伊兵衛に預けるというのである。

「よかったね」と言いつつ、おちかは別の心配をした。「でも平どん、今度はちょっくらちょっと小野木に帰れなくなったよ。お父さんお母さんに会えないのは辛《つら》い

でしょう」

平太は気丈だった。短いあいだに、すっかり江戸の奉公人らしくなった。

「帰っても、おいらのせいでおとうとおかあが肩身の狭い思いをするんじゃ、何にもなんねえもん。江戸でちっとでも稼げるようになって、仕送りする」

このころ、口入屋の灯庵老人が、三島屋を訪ねてきた。伊兵衛に呼ばれたらしい。真っ直ぐ彼の座敷にあがって、ひそひそ話している。かと思えば、袋物の職人たちに弁当を届けたり、薪《まき》割りをしたり、掃除をしたり、きりきり立ち働いている平太の姿を、物陰から窺《うかが》っていた。

おちかに会うと、「おや、お嬢さん」

おちかは丁寧に挨拶《あいさつ》した。

「あの子の身の振り方が決まるまでは、今のお話が続いてるってことで、次の不思議話の語り手は、うちでお待たせしてありますぞい」

本当にそんなに順番を待っているのか、おちかは今ひとつ信用できない。

灯庵老人も禿頭《とくとう》である。いつ会っても、油を引いたようにてらてらしている。

「叔父さんは、灯庵さんに何をお願いしているんですか」

油頭《あぶらあたま》の老人は、蝦蟇《がま》のような笑い方をした。それこそヌシみたいである。

「それは伊兵衛さんにお聞きなさい」

おちかにはさらにひとつ訊きたいことがあった。

「詮索《せんさく》はいけないけれど、気になるんです。金井屋さんの商いは、何ですか」

質屋だと、口入屋はあっさり答えた。

「金橋さんは小野木の銘木で大儲《おおもう》けをして、江戸で質屋の株を買いなすったんだ。金井屋は、金橋家の分家筋にあたる」

そして急に粘っこい口調になると、おちかを諫《いさ》めた。「なあんだ金貸しかと、卑しむような顔をなすったが、いかんな。それにああいう商いでは、むしろ奉公人の躾《しつけ》にうるさいくらいでちょうどいい」

房五郎も、ただの意地悪ではないのだ。

「江戸者が、土地神様というものに慣れていないが故に軽んじて、間違いをおかした。それを笑いものにするのもいかん。あんただって、どういうはずみで神様を怒らせるか、わかったもんじゃないのだぞ」

不思議話の聞き集めなんぞをしていたら、なおさらじゃ。

説教をぶっておいてから、今度は酔っぱらった蝦蟇のように笑った。「房五郎さんもよほど懲りたらしい。あれから、いくらか目下の者たちに優しくなったよ」

ありがとうございましたと、おちかは頭を下げた。

それから数日後のことである。伊兵衛がおちかと平太を座敷に呼んだ。

「ほかでもない、平太の今後のことだ」

平太はちょっと身を縮めた。おちかも驚いた。

「このまま三島屋にいては、何か不都合があるんですか」

「平太に不都合はない。私らにもない」

しかし、お旱さんには不都合だろうと、伊兵衛は言うのだった。

「平太、おまえは先《せん》に言ったそうだね。お旱さんは、もっと水のいっぱいあるところに行きたいのだろう、と」

平太は不安そうにおちかを見てから、うなずいた。「はい、申しました」

水のいっぱいあるところ——それは即ち、お旱さんが必要とされるところだ。

「だから、私がその手を考えてみたんだけども」

伊兵衛の顔に、いたずら小僧のような笑みが広がった。

「おまえ、船頭になる気はないか？」

江戸の船頭たちは、猪牙《ちょき》や荷足船《にたりぶね》で人や荷物を運び、川や堀割を行き来する。屋形船や花火船で、多くの人びとを楽しませる仕事もする。

「山がちの小野木では考えられないことだろうが、この江戸では、水路は道と同じなのだよ。そこらの細い堀割も、あの大川も、みんなそうだ」

伊兵衛の碁敵《ごがたき》の一人に、深川で荷足船の頭《かしら》を務める人がいる。平太をそこへ寄越さないかという話があるというのだ。

「普段は醤油《しょうゆ》や塩を積んだ船を走らせているんだが、深川あたりの船屋の役目はそればかりじゃない。この神田は高台だから、すぐにはピンとこないだろうがね。あのへんは埋め立て地だから、大雨が降るとすぐに水が出る。御番所の本所《ほんじょ》深川方には、鯨船《くじらぶね》という特別な拵《こしら》えの船が備えてあって、大水の際には人を助けたり、水辺の守りを固めたり、大切なお役目を果たしている。そのために、腕のいい船頭が要るのだ」

おまえも、そんなふうになってはみないか。

「お旱さんという、強い味方もいることだしね」

確かにお旱さんならば、大嵐のなかでも、船頭が安全に船を走らせることができるよう、助けてくださるだろう。大水が出たら、早々にそれを呑《の》んでくださるだろう。

おちかは心の目を開かれる思いだった。

お旱さんが、必要とされるところ。

「最初は見習いだよ。船頭はみんな気が荒いから、うちより辛い思いもするだろう。男気がなくっちゃ務まらない仕事だ。しかし、おまえならできるだろうと、私は思う」

おちかは平太を見た。平太はまだ身を縮めていたが、さっきとは顔つきが違っているような気がする。

「おいらがそうしたら、旦那《だんな》さんは、お早さんも喜ぶとお思いですか」

伊兵衛は戯《おど》けるように両の眉毛《まゆげ》を上げ下げした。「さあねえ。それはおまえが、お早さんにお伺いしてみたらいいだろう」

大きな瞳《ひとみ》の、鼻先をつんと上げた女の子は、どう答えるだろうか。

ひと晩、平太は考えた。新太とも相談したらしい。

翌日になって、伊兵衛に返事をした。

「おいら、船頭になります。きっとなれるように、頑張って務めます」

この話のとりまとめには灯庵が入った。平太は三島屋の人びとと別れを惜しんで、深川へと向かった。

おちかはとうとう、お早さんには会えずに終わった。

その晩の夕餉《ゆうげ》の折、伊兵衛は平太のお祝いだと、珍しく晩酌をした。

「お早さんが海の水でも苦しゅうないと仰せなら、漁師にする手もあったんだがなあ」

例の呑気《のんき》な口調で、楽しげに言う。

「品川あたりの浜座敷に遣《や》ることも考えたんだよ。大潮のときでも、潮干狩りが楽しめようじゃないか」

「叔父《おじ》さんたら、そんなことばっかり」

おちかはお民と笑い合った。

「でもねえ、ちょっと気になるんですよ」

お民は母親のような目をしている。

「平太とお旱さんは、これからもずうっと一緒にいるんでしょうか。いえ、一緒にいていいものなんでしょうかねえ」

人とヌシである。人と、小さくても神様である。

「いつかは別れることになるんだろう」と、伊兵衛は言った。「あの子が育ち上がって、近くにいる、生身の女の赤い蹴出《けだ》しに目を惹《ひ》かれるような年頃になったらさ」

神様というものは、人のそういう生臭さを嫌うだろうからね。

「だからといって、やたらに悲しむのも、また筋が違うだろう。人と人同士だって、出会えばいつかは別れるものだ」

「お旱さんも、本当に必要とされるところに落ち着けば、平太と離れても、もう寂しくないでしょうからね」

おちかは自然と微笑した。いつか、白い着物の女の子が、平太にこう言って手を振る様を思い浮かべて。

──もう、おまえはオラがいなくっても平気だな。

サヨナラだよ、と。

サヨナラがいちばん辛《つら》かったのは、新太である。平太が去って、半月ばかりは見る影もなく落ち込んでいた。もう用のなくなった四畳半の水瓶《みずがめ》を片付けるときには、ため息ばかりついていた。

この話の真の締めくくりは、まだうんと先のことになりそうだ。平太が一人前になり、彼の颯爽《さっそう》と操る船に、三島屋のみんなで乗り込むときが来るまでは。

「そのときは、平太がいつもはどんな船に乗っていようと、屋形船にしてもらいましょう。ご馳走《ちそう》をたくさん運び込んで、賑《にぎ》やかに食べるのよ」

おちかはそう言って、新太を励ました。

そのお返しだろう、新太はひとつ、他の者たちには内緒の話をしてくれた。

「平ちゃんが、おいらをお旱さんに会わせてくれたことがあるんです」

真夜中、お旱さんが四畳半の水瓶に納まっているところを、新太は見たというのである。

あの、死ぬほど驚かされたときとは違っていた。新太は平太に促され、

──今なら、お旱さんが、おまえに顔を見せてもいいって。

明かりもない四畳半で、おそるおそる水瓶のなかを覗《のぞ》き込んだのだ。

「どんな女の子だった？」

耳を寄せ、小声で聞き返すおちかに、新太もさらに声を落とし、でも抑えようのない喜色を滲《にじ》ませて、身振り手振りでこう言った。「目がまん丸で、ほっぺたが雪みたいに真っ白で、切髪がおでこでさらさら揺れていて」

それはもう可愛らしかった、と。

愛らしいものについて語るとき、語る者も愛らしくなる。新太の頬は上気して、照れながら誇らしそうでもあり、おちかもくすぐったくなってしまった。

水瓶のお旱さんは、すまし顔だった。

――なんだ、おまえがオラに小便かけようとしたバチあたりな小僧か。

そして口を尖《とが》らせたけれど、すぐに笑ったという。

千の鈴を振るような、佳《い》い声で。

解説

細谷正充

本書『あやかし〈妖怪〉時代小説傑作選』は、女性作家による時代ホラーを集めたアンソロジーである。個々の作品に触れる前に、まずは歴史・時代小説における女性作家の流れを、簡単に俯瞰《ふかん》しておこう。

このジャンルで、女性作家の道を切り拓《ひら》いたのは、永井路子《ながいみちこ》と杉本苑子《すぎもとそのこ》である。一九五〇年代にデビューしたふたりは、六〇年代から本格的な執筆活動に入り、長年にわたり優れた歴史・時代小説を書き続けた。その後ろ姿を追いかけるように、何人かの女性作家も誕生。歴史・時代小説界での、女性作家の地位を確かなものにしたのである。

そして一九八〇年代に、新たなエポックが訪れる。宮部《みやべ》みゆきがデビューしたのだ。ミステリーと並んで、時代小説にも意欲的に取り組んだ作者は、多数の作品を発表。作者の登場以降、歴史・時代小説のジャンルで、女性作家が増大することになる。

さらに二〇〇一年には、畠中恵《はたけなかめぐみ》が『しゃばけ』で、第十三回日本ファンタジーノベル大賞優秀賞を受賞。宮部みゆきの時代ホラーの影響を感じさせながらも、独自の物語世界を展開。病弱な商家の若旦那と、彼を守る妖怪たちの騒動や事件を描いたストーリーは、たちまち評判となり、作品はシリーズ化された。このヒットを受け、妖怪を題材にした時代小説が爆発的に増えたことは、周知の事実であろう。

もちろん妖怪時代小説以外でも、女性作家は大活躍。女性作家に絞ったアンソロジーも、何冊か見かけるようになった。だから本書では、単に女性作家を並べるだけではなく、ふたつの趣向を凝《こ》らすことにした。ひとつはエポックである宮部みゆきを柱にしながら、比較的デビューの若い作家の作品を中心にしたことだ。そしてもうひとつが、さらなるテーマの設定である。タイトルの『あやかし』から察せられるように、怪異や妖怪を扱った、時代ホラーの傑作秀作を集めた。ここに本書の特色があるのだ。さて、以上のことを踏まえて、そろそろ各作品の内容に踏み込んでいこう。

「四布《よの》の布団」畠中恵

トップを切るのは、先に述べた「しゃばけ」シリーズの一篇である。廻船問屋《かいせんどんや》兼薬種問屋「長崎屋」の跡取り息子・一太郎《いちたろう》は、生まれついての虚弱体質。祖母が妖《あやかし》だったため、妖怪を見て話すことができるが、それ以外の能力はない。息子を溺愛《できあい》する父親や、幼い頃から守ってくれている妖怪に囲まれているが、独立心は旺盛《おうせい》だ。

そんな一太郎のために布団《ふとん》が購入されるが、なぜか注文とは違う四布《よの》であった。さらに夜になると、布団から面妖な泣き声が聞こえる。昔から妖怪馴れしている一太郎は泣き声を気にしないが、父親や妖怪たちが激怒。布団を作った「田原屋」に乗り込むのだが、癇性《かんしょう》の主人の大声により、一太郎が倒れてしまう。さらに彼を寝かせようとした部屋には、「田原屋」の番頭の死体があった——。

布団の怪異から始まる発端の面白さ。ドタバタ展開の楽しさ。番頭の死を巡る、ミステリーの興味。作者は幾《いく》つもの読みどころを絡ませながら、怪異よりも人間を恐れる、人の心の複雑さを表出する。軽妙なタッチで語られる内容は、意外なほど重い。そのギャップが、本作の魅力になっているのだ。

「蛼橋《こおろぎばし》」木内《きうち》　昇《のぼり》

第百四十四回直木賞を受賞した『漂砂《ひょうさ》のうたう』を始め、重厚な歴史小説を堅実なペースで発表している木内昇は、一方で短篇も積極的に執筆している。どれも優れた作品だが、今回はテーマに合わせて、本作をチョイスした。

失明した母親の面倒を見るため、長年勤めた漆《うるし》商の店を辞めた佐吉《さきち》。良い薬種屋があると聞き、訪ねた店で、那智《なち》という女性と出会う。毎日来るように言われ、ただで薬を渡されることに疑問を覚えながら、佐吉は那智に惹《ひ》かれていく。その一方で、貧乏暮らしをしている姉一家が母親を引き取ると言い出し、佐吉の心は大きく揺れるのだった。

本書に収録されていることから、すぐに物語の方向性に気づく読者もいるだろう。しかし、作品の魅力が損なわれることはない。どうにもならない事情で人生が激変してしまった佐吉の心の揺らぎを、作者は繊細《せんさい》かつ緻密《ちみつ》な文章で描き出しているからだ。これがあるからこそ、意外な事実を経てたどり着く、ラストの光景が感動的なのである。

「あやかし同心」霜島《しもじま》ケイ

一九九〇年に、『出てこい！　ユーレイ三兄弟』でデビューした霜島ケイは、長年にわたりライトノベル作家として活躍した。ライトノベル時代の代表作は、千年を生きる鬼・酒呑童子《しゆてんどうじ》と雷電を主人公にした「封殺鬼《ふうさつき》」シリーズであろう。そのシリーズに、平安や大正時代などを舞台にした過去篇がある。また、六世紀後半の倭《わ》国《こく》を扱った「久麻里伝」シリーズも執筆している。時代小説に対する指向は、早くから示されていたのだ。

そんな作者が、二〇一四年三月に刊行した『のっぺら　あやかし同心捕物控』から、本格的に時代小説に乗り出した。本作は、その「あやかし同心捕物控」シリーズの、記念すべき第一話だ。

ジャンルとしては捕物帖なのだが、主人公の南町奉行所《みなみまちぶぎょうしょ》同心・柏木千太郎《かしわぎせんたろう》の設定が尋常ではない。なんと、のっぺらぼうなのだ。しかも江戸の人々は、彼の存在を受け入れている。それどころか、美しい妻と可愛《かわい》い娘までいるではないか。どうやら人間と妖怪が共存している世界のようだ。

この設定だけでお腹いっぱいだが、千太郎のもとに持ち込まれた事件が、またユニークである。トキと名乗る奇妙な女が、誘拐事件が起こると訴えたのだ。事件だけではなく、トキの正体もストーリーのポイント。詳細は避けるが、トキの心情を表現した部分は、感服した。妖怪が当たり前にいる世界だから描けた悲しみが、ここにあるのだ。

「うわんと鳴く声」小松《こまつ》エメル

人間嫌いの古道具屋の主《あるじ》と、天から降ってきた小鬼を主人公にした『一鬼夜行《いっきやこう》』で、第六回ジャイブ小説大賞を受賞した作者は、以後、妖怪や幽霊を題材にした時代小説シリーズを、幾つか刊行している。その中から、「うわん」シリーズの第一話を収録した。

本作だけではシリーズの基本設定が分かりづらいので、ちょっと説明しておこう。主人公は名医の娘の真葛《まくず》だ。大嵐の日に、弟の太一《たいち》と共に往診から帰ってきた父親が、倒れ臥《ふ》してしまう。さらに太一の腕には〝うわん〟という妖怪が宿っていた。うわんから父親と弟を助けたいなら、九百九十九の妖を捕らえてこいと命じられた真葛。父親の代わりに往診を続けながら、東奔西走《とうほんせいそう》の日々をおくることになる。

本シリーズは、いわゆる「ゴースト・ハンター」物だが、ヒロインの置かれた状況が特殊であり、そこが独自のテイストになっている。必死に妖を捕まえる真葛に、いかなる運命が待ち構えているのか。本作を読んで気になった人は、ぜひともシリーズを手に取ってほしいのである。

「夜の鶴」折口真喜子《おりぐちまきこ》

作者のデビュー作は、第三回小説宝石新人賞を受賞した「梅と鶯《うぐいす》」である。画家で俳人の与謝野蕪村《よさのぶそん》を狂言回し的に使いながら、彼が見聞きした怪異を描いた物語は好評を博し、すぐさまシリーズ化された。このシリーズは、二〇一七年現在、『踊る猫』『恋する狐』の二冊が刊行されている。その中から『踊る猫』に収録されている本作を採った。ストーリーは、蕪村と弟子の几董《きとう》が、幼い娘を失くした母親の話を聞くというものだ。「ろうそくの涙氷るや夜の鶴」という蕪村の句を巧みに使いながら、母親の深い悲しみが静かに綴《つづ》られていく。

そしてラストに至り、ふいに怪異が現れるのだが、これを言葉にするのは避けよう。ただ、読んでほしいのだ。儚《はかな》く切ない何かを、読者一人ひとりの胸に沁み込ませてもらいたいのである。

「逃げ水」宮部みゆき

本アンソロジーのトリを飾るのは、当然、宮部みゆきである。今や作者のライフワークとなった時代ホラー「三島屋変調百物語《みしまやへんちょうひゃくものがたり》」シリーズから、選んでみた。神田三島町にある袋物屋「三島屋」の主人の姪《めい》で、ちょっと訳ありのおちかという娘。彼女が「三島屋」の黒白の間で、さまざまな人の抱える不思議な話を聞くというのが、シリーズのフォーマットだ。本作品では「金井屋」という店の番頭と丁稚《でっち》の平太《へいた》が、黒白の間にやって来る。半年前に上州北の山の村から奉公にきた平太だが、彼の周囲から水が逃げるという怪現象が発生。ほとほと困り果てているという。平太を邪険にする番頭の態度に怒ったおちかは、彼を店に引き取ると、さらに詳しい事情を聞く。そして平太が、かつて村で祀《まつ》られていたお旱《ひでり》さんという少女の姿をした神に、憑《つ》かれていることを知るのだった。

作者がモダン・ホラーの巨匠スティーヴン・キングの大ファンであることは、つとに知られている。だからかもしれないが、スーパーナチュラルな存在であるお旱さんを、あえて具体的に描くところに、キングの影響を見てしまった。とはいえ本作は、あくまでも宮部みゆきの物語だ。人間の都合により、神に祀り上げられ、獣と貶《おとし》められる、お旱さんの悲しみ。平太とお旱さんの絆《きずな》。厳しい立場に置かれた平太を助けようとする、「三島屋」の人々の心意気。それらの要素が混然一体《こんぜんいったい》となって、ホラーなのに、心温まる物語になっているのだ。

また、平太に暴力を振るう番頭を、単なる悪役にしなかったところも、作者の優れた人間観照を感じさせた。江戸が水の都であることを生かした、平太とお旱さんの、身の振り方も嬉しい。作者ならではの時代ホラーの世界を、たっぷりと堪能《たんのう》できるのである。

以上六篇。歴史・時代小説の最前線で活躍している女性作家の、バラエティに富んだ時代ホラーを集めたつもりだ。笑って、泣いて、恐怖する。読者の喜怒哀楽を刺激する、傑作秀作を、存分に楽しんでいただきたい。

（文芸評論家）

出典
「四布の布団」（畠中恵『ぬしさまへ』所収　新潮文庫）
「蜱橋」（木内昇「小説現代」二〇一〇年十二月号所収）
「あやかし同心」（霜島ケイ『のっぺら　あやかし同心捕物控』所収　廣済堂文庫）
「うわんと鳴く声」（小松エメル『うわん　七つまでは神のうち』所収　光文社文庫）
「夜の鶴」（折口真喜子『踊る猫』所収　光文社文庫）
「逃げ水」（宮部みゆき『あんじゅう　三島屋変調百物語事続』所収　角川文庫）

本書は、ＰＨＰ文芸文庫のオリジナル編集です。

著者紹介

畠中　恵（はたけなか　めぐみ）

高知県生まれ。名古屋造形芸術短期大学卒。2001年、『しゃばけ』で日本ファンタジーノベル大賞優秀賞を受賞してデビュー。16年、「しゃばけ」シリーズで第1回吉川英治文庫賞を受賞した。

木内　昇（きうち　のぼり）

1967年、東京都生まれ。出版社勤務を経て編集者・ライターとして活躍する一方、2004年、『新選組幕末の青嵐』で小説家デビュー。11年、『漂砂のうたう』で直木賞を受賞。14年、『櫛挽道守』で中央公論文芸賞、柴田錬三郎賞、親鸞賞を受賞した。

霜島ケイ（しもじま　けい）

大阪府生まれ。東京女子大学短期大学卒。ＯＬ生活を経て約1年の大陸放浪の後、作家になる。1990年、『出てこい！ユーレイ三兄弟』でデビュー。著書に「のっぺら」シリーズ、「九十九字ふしぎ屋」シリーズなどがある。

小松エメル（こまつ　えめる）

1984年、東京都生まれ。國學院大學文学部史学科卒業。2008年、『一鬼夜行』でジャイブ小説大賞を受賞し、デビュー。著書に「一鬼夜行」シリーズほか、「うわん」シリーズ、『夢の燈影 新選組無名録』『総司の夢』などがある。

折口真喜子（おりぐち　まきこ）

鹿児島県生まれ。2009年、「梅と鶯」で小説宝石新人賞を受賞。12年、受賞作を収めた『踊る猫』でデビュー。軽やかであたたかみのある人物描写が魅力の新鋭。著書に『恋する狐』『おっかなの晩』がある。

宮　みゆき（みやべ　みゆき）

196　、東京都生まれ。87年、オール讀物推理小説新人賞を受賞し　ビュー。92年、『本所深川ふしぎ草紙』で吉川英治文学新人　3年、『火車』で山本周五郎賞、99年、『理由』で直木賞、2002　『模倣犯』で司馬遼太郎賞、07年、『名もなき毒』で吉川英治　を受賞。

編者紹介

細谷正充（ほそや　まさみつ）

文芸評論家。1963年生まれ。時代小説、ミステリーなどのエンターテインメントを対象に、評論・執筆に携わる。主な著書・編著書に、『歴史・時代小説の快楽 読まなきゃ死ねない全100作ガイド』『女城主 戦国時代小説傑作選』『西郷隆盛 英雄と逆賊 歴史小説傑作選』『情に泣く 人情・市井編』などがある。

PHP文芸文庫　あやかし
〈妖怪〉時代小説傑作選

2017年11月22日　第1版第1刷
2017年12月12日　第1版第2刷

著　者　畠中　恵　木内　昇
　　　　霜島ケイ　小松エメル
　　　　折口真喜子　宮部みゆき
編　者　細　谷　正　充
発行者　後　藤　淳　一
発行所　株式会社ＰＨＰ研究所
東京本部　〒135-8137 江東区豊洲5-6-52
　　第三制作部文藝課　☎03-3520-9620（編集）
　　普及部　☎03-3520-9630（販売）
京都本部　〒601-8411 京都市南区西九条北ノ内町11

PHP INTERFACE　https://www.php.co.jp/

組　版　朝日メディアインターナショナル株式会社
印刷所　図書印刷株式会社
製本所　東京美術紙工協業組合

ISBN978-4-569-76780-2